Luftkurmord

Elke Pistor, Jahrgang 1967, ist in Gemünd in der Eifel aufgewachsen. Nach dem Abitur in Schleiden zog es sie zum Studium nach Köln, wo sie nach einem Zwischenstopp am Niederrhein bis heute lebt. Sie arbeitet als freie Seminartrainerin in der Erwachsenenbildung und leitet Schreibworkshops. Im Emons Verlag erschienen ihre Kriminalromane »Gemünder Blut«, »Luftkurmord« und »Eifler Zorn«, sowie der Mysteryroman »Das Portal«.

ELKE PISTOR

Luftkurmord

EIFEL KRIMI

emons:

Bibliografische Information der Deutschen Nationalbibliothek
Die Deutsche Nationalbibliothek verzeichnet diese Publikation
in der Deutschen Nationalbibliografie; detaillierte bibliografische
Daten sind im Internet über http://dnb.d-nb.de abrufbar.

© Emons Verlag GmbH
Alle Rechte vorbehalten
Umschlagfoto: photocase.de/MMchen
Umschlaggestaltung: Tobias Doetsch
Druck und Bindung: CPI – Clausen & Bosse, Leck
Printed in Germany 2015
Erstausgabe 2011
ISBN 978-3-89705-883-5
Eifel Krimi
Originalausgabe

Unser Newsletter informiert Sie
regelmäßig über Neues von emons:
Kostenlos bestellen unter
www.emons-verlag.de

Für Heini

In einem leeren Haselstrauch,
da sitzen drei Spatzen, Bauch an Bauch.
Der Erich rechts und links der Franz
und mittendrin der freche Hans.
Sie haben die Augen zu, ganz zu,
und obendrüber, da schneit es, hu!
Sie rücken zusammen dicht an dicht,
so warm wie Hans hat's niemand nicht.
Sie hör'n alle drei ihrer Herzlein Gepoch.
Und wenn sie nicht weg sind, so sitzen sie noch.

Christian Morgenstern (1871–1914)

EINS

Am schlimmsten war der Gestank. Das Wasser kroch träge über den Schlamm und hinterließ kleine Bachläufe auf der Oberfläche. Ihre Füße versanken im Schlick und sie spürte, wie die Masse zwischen ihren Zehen hindurchquoll und den Knöchel umschloss. Die Kälte kroch ihre Waden hinauf, aber das störte sie nicht. Mit jedem Schritt gab es ein schmatzendes Geräusch, das sie an die unwillkommenen Küsse von Tante Rickarda erinnerte, und dann, wenn sie den Ast, auf den sie sich stützte, aus dem Boden zog, kam der Gestank. Nach faulen Eiern, nassem Dreck und nach Fisch. Sie schnaubte, versuchte durch den Mund zu atmen und balancierte weiter. Die anderen sollten es nicht merken. Die anderen durften es nicht merken.

»Weiter, Erich!«, feuerte eine Stimme sie an. »Weiter!« Sie hörte das Kichern der beiden anderen Mädchen und wusste genau, was gerade hinter ihrem Rücken geschah und wie breit das Grinsen in den Gesichtern ihrer Freundinnen hing. Aber umdrehen konnte sie sich nicht. Beide Füße steckten tief im Schlamm fest, und der Sog des Wassers wurde stärker. Trotzdem wollte sie es wissen. Sie wandte den Kopf. Sofort verlor sie das Gleichgewicht, ruderte mit beiden Armen in der Luft und hatte große Mühe, nicht umzufallen. Die anderen lachten. Noch vier Meter, dann hätte sie es geschafft.

Das Rascheln der Blätter in den Baumkronen übertönte das Plätschern des Wassers. Ein Automotor heulte hoch über ihr auf, als sich der Wagen die steile Straße den Dürener Berg hinaufquälte. Sonst war alles still. Sie waren allein im Kurpark. Hans, Franz und sie, Erich. Wie die drei Spatzen in dem Gedicht von Christian Morgenstern, das sie in der Schule gelernt hatten. Sie fand die Namen blöd, vor allem, weil es Jungsnamen waren, aber Hans hatte gemeint, wenn man eine Bande war, dann müsste man geheime Namen haben. Geheime Namen für eine geheime Bande.

Sie umklammerte den Stock und zog. Ihre Fingerknöchel wurden weiß vor Anstrengung. Wieder ein Stück. Wenige Schritte nur. Das Wasser ging ihr jetzt bis zu den Oberschenkeln, und als sie den rechten Fuß anhob, blind nach vorne schob und neuen Halt suchte, stießen ihre Zehen an einen Stein. Angestrengt blinzelte sie auf die glitzernde Oberfläche, aber außer einem dunklen Schatten erkannte sie nichts.

»Jetzt mach mal schneller!«, rief Franz.

»Schneller geht nicht!«, schrie sie zurück und bereute es sofort, als sie das aufgesetzte Stöhnen vom Ufer hörte. Sie biss die Zähne zusammen. Sie war zehn Jahre alt. Nach den Sommerferien, die in zwei Wochen begannen, würde sie auf das Gymnasium in Schleiden gehen. Da durfte man keine Angst haben. Weiter. Noch ein Stück. Das Wasser zerrte an ihr. Aber jetzt konnte sie den Reifen sehen. Er hatte sich im Gestrüpp knapp unterhalb des Wehrs verfangen. Sie blieb stehen. Es war gefährlich, und eigentlich dürfte sie gar nicht hier sein. Mama würde fürchterlich schimpfen, wenn sie es herausfinden würde. Sie war froh, dass Papa morgens das Auto brauchte, um zur Arbeit zu fahren, sonst würde Mama nach den Ferien bestimmt noch auf die Idee kommen, sie genauso ins acht Kilometer entfernte Schleiden in die Schule zu fahren, wie sie es in Gemünd gemacht hatte. Bis vor die Tür. Mama wollte nicht, dass sie gefährliche Sachen machte, und verbot ihr eigentlich alles, was Spaß machte. Aber das hier machte ihr keinen Spaß. Das hier machte ihr Angst.

Vorsichtig hob sie den anderen Fuß auf den glitschigen Stein und schob ihn langsam vorwärts. Das war besser als der Schlamm. Sie zitterte. Nicht nur weil es kalt war im Wasser. Sie fürchtete sich. Die Urft war zwar nur ein kleiner Fluss, aber direkt hier, hinter dem Wehr, strudelte das Wasser ganz schön heftig, obwohl es vom Ufer aus nicht so aussah. Sie blieb stehen.

Franz und Hans riefen ihr etwas zu, aber sie konnte sie nicht verstehen. Diesmal klappte es mit dem Umdrehen. Die anderen standen dicht nebeneinander an der Uferböschung und schauten zu ihr hinüber. Ihre nassen Haare klebten an den Köpfen. Aus den abgeschnittenen Jeans und nassen T-Shirts tropfte das

Wasser. Zwei schwarze Reifen lagen neben ihnen und trockneten in der Sonne. Sie hatten die Arme vor der Brust verschränkt und starrten sie an. Warteten darauf, was passieren würde. Ob sie es schaffen würde. Sie ließ die Arme hängen und seufzte. Es ging nicht. Dann war der Reifen eben weg. Auch egal. Es hatte ihr eh keinen Spaß gemacht, mit den Autoreifen über die Urft zu schwimmen. Sie wäre lieber ins richtige Schwimmbad gegangen. Dann würde es auch später keinen Ärger geben, wenn Mama es rausbekommen würde. Und das würde sie, da war sie sich ganz sicher.

»Was ist?«, rief Hans. »Bist du festgefroren?«

Sie schüttelte den Kopf und klammerte sich an den Stock, der noch neben dem Stein im Schlamm steckte, während sie im Strom des Wassers hin- und herschwankte. Es ging nicht. Sie spürte, wie ihr die Tränen in die Augen schossen, als sie langsam vom Stein herabstieg und wieder mit den Füßen im Schlick versank.

»Jetzt hol endlich meinen Reifen da raus, wenn du schon so dusselig bist und ihn reinwirfst.«

»Du kannst meinen haben.«

»Ich will deinen nicht. Der ist mir zu klein.«

Sie zögerte. Hans war die Anführerin ihrer Bande. Vielleicht ginge es ja, wenn sie mit dem Stock nach dem Reifen hangeln würde. Außerdem wollte sie kein Angsthase sein. Sie zog den Stock aus dem Boden, und ihre Füße suchten wieder den harten Untergrund. Es ging. Sogar noch ein Stückchen weiter als beim ersten Versuch. Sie lehnte sich nach vorne, streckte den Arm weit aus und stieß mit dem Stock nach dem Reifen. Wenn sie ihn doch losbekommen könnte. Es fehlte nur noch ein kleines bisschen. Beinahe berührte die Stockspitze das schwarze Gummi.

»Mach endlich!«

Sie sah die Bewegung im Wasser, bevor sie die Berührung spürte, und schrie auf. Eine Welle von Ekel überrollte sie. Mit der Rechten umklammerte sie den Stock, um das Gleichgewicht nicht zu verlieren, mit der Linken zog sie an dem schwarzen Ding, das sich an ihrem Oberschenkel festgesaugt hatte. Es ging nicht weg. Panik stieg in ihr hoch. Sie vergaß ihre Vorsicht, wandte sich um und stakste so schnell, wie es ihr möglich war, auf die Böschung zu. Sie schrie immer noch, als sie schon fast das Ufer erreicht hatte.

»Ach, stell dich nicht so an. Es ist doch nur ein Blutegel.« Franz begutachtete den schwarzen Wurm.

»Was?« Sie spürte, wie ihre Knie weich wurden. Das Ding wand sich und glitt ihr durch die Finger. Sie packte es fester und riss daran.

»Es blutet, wenn du ihn abmachst.« Ein Junge stand mit einem Mal neben ihnen und zeigte auf den Blutegel. »Er muss von allein abfallen.« Sie hatte nicht gesehen, wo er hergekommen war. Er stieg von seinem Fahrrad, ließ es auf die Wiese fallen und kam näher.

»Aber es ist so eklig und …«

Hans schob sich zwischen sie und den Jungen. »Was weißt du Knirps denn schon?«

Der Junge zuckte mit den Schultern. »Ich weiß es halt.«

Sie kannte ihn vom Schulhof. Er ging erst in die dritte Klasse. Trotzdem fand sie ihn nett.

»Soll ich dir den Reifen aus dem Wasser holen?«, fragte er und lächelte. Sie schüttelte den Kopf.

»Das ist zu gefährlich«, murmelte sie und kratzte an dem Blutegel. Sie schüttelte sich, packte das Tier an der Stelle, wo es sich festgesaugt hatte, und drehte. Es tat weh. Sie biss die Zähne zusammen. Schließlich löste sich der Druck, und der Blutegel wand sich in ihrer Handfläche. Angeekelt warf sie ihn weg. Blut lief aus der Wunde ihr Bein hinunter.

»Das ist nicht gefährlich, du bist zu feige!« Franz' Stimme bohrte sich in ihre Seele. Sie wischte ihre Hand an der nassen Hose ab und schob die Spitze ihres Mittelfingers in den Mund. Das regelmäßige Knacken bei jedem Biss auf den Nagel beruhigte sie.

»Ich mach es«, sagte der Junge und nickte ihr zu. Dann kletterte er die Böschung hinunter, ohne auf die Brennnesseln zu achten, die sicher an seinen Beinen brannten.

Knack. Sie beobachtete ihn. Knack. Er machte das für sie. Mit dem Finger im Mundwinkel lächelte sie. Knack.

Er ruderte mit beiden Armen, um sein Gleichgewicht nicht zu verlieren, und schaffte es in der Hälfte der Zeit bis zu dem Stein in der Mitte des Baches. Aber er war kleiner als sie. Das Wasser ging ihm bis zur Hüfte. Er stemmte sich gegen die Strömung, drehte sich zu ihnen um und winkte. Dann sprang er und schwamm mit kurzen, schnellen Zügen auf das Gestrüpp zu. Hans und Franz johlten neben ihr und feuerten den Jungen an, bis er das Gestrüpp erreicht und nach dem Reifen gegriffen hatte. Er schob seinen Arm hindurch und zerrte daran. Doch der Reifen saß fest. Sie sah, wie er tauchte. Sein Kopf verschwand unter der Wasseroberfläche.

»Der traut sich was!« Franz verschränkte ihre Arme und nickte anerkennend.

Sie starrte auf die Stelle, an der er verschwunden war. Der Reifen bewegte sich, ruckelte hin und her, tauchte tiefer ein und schien sich zu lösen.

Knack. Es dauerte so lange. Knack. Sie schmeckte Blut.

***

Der Tod ist ekelhaft, dachte Kai Rokke Hornbläser und wandte sich ab. Er schluckte, kämpfte gegen die Übelkeit und sah erneut hin. Der milchige Schimmer der Augen, der Geruch nach modriger Fäulnis und das blasse Fleisch der offenen Wunde, an der die Fische gefressen hatten, ließen keinen Zweifel. Der Körper musste einige Zeit im Wasser gelegen haben. Das Gewebe am Kopf war aufgequollen und wirkte unnatürlich vergrößert, der Leib aufgebläht.

Er starrte auf den Entenkadaver. Widerlich! Er schüttelte sich. Jemand musste das tote Tier entsorgen, bevor in fünf Stunden die Regatta begann.

Über dem Fluss lag ein feiner Dunst. Gestern hatte es den ganzen Tag geregnet. Nicht heftig, sondern in diesem feinen Nieseldunst, der sich auf alles legte und dessen Feuchtigkeit langsam, aber stetig in das Gewebe der Kleider kroch und sich über die Haut ausbreitete. Auch heute würde es nicht besser werden. Auf den weißen Planendächern der Pavillons standen kleine Pfützen, die sich in unregelmäßigen Abständen über den Rand ergossen und zu Boden platschten.

Kai Rokke ignorierte den Kadaver, so gut es ging, und runzelte die Stirn. Es würde schwierig werden. Er war früh aufgestanden und hatte den Wohnmobilplatz am anderen Ende des Kurparks verlassen. Die Betreiber nannten den Platz »Wohnmobilhafen«. Genau der richtige Aufenthaltsort für ihn und seine »Lydia«. Er war hierhergefahren und hatte sein Gefährt mühsam in einen der schmalen Parkplätze hinter der Fußgängerzone rangiert, um ungestört diese Trainingsrunde absolvieren zu können. Ohne die Kommentare, Ratschläge und Bemerkungen seiner Mitstreiter ertragen zu müssen. »Hornblower«, so hatten sie ihn gestern sofort genannt, nachdem er sich vorgestellt und die »Lydia« zu Wasser gelassen hatte. Wie einfallsreich. Er hasste das. So wie er vieles hasste, nicht mochte oder ablehnte. In feinen Abstufungen. Große Menschenmengen waren ihm zuwider. Laute Musik verursachte bei ihm Übelkeit, aufgedrängte Gespräche Schweißausbrüche. Er hasste Geschrei. Ebenso Hundebellen. Und Essen. Er verabscheute Fisch. Ekelte sich vor Fleisch. Mochte kein Gemüse und kein Obst. Nur Nudeln gingen, wenn sie aus Hartweizen waren und der Parmesan darauf nicht geschmolzen. Brot, Marmelade, Kartoffeln. Alles Fehlanzeige.

Als Kind hatte er einmal einen Film über Tiertransporte gesehen und seitdem die Lust am Fleisch verloren. Aber warum er auch die anderen Lebensmittel verweigerte, konnte weder er, noch der Therapeut, den er irgendwann zurate gezogen hatte, erklären. Es war ihm inzwischen auch egal. Er mochte es einfach nicht. Das war der Grund, warum er seit Jahren nur mit dem Wohnmobil unterwegs war. Kein Hotel konnte ihn als Gast ertragen. Und er kein Hotel.

Er stand auf, trat ein paar Schritte zurück und betrachtete das Schiff in seiner Halterung. Das handgefertigte Modell war sein ganzer Stolz. Die sechsunddreißig Kanonen der Fregatte, die Segel, sogar die Galionsfigur mit dem gespannten Bogen, alles war maßgetreu verarbeitet und bis ins Detail nachempfunden. Über zwei Jahre hatte ihn die »Lydia« in Beschlag genommen. So lange hatte er es bisher noch mit keiner Frau ausgehalten. Kai Rokke wusste nicht, ob er diesen Umstand bedauern oder begrüßen sollte. Sicher, er hätte gerne Kinder gehabt. Nicht, um mit ihnen zusammen zu sein. Nur um sagen zu können, er habe eine Familie. Das gehörte dazu. Irgendwie. Gab einem wie ihm den Anschein der Normalität. Er selbst brauchte es nicht. Er brauchte niemanden. Kai Rokke Hornbläser war gerne allein.

Er wischte sich die Hände an den Seiten seiner Jeans trocken, griff in das Innenfutter seines langen schwarzen Mantels und nahm ein Päckchen Tabak heraus. Mit klammen Fingern drehte er eine Zigarette, schob sie sich in den Mundwinkel und suchte dann mit beiden Händen in den Taschen nach einem Feuerzeug.

In dem Faltmäppchen mit dem Werbeaufdruck des Gemünder Hotels Friedrich, das er schließlich in den Tiefen entdeckte, befand sich nur noch ein einziges Streichholz. Er brach es heraus und rieb den Schwefelkopf über die Zündfläche. Der Geruch von Verbranntem stieg ihm in die Nase, ein kleiner Funke blitzte auf, aber es kam keine Flamme.

»Mist.« Er ließ die Zigarette aus dem Mundwinkel in seine Handfläche fallen, stopfte sie in den Tabaksbeutel und sah sich um. Die beiden einander im spitzen Winkel gegenüberliegenden Brücken über die Urft und die Olef waren menschenleer. Auf dem kleinen Plateau über ihm, am Zusammenfluss der Flüsse, drängelten sich die Pavillons um die steinerne Nepomukfigur. In wenigen Stunden würden hier zahlreiche Besucher mit Bratwürsten und Bier in der Hand die Modellschiffregatta verfolgen, aber jetzt war alles ruhig.

Der Steg schwankte und das Holz knarrte unter Kai Rokkes Füßen. Die rot-weißen Plastikbänder, als vorübergehende Absperrungen zum Wasser gedacht, knatterten leise wie Segel. Für einen Moment überkam ihn das Gefühl, auf einem richtigen Schiff zu stehen. Er genoss es und schloss die Augen.

»Enten geangelt, schon am frühen Morgen?« Die Stimme kam von weit oben. Kai Rokke zuckte zusammen und wandte den Kopf in Richtung des Brückengeländers über der Urft. Niemand war zu sehen. Seine Handinnenflächen wurden feucht.

»Da sollten Sie sich aber nicht mit erwischen lassen!« Ein heiseres Lachen, gefolgt von einem Hustenanfall.

Kai Rokke legte den Kopf in den Nacken und entdeckte den Mann an einem Fenster des Hotels neben dem Fluss.

»Die war schon vorher Geschichte«, rief er, stieß den Kadaver mit der Schuhspitze an und verzog das Gesicht. Der Kopf der Ente rutschte über den Rand des Stegs und hing ins Wasser. Einzelne Federn bauschten sich und ließen es so aussehen, als ob das Tier noch atmen würde.

Rokke widmete sich wieder der »Lydia«, richtete einige Segel und ließ das Boot behutsam zu Wasser.

»Ach, Sie sind das, Kapitän Hornblower«, hustete die Stimme wieder, und Kai Rokke beobachtete aus den Augenwinkeln, wie der Mann sich weiter aus dem Fenster lehnte. »Tolles Schiff. Alle Achtung, Skipper!«

Er lächelte wider Willen, blieb aber stumm und spürte, wie ihm der Schweiß unter den Achseln ausbrach.

»Gestern hat es wohl nicht so geklappt, was?« Der Mann gab nicht auf. Jetzt erkannte Kai Rokke ihn. Er hatte mit seiner Mannschaft den ersten Platz der Liga-Meisterschaft belegt, und wenn er sich recht erinnerte, war er innerhalb seines Teams der Beste gewesen.

»Wir waren nicht so gut, wie wir hätten sein können«, rief er nach oben, ohne den Mann anzusehen, schaltete dann seine Fernsteuerung ein und ging in Gedanken den festgelegten Parcours durch die Bojentore durch. Gestern hatte er zu viele Strafpunkte wegen Berührens der rot-weißen Hindernisse einkassiert, heute musste es besser werden.

Die »Lydia« schob sich in die Wellen. Er legte den Vorwärtsgang ein und horchte auf den hohen, flirrenden Ton. Der Motor lief rund. Kein Stottern. Kein Ruckeln. Perfekt.

Der Nebeldunst war verschwunden.

Am gegenüberliegenden Ufer schälten sich zwei Enten aus den Schatten einer dichten Hecke. Sie spreizten die Flügel, reckten die Hälse und watschelten behäbig ins Wasser. Langsam näherten sie sich dem Steg. Im weiten Bogen schwammen sie um ihn herum, paddelten gegen die Strömung und ließen sich dann zu der Stelle treiben, an der der Kadaver lag. Ihre dunklen Augen fixierten ihn. Hatte das tote Tier zu ihnen gehört? Die Enten verharrten einen Moment. Dann tauchten sie ab und kamen einige Meter weiter in der Flussmitte wieder hoch. Jetzt erst fiel Kai Rokke der Abstand auf, den sie die ganze Zeit über zwischen sich ließen. Wie eine Lücke. Er schüttelte den Kopf und riss sich von dem Anblick los. So ein Unsinn. Enten trauerten nicht. Für sie ging die Welt weiter. Einfach so.

Er konzentrierte sich wieder auf sein Schiff, testete dessen Reaktion auf die Strömungen und das Verhalten in den Wellen, die an der Mündung entstanden.

Ein Stück weiter verschwand der Fluss hinter einer Biegung. Er wusste, dass dort das Wehr lag, auch wenn er es jetzt nicht hören konnte. Er hatte es sich gestern angesehen und kannte den Weg dorthin. Über die Olefbrücke, ein Stück durch die Fußgängerzone und dann an der Wiese entlang bis zum Eingang des Kurparks. Das Wehr war nicht groß und nicht gefährlich für die Modelle. Aber er musste achtgeben, wenn er das hinterste Bojentor nehmen und das Boot wieder in seine Richtung lenken würde.

Die »Lydia« fuhr eine weite Kurve, neigte sich zur Seite und kämpfte gegen den stärker werdenden Sog des Wehrs an. Das Geräusch des Elektromotors wurde höher, je weiter er den Hebel der Fernbedienung nach vorne kippte. Er reckte den Hals, balancierte bis zur äußersten Kante des Stegs und stellte sich auf die Zehenspitzen, um sein Boot nicht aus den Augen zu verlieren. Hatte er die Strömung doch unterschätzt?

»Verdammte Scheiße!«, knurrte er, als die weißen Segel mit einem Ruck nach links aus seinem Blickfeld verschwanden, der Motor hochdrehte und dann verstummte. Er drückte den Starterknopf und schüttelte die Fernbedienung. Nichts geschah. Stille. Nur unterbrochen vom vereinzelten Quaken der Enten, die ungerührt ihre Bahnen schwammen.

Noch einmal drückte er den Startknopf und lauschte. Wieder nichts.

Er legte den Kopf in den Nacken und suchte den Mann am Fenster des Hotels. Vielleicht konnte er etwas erkennen. Aber das Fenster war verschlossen und die Gardinen zugezogen. Er drehte sich um, bückte sich nach der Transporttasche und öffnete den Reißverschluss. Dann schüttelte er den Kopf und richtete sich wieder auf. Bestimmt würde niemand an einem Sonntagmorgen um sechs eine fast leere Reisetasche mit dem Werbeaufdruck eines Hämorrhoidenmittels stehlen wollen. Er verschloss die Tasche wieder, stieg die Steintreppe zum Plateau hinauf und wandte sich nach rechts. Die Kirchturmuhr schlug. Erst vier kurze, helle, dann sechs lange, dunkle Schläge. Die Enten auf dem Fluss antworteten mit lautem Geschnatter.

So früh war niemand in der Fußgängerzone unterwegs. Die Häuser lagen im Halbdunkel, und eine einzelne Laterne verteilte ihr Licht über die Straße. Nach fünfzig Metern öffnete sich rechts eine schmale Gasse. Kai Rokke fühlte sich eingekeilt zwischen der Häuserwand und einer leeren Schaufensterfront. Am Ende der Gasse war ein kleiner Park. Er ging jetzt schneller. Über die Wiese auf das Wehr zu. Er sah sich um. Das Rauschen und Murmeln kam näher. Hinter einer Reihe von Büschen und Sträuchern staute sich das Wasser, bevor es über eine Schwelle in das tiefer gelegene Bachbett lief. Er versuchte, durch die Büsche zum Ufer zu gelangen. Irgendwo dort musste die »Lydia« liegen. Vermutlich hatte sie sich im Gestrüpp verheddert und hing mit zerfetzten Segeln fest. Er presste die Lippen zusammen. Ob er noch einmal so ein Originaltuch bekommen könnte? Sicher nicht.

Brombeerranken piekten in seinen Mantel und zogen kleine Fäden aus dem Gewebe. Hier kam er nicht durch. Aber er musste zum Wasser gelangen und die »Lydia« retten. Vielleicht ein Stück weiter rechts? Er trat auf kleinere Äste, stampfte das dichte Unterholz nieder, fand aber keinen Durchgang.

»Scheiß Grünzeugs!«, fluchte er und stolperte auf die Wiese zurück. Dann musste es eben anders gehen. Nur wenige Meter weiter führte ein Metallsteg über die Schleuse. Er fühlte die raue Oberfläche, als er sich über das Geländer beugte. Die »Lydia« lag in drei Meter Entfernung längsseits zur Kante des Wehrs. Wasser schlug übers Deck. Die Fregatte drohte zu kentern, stellte sich aber wie von Fäden gehalten immer wieder auf. Er richtete die Fernbedienung aus, drückte den Starterknopf und hörte ein hohes Flirren. Der Motor lief, aber die Schraube saß vermutlich fest. Er hob einen Ast auf, stieg über die Absperrung auf den Gitterrostboden des Schleusenstegs und hangelte nach dem Motorboot, während er sich weit über das Geländer beugte. Der Ast war zu kurz. Kai Rokke richtete sich auf und zuckte zusammen. Ein Dorn hatte sich in seine Hand gebohrt. Blut quoll aus der kleinen Wunde. Er wischte es an seiner Hose ab und lehnte den Ast gegen das Geländer. Auf der glatten Wasseroberfläche spiegelten sich die am Ufer stehenden Büsche. Darunter erkannte er nur Schwärze. Vielleicht Algen? Oder Blätter? Er zog seinen Mantel aus und kletterte wieder über die Absperrung.

Am Ende des Geländers fand er eine kleine Lücke im Gebüsch. Er balancierte den kurzen, steilen Hang hinunter, die Arme weit von sich gestreckt, mit unsicherem Gang. Als er über eine Wurzel im Boden stolperte, schrie er auf, strauchelte und stürzte vornüber. Die Fernbedienung fiel ihm aus der Hand und verschwand im Dickicht. Er riss die Hände nach vorn und fiel ins Wasser, zu seiner großen Verwunderung nicht sehr tief. Etwas bewegte sich unter ihm, wich aus, und er versank tiefer im Wasser. Prustend kam er hoch. Die Nässe in seiner Kleidung machte den Stoff schwer. Mühsam richtete er sich auf. Die »Lydia« hatte sich bewegt, trudelte in der Strömung und drohte das Wehr hinunterzustürzen. Kai Rokke hechtete nach vorn und packte sein Schiff. Was darunter, dicht unter der Oberfläche schwamm, erkannte er erst auf den zweiten Blick.

***

Hermann lag mit geschlossenen Augen auf meiner Brust und schnurrte.

»Er wird sterben, Ina.« Steffen saß neben mir auf dem Bettrand und streichelte den Kopf des Katers.

»Ich weiß.«

»Willst du es ihm nicht leichter machen?«

»Er hat keine Schmerzen.«

»Aber so ist es kein Zustand.« Steffen stand auf. Er schob beide Hände in die Taschen seiner Jeans und starrte abwechselnd auf mich und den Kater in meinen Armen. »Du solltest ihn erlösen.«

Ich schluckte und fühlte, wie es hinter meinen Augen brannte. Stumm schüttelte ich den Kopf.

»Er kann nicht mehr allein laufen, er frisst nur noch, was du ihm direkt vor die Nase hältst, und auf sein Klo musst du ihn tragen.« Ich hörte das Mitleid in Steffens Stimme. Mit dem Tier. Und mit mir.

»Es dauert nicht mehr lange«, flüsterte ich und merkte, wie mir nun doch eine Träne über die Wange rann. »Er hat ein Recht darauf, es allein zu Ende zu bringen. Und ich werde bei ihm sein.«

Wieder dieser Knoten in meiner Kehle. »Es tut ihm nichts weh«, murmelte ich. Das war mein Mantra. Seit vor fünf Tagen die Tierärztin zuerst Hermann sehr lange und dann mich nur kurz angesehen hatte, stand mir die Wahrheit zwar vor Augen, aber ich weigerte mich immer noch, sie zu sehen.

»In einer Stunde fängt deine Schicht an. Was ist dann?«

Ich zuckte mit den Schultern und kraulte Hermann an der

Stelle hinter seinem rechten Ohr, an der er es so gerne hatte. Hermann war bei mir, seit ich dreißig Jahre und er vier Tage alt gewesen war. Beinahe neunzehn Jahre lang. Er hatte meine Ehe mitgemacht und meine Scheidung. Er hatte nie geschimpft, wenn ich mitten in einem Fall steckte und nur zum Schlafen und Duschen nach Hause kam. Er war sechsmal mit mir umgezogen. Zuletzt vor einem Dreivierteljahr von Köln hierher in die Eifel, als ich mich entschieden hatte, der Stadt und der dortigen Mordkommission den Rücken zu kehren und zu meinem Vater und meinem Bruder nach Gemünd zu ziehen. Und zu Steffen.

Es hatte eine Zeit gedauert, bis ich mich dazu hatte durchringen können. Ein Grund für mein Zögern war die Eifel selbst gewesen. Wollte ich wirklich wieder aufs Land ziehen? Dorthin, von wo ich als junge Frau förmlich in die Stadt geflohen war? Schnee schaufeln im Winter? Weite Entfernungen? Pampa?

Den anderen Grund hatte ich mir nur unwillig eingestanden: Steffens Alter. Mein neuer Freund war acht Jahre jünger als ich, und ich hatte, obwohl ich es nicht offen zugeben wollte, Schwierigkeiten mit dieser Tatsache. Aber die Ereignisse des letzten Sommers, der Mordverdacht, der auf Steffen lastete, und mein Anteil an der Aufklärung des Falles hatten mich davon überzeugt, es mit der Eifel, mit Steffen und mit einem neuen Leben zu probieren. Versuchsweise. Die Wohnung in Köln war immer noch nicht gekündigt, wenn auch mit einem Untermieter besetzt. Meine Möbel standen in der Garage meines Vaters und brachten meinen Bruder zur Weißglut. Ich wohnte abwechselnd im familiären Gästezimmer und bei Steffen. Auf Dauer war das kein Zustand, aber ich tat mich schwer mit einer endgültigen Entscheidung. Im Gegensatz zu Steffen. Er war im letzten Jahr zum Oberförster oder, wie es offiziell hieß, »Forstoberinspektor« ernannt worden, glücklich mit seinem Nationalparkbezirk auf der Dreiborner Hochfläche und freute sich seines Lebens, in dem ich in seinen Augen einen wesentlichen Teil einnahm. Hermann war ein Stück meines alten Lebens, das ich jetzt loslassen musste.

»Du hast die ganze Nacht kaum ein Auge zugemacht, Ina.«

»Ich schaff das schon.« Vorsichtig hob ich Hermann hoch, legte ihn in das Unterteil seiner Transportkiste und klappte sie zu. Mit einem Klacken sprangen die Scharniere in ihre Halterungen. Das Türchen schloss ich aus reiner Gewohnheit. Der Kater würde nicht mehr weglaufen. Ich biss mir auf die Unterlippe und schlug die Bettdecke zurück. Dann holte ich tief Luft und stand auf.

»Ich habe heute frei. Ich bleibe bei ihm«, sagte Steffen, drehte sich um und ging durch den Flur in die Küche. Trotzdem hatte ich gesehen, wie er sich mit dem Handrücken über die Augen gewischt hatte.

»Danke.«

Ich schlurfte durch den Flur hinter Steffen her und lehnte mich gegen den Türrahmen. Die Kaffeemaschine spuckte einen Caffè Latte aus und verstummte.

»Judith kommt mich gleich abholen«, sagte ich und seufzte. Die Glasscheibe in der Küchentür warf ein unfreundliches Spiegelbild zu mir zurück. Meine blonden Haare standen in alle Richtungen und waren definitiv zu lang, um noch als Frisur zu gelten. Bis vor Kurzem hatte ich sie jeden Morgen mit Gel zum Igel gestachelt, aber das gefiel mir nicht mehr. Dummerweise war ich mir auch noch nicht im Klaren darüber, was mir denn nun gefallen würde, also tat ich das, was mir in dieser Situation der Entscheidungsschwäche am sinnvollsten erschien. Nichts. Die dunklen Ringe unter den verquollenen Augen trugen auch nicht zu einer attraktiven Erscheinung bei.

»Duschen könnte helfen«, murmelte ich meinem Spiegelbild zu und verschwand Richtung Bad.

Das warme Wasser tat gut. Es verdrängte die Müdigkeit und die traurigen Gedanken.

Durch das Rauschen hörte ich die Türglocke dreimal hintereinander schellen. Ich fischte ein Handtuch von der Stange, schlang es um mich und bürstete mir durch die Haare.

»Ina?« Es klopfte an der Badezimmertür.

»Ich komme«, sagte ich und öffnete im selben Moment die Tür. Neben Steffen stand eine junge Frau in Uniform. »Morgen, Judith.« Ich drängte mich im engen Flur an den beiden vorbei ins Schlafzimmer und zog mich an. »Du bist zu früh.«

»Sorry, aber wir haben einen ersten Angriff hier im Ort.«

»Ihr habt was?« Steffen runzelte die Stirn.

»Wo?«, fragte ich, während ich mein Outfit mit Schuhen, Gürtel und Polizeimütze vervollständigte. Ein kurzer Blick in den Spiegel zeigte mir eine fremde Frau. Ich hatte mich noch nicht wieder an den Anblick der Uniform gewöhnt.

Schutzpolizei. Das war es, was ich gewollt hatte. Schupo in der Eifel. Keine Mordkommission. Hier ein paar Einbrecher, da ein paar Autounfälle. Die Kriminalstatistik für diesen Landstrich las sich in meinen Augen wie ein Werbeprospekt für Erholungssuchende. Dementsprechend lang waren auch die Wartelisten. Ich hatte einfach nur Glück gehabt, dass es so schnell geklappt hatte mit der Versetzung. Dafür hatte ich jetzt Judith Bleuler am Hals. Fünfundzwanzig. Jung. Schön. Begabt. Und ehrgeizig. Ein einziges Klischee. Gerade fertig studiert, absolvierte sie derzeit den praktischen Anteil ihrer Ausbildung mit einer Energie, die mir auf die Nerven ging. Ich hätte sie eher als »übermotiviert« bezeichnet. Mit meiner Versetzung war aus der Kriminalhauptkommissarin eine Polizeihauptkommissarin geworden, und weil ich ausbilden durfte, hatte man sie mir einfach vor die Nase gesetzt. Vermutlich mit dem Hintergedanken, ich würde in der Eifel sowieso eher eine ruhige Kugel schieben und Gefahr laufen, mich zu langweilen.

Judith sah zu Steffen, und ein Lächeln blitzte kurz in ihrem Gesicht auf. »Eine leblose Person wurde gemeldet«, erklärte sie ihm, als ob sie eine Prüfungsfrage beantworten müsste. »Der Rettungsdienst ist bereits unterwegs.« Dann wandte sie sich wieder mir zu. »Die Dienststelle hat versucht, dich auf deinem Handy zu erreichen. Die beiden anderen Dienstwagen sind über Land unterwegs und brauchen ewig, bis sie hier sind.«

»Stummgeschaltet«, murmelte ich und versuchte, mein schlechtes Gewissen damit zu beruhigen, dass ich das Telefon bei Dienstantritt ja angeschaltet hätte.

»Also haben sie mich angerufen«, erklärte Judith weiter. Bildete ich mir den Vorwurf in ihrer Tonlage nur ein, oder fand sie es wirklich unverschämt von mir, in meiner Freizeit nicht ununterbrochen verfügbar zu sein?

»Unsere Fahrgemeinschaft ist anscheinend nicht unbemerkt geblieben.«

Judith reagierte nicht auf meine Bemerkung, sondern fuhr unbeirrt fort: »Hinter der Einkaufsstraße ist es, am oberen Anfang des Kurparks, hat die Leitstelle gesagt.« Sie spitzte die Lippen und sah mich kritisch an. »Ich gehe davon aus, dass du weißt, wo das ist.«

Ich erwiderte stumm ihren Blick. Bei ihr hatte ich immer den Eindruck, dass sie mein Erscheinungsbild missbilligte. Kein Wunder, präsentierte sie sich doch selbst stets wie aus dem Ei gepellt. Perfekt gebügelter Kragen, kein Fussel, keine auch noch so kleine Knitterfalte an der Jacke, die Schuhe immer glänzend. Ich nickte.

»Vier Minuten von hier aus. Wir sind am schnellsten vor Ort.«

Erstaunt sah sie mich an. »Du willst direkt zum Einsatzort?« Sie schüttelte den Kopf. »Das geht nicht. Unsere Waffen liegen im Waffenfach auf der Dienststelle.«

»Meine Waffe ist hier.« Ich klopfte auf das Holster unter meiner Uniformjacke.

»Du hast sie mit nach Hause genommen? Das ist gegen die Vorschrift!«

Ich seufzte. »Natürlich hatte ich sie in Steffens Waffenschrank eingeschlossen, nicht wahr?« Ich starrte Steffen eindringlich an. Wenn er jetzt verriet, dass ich meine Waffe als Lesezeichen zwischen die Buchseiten klemmte und auf dem Nachtisch lagerte, wäre ich in Judiths Augen endgültig unten durch. Er hatte als Förster zwar einen Waffenschrank, aber der war schon lange verwaist. Steffen benötigte seine Waffen selten, seitdem die Eifel zum Nationalpark geworden war. Sie wurden an einer zentralen Stelle der Nationalparkverwaltung gelagert und nur bei Bedarf an die Beamten ausgegeben, da Jagd auf Wild nur noch in Ausnahmefällen und unter strengen Auflagen gemacht wurde.

»Was?« Er blieb ernst, obwohl ich es um seine Mundwinkel herum zucken sah. »Selbstverständlich. In meinem Waffenschrank.«

»Lass uns gehen.« Ich schnappte mir meine Handtasche und war schon halb auf dem Flur, als mir Hermann wieder einfiel. Ich würde mehrere Stunden weg sein. »Warte bitte kurz«, rief ich Judith über die Schulter hinweg zu, während ich ins Wohnzimmer ging und die Tür leise hinter mir schloss. Das ging sie nichts an. Ich kniete mich vor das Sofa, auf das Steffen den Kater in der Zwischenzeit gelegt hatte, und steckte meine Nase in sein Fell. An diesen Geruch wollte ich mich immer erinnern können.

Dann stand ich auf und widmete alle meine Gedanken meiner Arbeit. Zumindest versuchte ich es.

»Haben Sie uns angerufen?«

Der Mann auf der Bank nickte. Er war sehr blass und seine Augen flackerten. Er hatte in der Fußgängerzone auf uns gewartet. Hinter ihm erkannte ich das stumme Blaulicht des Rettungswagens auf der Wiese am Wehr. Es reflektierte in den Schaufensterfronten der Buchhandlung und tauchte die Auslagen in kalten Schimmer.

»Geben Sie uns bitte ihren Namen und ihre Adresse.« Judith hielt Stift und Notizbuch bereit.

»Kai Rokke Hornbläser. Ich habe ...« Er unterbrach sich und wandte den Kopf in Richtung Kurpark. »Ich habe ...« Er sprang auf, lief zu einem der roten Mülleimer, die an den Straßenlaternen hingen, und beugte sich darüber. Er würgte und erbrach sich.

Ich folgte ihm.

»Brauchen Sie Hilfe, Herr Hornbläser?«

»Es geht schon, danke. Es ist nur …« Er hob die Arme, und erst jetzt sah ich, dass seine Kleidung bis auf den Mantel durch und durch nass war.

»Ina Weinz, Polizei Schleiden.« Ich musterte ihn. »Was ist passiert? Haben Sie versucht, ihr zu helfen?« Während ich sprach, signalisierte ich Judith, dass sie eine Decke aus dem Kofferraum des Polizeiwagens holen und ihm geben sollte.

Er presste die Lippen aufeinander und schlang die Arme um den Oberkörper. »Ich bin auf sie gefallen, weil ich meine ›Lydia‹ aus dem Wasser holen wollte.« Er sah mich an und musste meinen irritierten Blick bemerkt haben. »Die ›Lydia‹ ist meine Modellfregatte. Sie hatte sich verheddert. In …« Er machte eine Pause und griff mit spitzen Fingern an seinen Kopf. »In den Haaren der Frau. Sie waren so lang und sind wohl in die Schiffsschraube geraten. Deswegen hat sie so ein komisches Geräusch gemacht.« Er ließ die Hand wieder sinken. »Ich wollte sie retten und –«

»Wir sind fertig«, unterbrach ihn der Notarzt und nahm mich zur Seite. »Das ist jetzt euer Job.« Er wies mit dem Kinn hinter sich. »Sie ist wahrscheinlich ertrunken.«

»Fremdeinwirkung?«

»Kann ich nicht sagen. Da muss der Kollege aus der Rechtsmedizin eine Meinung zu entwickeln.«

Ich wandte mich wieder an den Zeugen. »Schaffen Sie es, uns zum Bach zu begleiten?«

Hornbläser wurde noch blasser, als er ohnehin schon war. Er fuhr mit der Hand in seine Manteltasche, kramte ein Päckchen Tabak hervor und nahm eine fertig gedrehte Zigarette zwischen die Fingerspitzen. »Haben Sie Feuer?«, fragte er heiser.

»Sie dürfen in der Nähe des Fundortes nicht rauchen, Herr Hornbläser«, mischte sich Judith ein.

»Er hat sich ja auch schon in der Nähe übergeben und damit der Spusi die Arbeit erschwert. Und bevor ihm noch mal schlecht wird …« Ich fasste in die Innentasche meiner Uniformjacke und nahm das Feuerzeug heraus, das ich seit dem Sankt-Martins-Umzug im letzten November mit mir herumtrug. Es war einer meiner ersten Einsätze gewesen, und irgendwer hatte mir den heißen Tipp gegeben, dass die größten Probleme darin bestehen würden, weinende Kinder zu beruhigen, deren Laternen verloschen waren.

»Dann werde ich mir mal den Fundort ansehen.« Ich reichte ihm das Feuerzeug und sah Judith an. »Meine Kollegin bleibt bei Ihnen, bis Sie zu Ende geraucht haben, Herr Hornbläser.« Ich drehte mich um und ging an der Buchhandlung vorbei in Richtung des Wehrs. Die Buchhändlerin hatte das Schaufenster mit Eifel-Krimis dekoriert. Sogar einen Gemünd-Krimi gab es da. Ich unterdrückte ein Lächeln. Die Kommissare in den Büchern hatten es oft leichter als wir. Der Tod ließ sich in der Phantasie besser ertragen als im Leben.

Schon aus der Entfernung fiel mir die gelbe Handtasche am Fuß des Geländers auf. Dann die Schuhe, die ordentlich an der Böschung standen. Violettes Wildleder mit mexikanischem Muster. Mir wurde übel, und ich kämpfte gegen den Impuls, mich ebenfalls zu übergeben. Ich kannte nur einen Menschen, der eine solche Handtasche besaß und solche Schuhe trug, und wusste, wer da im Wasser lag, bevor ich die Leiche gesehen hatte.

Vor dem Dickicht blieb ich einen Moment stehen und schloss die Augen. Wollte ich das wirklich sehen? Konnte ich sachlich und abgeklärt sein? Oder hatte mein sterbender Kater mein Nervenkostüm zu sehr ausgedünnt?

»Ina?« Judith stand dicht hinter mir. »Alles in Ordnung?«

Ich fuhr herum. Ich war ihre Ausbilderin. »Ja. Danke«, murmelte ich und stellte mich den Tatsachen.

Regina Brinke. Angestellte des Bauamtes der Stadt Schleiden. Gemünderin. Lebte mit ihrem an Alzheimer erkrankten Vater zusammen im elterlichen Haus auf dem Salzberg. Alleinstehend. Keine Kinder. Eine ehemalige Klassenkameradin von mir und seit Neuestem wieder in meinen engeren Bekanntenkreis gerückt.

»Wie haben Sie sie aufgefunden?« Meine Stimme zitterte.

Der Sanitäter hatte schon auf mich gewartet.

»Sie lag mit dem Gesicht nach unten vor der Wehrstufe«, berichtete er. »Der Herr, der uns gerufen hat, ist wohl auf sie draufgefallen, als er versucht hat, sein Boot zu retten.«

Ich nickte und sah mich nach dem Zeugen um. Er saß nun wieder auf der Bank, flankiert von Judith und dem Rettungsarzt, der über ein Klemmbrett gebeugt Formulare ausfüllte. Hornbläser rauchte. Sein Boot, dachte ich und merkte, wie die Wut in mir hochkochte. Er wollte sein Boot retten. Nicht Regina. Auch wenn es zu diesem Zeitpunkt vermutlich keinen Unterschied mehr gemacht hätte.

Ich holte tief Luft und ging zu der Leiche, die nun am Ufer lag. Reginas Haar lag in schweren Strähnen über ihrem Gesicht, und die Kleidung klebte an ihrem Körper. Ihre Hände und die Haut an ihrer Stirn und an den Wangen zeigten Kratzspuren, die aber nicht unbedingt Zeichen eines Kampfes sein mussten, sondern nach ihrem Tod entstanden sein konnten.

»Sonst haben Sie nichts verändert?«

»Natürlich nicht.« Der Sanitäter schob trotzig den Unterkiefer vor. »Ich weiß doch, dass ich alles so lassen muss, wie es war.«

»Okay.« Ich ging zu der Handtasche. Ein weißer Umschlag steckte hochkant darin. Ein kurzer Griff in meine Jackentasche, und ich fand die Gummihandschuhe. Bei einigen alten Gewohnheiten war es gut, sie weiterzupflegen. Routinen beruhigten und lenkten ab. Das Papier knisterte, als ich den Umschlag öffnete, den Brief hervorzog und auffaltete.

»Herr Hornbläser wäre dann jetzt so weit.«

Ich zuckte zusammen und fuhr herum. Judith und der Zeuge standen nur einen Meter hinter mir.

»Gut.« Der Brief war wichtiger. Handgeschrieben. Nur ein paar Zeilen. Judith räusperte sich.

Ich hob abwehrend die Hand und las weiter. Dann blickte ich auf und streckte den Rücken. »Können Sie sich erinnern, ob die Tasche und die Schuhe schon da waren, als sie heute früh hierherkamen?«

»Ich weiß nicht.« Hornbläser sah zum Wasser und vermied es angestrengt, in Reginas Richtung zu sehen. »Ich habe nicht darauf geachtet.«

»In Ordnung, Herr Hornbläser.« Ich lächelte ihm zu. Es fühlte sich an wie eine Maske. »Sie können jetzt gehen. Meine Kollegin hat Ihre Personalien ja sicher aufgenommen. Wir erreichen Sie ...«

»Am Wohnmobilhafen hinter dem Schwimmbad.« Er suchte wieder nach seinem Tabak. »Und heute werde ich auf der Regatta im Ort sein, auch wenn die ›Lydia‹ wohl nicht mehr ...« Er verstummte, drehte sich um und stapfte mit ausholenden Schritten über die Wiese davon.

»Wie kannst du ihn einfach gehen lassen?«, zischte Judith hinter meinem Rücken, kaum dass er außer Hörweite war. »Er ist ein Zeuge. Er ist sogar der einzige Zeuge!«

»Er hat Regina nur gefunden.«

Judith schob ihre Augenbrauen zu einem einzigen Strich zusammen. »Was macht dich da so sicher?« Sie stutzte. »Regina?«

»Regina Brinke.« Ich näherte mich der Toten, ging neben ihr in die Hocke und hielt Judith mit ausgestrecktem Arm den Brief hin. »Sie ist eine Bekannte von mir, und das ist ihr Abschiedsbrief. Sie hat sich umgebracht.« Ich verstummte.

Es sah wirklich alles nach Selbstmord aus. Die ordentlich abgestellten Schuhe, der Brief, der äußere Eindruck der Leiche.

»Müssen wir nicht die Kripo informieren?«, unterbrach Judith meine Gedanken.

»Doch. Das müssen wir.« Ich stand auf. Wir mussten die Kripo informieren. Die Kripo, zu der ich nicht mehr gehörte.

ZWEI

»Lasst uns hier verschwinden.« Hans bückte sich, hob ihre Schwimmtasche auf und schob sich den Reifen über die Schulter. »Wir gehen jetzt ins Schwimmbad.« Das war keine Frage, das war ein Befehl, der keinen Zweifel daran ließ, dass man ihn zu befolgen hatte.

Sie starrte immer noch auf die Stelle, stand reglos, unfähig sich zu bewegen. Das schwarze Gummi des Reifens glänzte durch die Blätter des Gestrüpps. Von dem Jungen war nichts zu sehen. Sie hatte kein Gefühl dafür, wie lange er schon untergetaucht war, aber es erschien ihr zu lange, um die Luft anhalten zu können.

»Wir müssen ihm doch helfen!«, flüsterte sie.

»Ach was. Der braucht keine Hilfe. Der sitzt bestimmt unter der Brücke dahinten und lacht uns aus.« Hans wies ein Stück den Bach hinab und tippte sich dann mit dem Finger an die Stirn. »Der hat sich mittreiben lassen. Hab ich auch schon ganz oft gemacht. Na los. Kommt schon.«

Sie sah zu Franz, die stumm mit den Schultern zuckte und ihre Sachen nahm. Sie spürte, wie sie wütend wurde. Auf Franz, die einfach dastand, nichts sagte und nichts tat. Sich weder auf ihre noch auf Hans' Seite stellte. Aber so war es immer. Franz hielt sich raus. Zwar hatte sie oft das Gefühl, dass Franz Hans damit ärgern wollte, aber was brachte das schon, wenn es ihr in den meisten Fällen doch nicht einmal gelang. So bestimmend Hans immer sein wollte, so nachgiebig war sie, sobald es um Franz ging.

Sie schluckte ihre Wut hinunter. Ihr gegenüber würde Hans nicht nachsichtig sein. Das hatte sie schon oft genug erlebt. Wenn sie versuchte, etwas anderes zu machen, war Hans eben nicht mehr ihre Freundin. So einfach war das. Für Hans. Für sie nicht.

»Meint ihr nicht, wir sollten Hilfe holen?«, traute sie sich trotz ihrer Befürchtungen zu fragen.

»Damit rauskommt, dass wir hier waren? Meinst du, ich habe Lust auf den Ärger, den ich mir damit zu Hause einbrocke?« Hans zog eine Grimasse, drehte sich um und stapfte los.

Sie zögerte einen Moment. »Hans, warte!« Sie fasste nach ihrer Tasche und hielt sie zurück. »Wenn aber doch was passiert ist?«

»Jetzt hör auf, du Angsthase!« Hans zerrte an den Riemen der Tasche. »Erst bist du zu feige, und dann lässt du dich auch noch verarschen.« Sie schüttelte den Kopf. »So eine kann ich in meiner Bande echt nicht brauchen.«

Sie spürte, wie ihr die Tränen kamen.

»Und jetzt heulst du auch noch.«

Sie wischte sich mit dem Handrücken über die Augen und senkte den Kopf. Die Wunde an ihrem Oberschenkel blutete immer noch. Eine schmale Spur Blut teilte ihr Bein in zwei Hälften, bevor sie im Schuh verschwand. Hoffentlich hörte es auf, bevor sie wieder nach Hause musste. Sie schluckte. Hans hatte sich umgedreht und war mit Franz im Schlepptau gegangen. Sie wollte nicht allein hierbleiben. Es hatte so lange gedauert, bis die anderen sie in die Bande aufgenommen und akzeptiert hatten. Sie wollte nicht rausgeschmissen werden.

Sie sah zum Wasser. Ihr Finger suchte den Mund. Knack. Dann folgte sie den anderen.

***

Judith blockierte die Zugänge zur Wiese mit rot-weißem Absperrband. Bisher hatte nur ein einzelner Jogger auf seiner Runde durch den Kurpark vor dem Durchgang stoppen und kehrtmachen müssen. Die Geschäftsstraße lag wie ausgestorben. Die sonntäglichen Brötchenholer schliefen wohl noch alle.

»Die Kollegen werden in ein paar Minuten hier sein«, rief ich ihr zu, nachdem ich das Handy wieder eingesteckt hatte.

Ich ging neben der Leiche in die Hocke und betrachtete sie. Ihr Gesicht gab nichts preis. Schlaff. Keine Auskunft mehr über ihre Gefühle oder Gedanken. Ich nickte. Auch wenn ich die Zusammenhänge kannte und wusste, dass sich im Tod alle Muskeln entspannten und die Mimik verschwand – es passte zu Regina. Nichts von sich verraten. Nichts nach außen lassen von dem, was dich bewegt. Alles in sich verschließen, still und unauffällig sein. Glatt und ohne Angriffsfläche. So war sie früher gewesen, und so war es in den letzten Wochen gewesen, in denen wir uns wieder öfter getroffen hatten. Zur Freundschaft hatte unsere gegenseitige Sympathie diesmal nicht gereicht. Jemand anders hätte ich sie am ehesten als »gute Bekannte« vorgestellt. Eine, die da ist. Zum Stammtisch. Zum Lauftreff. Ohne weitere Bedeutung für mein eigenes Leben. Ich stand auf, legte den Kopf in den Nacken und hasste mich in diesem Moment für die Oberflächlichkeit, mit der ich ihr begegnet war.

»Was meinst du, wie lange sie schon tot ist?«, fragte Judith und hielt ihr Klemmbrett mit beiden Händen umfasst.

»Wie?« Ich sah sie an.

»Die Tote.« Sie wies auf Regina. »Wie lange ist sie schon tot?«

»Ich bin keine Gerichtsmedizinerin.«

Sie schwieg und erwiderte meinen Blick.

»Siehst du ihre Handinnenflächen und die Fußunterseiten?«, gab ich schließlich nach.

Judith nickte.

»Dieser weiße Schimmer auf der Haut und die Wellen. Man nennt es Waschhaut.«

Judiths Kugelschreiber tanzte über das Papier.

»Sie muss seit mindestens fünf bis sechs Stunden im Wasser liegen.«

»Also ist sie in der Nacht gestorben?«

»Vermutlich. Aber genau auf die Minute kann dir das niemand sagen. Auch der Rechtsmediziner nicht. Sie können höchsten die Zeit eingrenzen.«

Judith schob ihre Zungenspitze zwischen die Lippen und machte weiter Notizen.

»Aber das Wichtigste …«

»Ja?« Judiths Augen funkelten.

»Sie ist ein Mensch, Judith. Die Tote ist ein Mensch. Ihr Name ist Regina Brinke, und sie hatte ein Leben, das sie am Ende hierhergeführt hat.« Ich fuhr mir mit den Fingern durch die Haare und zog sie über die Stirn nach hinten. »Unsere Aufgabe ist, herauszufinden, was es war, was sie hierher geführt hat. Deswegen sammeln wir Indizien und Spuren. Deswegen gehen wir den Hinweisen nach.«

Judith starrte mich an. »Okay«, murmelte sie, und mir wurde klar, wie laut ich gesprochen haben musste.

»Die Kratzer an ihrer Stirn kommen vermutlich vom Flussgrund, über den sie gerutscht ist. Die Totenflecken sind nur ganz blass, aber auch das ist nicht ungewöhnlich bei Wasserleichen«, sagte ich leiser, wie eine Entschuldigung.

»Du weißt ja eine ganze Menge über solche Sachen.« Bernhard Hansen, einer meiner neuen Kollegen und Wachleiter der Schleidener Polizei, kam an der Spitze einer kleinen Gruppe über die Wiese auf uns zu und musste meine letzten Worte gehört haben. Ich erkannte den örtlichen Beerdigungsunternehmer, einen seiner Mitarbeiter und zwei weitere Kollegen. »Bei fast zwanzig Jahren Arbeit in der Mordkommission bleibt das nicht aus, was?« Hansens Stimmlage ließ auf eine Mischung aus Anerkennung, Respekt und einer Prise Neid schließen.

»Fünfundzwanzig. Und bald dreißig bei der Polizei insgesamt«, murmelte ich, und mir wurde mit Schrecken klar, wie lang das war. Ich erinnerte mich an das Gefühl von Freiheit, das mich überkommen hatte, als ich nach dem Abitur die Ausbildung bei der Kölner Polizei anfangen und dem Provinzmuff entfliehen durfte, als ob es nicht länger als ein oder zwei Jahre her wäre. Man merkt, wie man älter wird, wenn einen viele Dinge, die heute geschehen, an noch mehr Dinge erinnern, die früher geschehen sind. So wie jetzt hier. Das gefiel mir nicht.

Ich nickte, konzentrierte mich und unterrichtete ihn kurz über die Sachlage.

»Und du meinst, sie hat sich umgebracht?«, fragte Hansen und beugte sich vor, um Regina aus der Nähe zu betrachten.

»Es sieht zumindest so aus. Sicher sein kann man sich nie.« Ich zog meine Gummihandschuhe aus, stopfte sie in meine Jackentasche und winkte Judith mir zu folgen. Unsere Arbeit war getan. Wir konnten gehen.

***

Der Cursor auf dem Bildschirm blinkte. Ich rollte meinen Kugelschreiber zwischen den Händen wie einen Kuchenteig. Der Bericht war fertig. Alle Einzelheiten aufgeführt, die Angaben zum Zeugen vervollständigt, meine Einschätzung der Lage abgegeben und die Übergabe an Hansen bestätigt. Judith saß mir an ihrem Schreibtisch gegenüber und blätterte in einer Akte. Nur das Rascheln des Papiers war zu hören, wenn sie eine Seite umblätterte. Sie tastete nach ihrem Kaffeebecher, den sie sich aus dem Automaten im Eingangsbereich gezogen hatte. Schon nach dem ersten Schluck verzog sie das Gesicht. Ich warf den Kugelschreiber auf die Tischplatte, stand auf und ging um die Tische herum in eine Ecke des Raumes. Dort stand der vermutlich wertvollste Einrichtungsgegenstand des Büros. Eine nagelneue Kaffeemaschine, die nicht nur normalen Kaffee, sondern auch Espresso, Milchkaffee und vor allem richtigen Milchschaum produzieren konnte. Ein Geschenk meines Kölner Kollegen Matthias zum Abschied. Sechs von seiner Schwester handgefertigte Keramiktassen zierten das Regalbrett über der Maschine. Ich vermisste Matthias mehr, als ich es zugeben wollte. Seine zynische Art, seine trockenen Bemerkungen, seinen unglaublich schlechten Geschmack in Kleidungsfragen. Wir waren ein eingespieltes Team gewesen. Er war der Einzige, der mir Kritik um die Ohren hauen durfte, ohne dass ich in die Luft ging. Und er war es auch gewesen, der vor anderthalb Jahren einen kühlen Kopf behalten und mich vor einem irren Serienmörder gerettet hatte. Ich hatte zu spät begriffen, hatte meine Instinkte als Kommissarin unter einer blinden Verliebtheit vergraben und wäre beinahe gestorben. Matthias hatte die Katastrophe auf dem Dach des Kölner Doms verhindert. Nicht verhindern konnte er die Wunden, die dieser Fall hinterlassen hatte. Auch nicht, dass ich in Gemünd blieb, nachdem meine nach diesen Erlebnissen notwendige Erholungs- und Nachdenkzeit im Schoße der Familie direkt mit einem neuen Mordfall aufgemischt wurde. Er hatte weder die Wunden heilen, noch mich zurück nach Köln holen können, obwohl er beides gerne geschafft hätte. Also hatte er mir das geschenkt, was ihm als Symbol für unsere gemeinsame Zeit am besten geeignet schien. Eine Kaffeemaschine und eine Auswahl an verrückten Kaffeetassen. Alles, Maschine und Becher, war seit Monaten unberührt.

Ich füllte den Wassertank, schaltete das Gerät ein und faltete Reginas Brief auseinander.

»*Ich sehe keinen Ausweg mehr. Alles ist mühsam, bemüht. Bin ich allein? Ich weiß es nicht. Ich weiß nur, ich bin einsam zwischen allen anderen. Es liegt an mir. Ich kann es nicht wie die anderen. Konnte es noch nie. Ich habe nichts mehr, wofür es sich noch lohnt zu leben. Keine Kinder, keinen Mann, keine Familie. Das hätte ich mir gewünscht. Aber auch dazu hat mein Leben nicht gereicht. Meine Ehe wurde mir genommen, bevor sie überhaupt angefangen hatte. Ich hatte nie den Mut, mich dem Leben wirklich zu stellen, den Kampf aufzunehmen. Alles ist gleich. Es wird nicht besser werden. Jetzt stelle ich mich wenigstens dem Tod. Erkennt diesen Mut an, den ich zum Schluss aufbringen werde.*

Ein Grab möchte ich nicht. Ein Grab ist für die, die dableiben, nicht für die, die gehen. Von mir bleibt nichts da. Ein Urnenplatz genügt.

Papa wird nichts begreifen. Sagt ihm, ich sei verreist. Er wird es vergessen und zufrieden sein, wenn ihr ihm sagt, wir würden uns bald wiedersehen. Wer weiß, vielleicht stimmt das sogar? Sorgt gut für ihn. Er hat es verdient.«

Ich legte den Brief auf das Regalbrett. Behutsam, so, als ob mein Umgang mit Reginas Abschiedsbrief noch etwas von meinem Umgang mit Regina wiedergutmachen könnte. Der Text trug kein Datum, keine Unterschrift. Aber es war Reginas Handschrift. Ich hatte sie gleich erkannt, und ein kurzer Schriftabgleich mit ihren Notizen aus der Stadtverwaltung, den die Kollegen bereits vorgenommen hatten, ließ keinen Zweifel. Hansen hatte entschieden, Reginas Tod als Selbstmord zu behandeln. Tragisch, aber so etwas kam vor. Sie würde noch obduziert werden, wie es bei Ertrinkungsopfern üblich war, und dann würde die Akte geschlossen.

Es war seltsam, dass nicht ich die Akte schloss, sondern jemand anderes. Störte es mich? Ich hatte es mir so vorgestellt und es auch so gewollt. Punkt. Alles andere war müßig. Keine große Verantwortung mehr. Deswegen war ich wieder hier. Kein Druck, falsche Entscheidungen zu treffen.

Die grünen Lichter auf den Tasten der Kaffeemaschine signalisierten Arbeitsbereitschaft. Mattes hatte es gut mit mir gemeint und mir nur entkoffeinierten Kaffee geschenkt. Ich blickte kurz zu Judith, die immer noch konzentriert in ihren Unterlagen las. Sie sah nicht auf. Egal. Auch entkoffeinierter Kaffee aus dieser Maschine wäre besser als die Flurplörre.

»Hier, bitte.« Ich stellte Judith die dampfende Tasse auf den Tisch. Überrascht blickte sie auf, lächelte und zog den Kaffee zu sich heran. Ihr leise gemurmeltes »Danke« ging in lautem Klopfen unter. Noch bevor eine von uns reagieren konnte, ging die Tür auf und Hansen stand wieder in der Tür.

»Die Damen.« Seine Anrede stand so unentschlossen im Raum wie er selbst.

»Der Bericht ist fertig. Ich muss ihn nur noch ausdrucken, dann lege ich ihn dir auf den Tisch.« Ich ging wieder zu meinem Platz, gab den Befehl ein und setzte mich. Dann sah ich ihn an und wartete auf das, was er uns vermutlich mitteilen wollte.

Hansen lächelte, betrat den Raum und zog sich einen Stuhl heran. »Darf ich?«

Judith schloss ihre Akte. Ich nickte.

»Ein Leichenfund ist nie leicht zu verkraften«, sagte er leise. »Besonders nicht, wenn man die Tote persönlich kennt.«

In die folgende Stille hinein spuckte der Drucker den Bericht aus. Hansen griff danach und starrte darauf, ohne ihn zu lesen.

»Wenn du Hilfe brauchst, Ina – dann melde dich bitte.« Er legte den Bericht auf den Schreibtisch. »Das gilt natürlich auch für dich, Judith«, ergänzte er, stand auf und ging zur Tür, ohne auf eine Antwort zu warten. Er wusste, warum ich meinen Job bei der Kölner Polizei aufgegeben hatte und hier in die Eifel gekommen war. Ich hatte es ihm in einer Art Bewerbungsgespräch erzählt und seit meinem ersten Tag den Verdacht, er wolle mir den Übergang so leicht wie möglich machen.

»Danke, Bernhard. Ich denke darüber nach.«

»Ja.« Er legte die Hand auf die Klinke und machte den Eindruck, noch etwas zu der Sache sagen zu wollen, zögerte und sprach dann weiter: »Könnt ihr noch mal nach Gemünd fahren? Präsenz zeigen auf der Modellbootregatta? Ich weiß nicht, wie die Leute auf die Nachricht von Regina Brinkes Tod reagieren, und …«

»Ist in Ordnung. Machen wir«, unterbrach ich ihn, froh, etwas zu tun zu bekommen. Eine friedliche, freundliche Modellbootregatta am Zusammenfluss von Urft und Olef war genau das Richtige.

»Wir könnten noch einmal diesen Hornbläser suchen und ihn befragen.« Judith ließ den Motor unseres Polizeiwagens an.

»Wozu?«

»Vielleicht hat er noch etwas beobachtet?«

»Regina war schon länger tot, als er sie gefunden hat.«

»Er war so seltsam.«

»Er war nicht seltsam, er war geschockt.« Ich schlug mit der flachen Hand aufs Armaturenbrett, und Judith zuckte zusammen. »Es ist ja wohl normal, dass man geschockt ist, wenn man auf eine Leiche fällt, oder?«

»Schrei mich doch nicht so an, Ina. Ich wollte doch nur sichergehen, dass wir nichts übersehen haben.«

»Du willst einen Fall aus etwas machen, was gar kein Fall ist.«

Judith umklammerte das Lenkrad. Ihre Fingerknöchel wurden weiß. »Nein. Das will ich nicht. Aber wir hätten ihn nicht einfach so gehen lassen dürfen. Laut Vorschrift hätten wir dafür Sorge tragen müssen, dass er keinen Kontakt zu anderen oder sogar zur Presse hat. Wir hätten ihn so lange nicht gehen lassen dürfen, bis die Spusi fertig war.«

»Es ist nicht alles wie im Lehrbuch. Man kann die Menschen nicht immer nach Vorschriften behandeln.«

»Das meine ich auch nicht, aber ...«

»Was meinst du denn, Mädchen? Meinst du, alles läuft immer nach Plan? Der Böse macht etwas, und der Gute kommt und fängt ihn, tralala, jupidei, und alles ist wieder gut?« Ich spürte, wie sich mein Magen verkrampfte und mir der Schweiß ausbrach. »Das Leben ist nicht so. Erst recht nicht das Leben als Polizist. Der Tod ist hässlich und ekelhaft, und wir begegnen ihm öfter, als uns lieb ist.«

Ich starrte durch die Windschutzscheibe auf die Straße, überrascht und überwältigt von meinem Ausbruch. Judith fuhr schweigend weiter, die Miene wie in Eis gegossen. Der Wagen wurde immer schneller. Zu schnell für die erlaubten siebzig Stundenkilometer. Erst die Ampel in Olef bremste sie. Ihre Kiefer mahlten. Sie hatte die Augen zu schmalen Schlitzen zusammengekniffen und biss sich auf die Unterlippe. Und sie schwieg beharrlich.

Ich senkte den Kopf. Was für eine Meisterleistung hatte ich da wieder vollbracht? Judith war mir zugeteilt, damit ich sie ausbildete, nicht, damit ich sie fertigmachte und ihr meine eigenen Probleme vor den Kopf knallte.

»Judith«, begann ich meine Entschuldigung in, wie ich hoffte, ruhigem und freundlichem Ton, kam aber nicht weit. Das Funkgerät knackte, und Judith öffnete den Kanal.

»Ja?«

Gegen meinen Willen musste ich grinsen. Die demonstrative Gelassenheit ließ sich nicht durchhalten. Sonst hätte sie sich nicht einfach nur mit »Ja« gemeldet, sondern die in den Dienstvorschriften aufgeführten Kommunikationsregeln beachtet. Name, Wagenbesetzung, Stand- und Zielort.

»Wo seid ihr?«, knarzte es aus dem Lautsprecher.

»Auf dem Weg nach Gemünd zur Modellregatta. In vier Minuten sind wir da.«

»Gut. Es gibt Probleme dort. Wir schicken weitere Verstärkung.«

***

Bei diesem Wetter würde es noch eine Ewigkeit dauern, bis die Sachen trocken wären. Kai Rokke war zum Wohnmobilhafen zurückgefahren, hatte den Wäscheständer aus dem Seitenfach des Wohnmobils gezogen und nach fünf Minuten wieder eingepackt. Der Regen verfolgt mich, dachte er, zog die Hand wieder ins Innere seines Wohnmobils und schloss die Tür. Die nasse Hose hängte er über die Rückenlehne des Fahrersitzes und den Pulli auf einen Bügel in der Dusche. Am liebsten hätte er seine Kleidung sofort in eine Reinigung gebracht. Wasser, Schlamm und alles andere fortwaschen lassen. Aber heute war Sonntag und die Geschäfte geschlossen. Zum ersten Mal ärgerte er sich darüber, dass er bisher keinen Wert auf anständige Kleidung gelegt hatte und nun auf die alte Jogginghose angewiesen war, die er als eiserne Reserve in einem der Fächer verstaut hatte. Er zog an den Hosenbeinen, die ihm lose um die Knie schlenkerten.

Kai Rokke quetschte sich auf die Bank seiner Essecke, betrachtete den leeren Ständer der »Lydia« und fühlte sich allein.

Sie wollten ihm sein Boot zurückgeben, sobald sie mit der Spurensicherung fertig waren, die Haare aus der Schiffsschraube entfernt und den Rumpf auf weitere Spuren untersucht hatten. Selbstverständlich seien sie vorsichtig, hatte die ältere Polizistin, deren Namen er vergessen hatte, ihm versichert, aber er traute ihnen nicht. Jemand, der keine Ahnung und keine Erfahrung hatte, konnte unmöglich mit der notwendigen Vorsicht an die empfindliche Technik herangehen. Kai Rokke machte sich Sorgen um die »Lydia«. Er sah seine Hände und Finger an und seufzte. Lang waren sie, und schmal. Die Mittelfinger leicht nach außen gekrümmt. Er trommelte einen Rhythmus auf die Resopalplatte und summte leise, ohne auf den Text zu dem Lied zu kommen, das ihm durch den Kopf ging. Wieder seufzte er, beugte sich zum Fenster vor und sah hinaus. Es regnete immer noch.

Er lehnte sich zurück und legte den Kopf in den Nacken. »Judith Bleuler«, murmelte er leise vor sich hin, lauschte dem Klang des Namens nach und fragte sich, wieso er ausgerechnet jetzt an die junge Polizistin denken musste. Sie hatte ihn beeindruckt. Strukturiert, gradlinig, stark und klar in ihren Anweisungen. Sie hatte nicht den Eindruck gemacht, als ob die tote Frau sie aus der Bahn werfen würde. Ganz im Gegensatz zu ihm. Er hatte gekotzt. Und danach geraucht. Oder umgekehrt. Er wusste es schon nicht mehr. Der Geschmack in seinem Mund wollte, trotz des Zähneputzens von vorhin, nicht verschwinden, genauso wenig wie die Erinnerung an das Gesicht der toten Frau.

Er stand auf, reckte sich und drückte seine Handflächen gegen die Decke des Wohnmobils. Die Spannung tat ihm gut. Sie half ihm, seine Gedanken zu sortieren. Judith Bleuler hatte ihn gefragt, ob ihm rund um den Zeitpunkt des Auffindens der Toten etwas aufgefallen war, und er hatte verneint. Je mehr er aber darüber nachdachte, umso mehr kroch aus seinem Hinterkopf eine Erinnerung an etwas hervor, was ihm im Augenblick des Erlebens so nebensächlich vorgekommen war, dass er es sofort wieder vergessen hatte. Außerdem war er sich nicht sicher, ob ihn seine Erinnerung nicht täuschte. Er könnte sich irren. Und was war dann? Dann sah Judith Bleuler ihn nicht nur als einen Raucher und Schwächling, sondern auch noch nach als jemanden an, der sich wichtigmachte. Wollte er das riskieren?

»Nein«, sagte Kai Rokke Hornbläser in die Stille seines Wohnwagens hinein, setzte sich wieder an den Tisch und strich über den leeren Bootsständer. »Nein.«

Er brauchte fünf Minuten. Dann war alles bereit. Er ließ den Motor an, setzte rückwärts aus seinem Standplatz und wendete. Die schmale Straße führte ihn im weiten Bogen ein Stück am Waldrand entlang und dann über eine kleine Brücke, bis sie schließlich in die Urftseestraße mündete. Er bog nach links auf die Hauptstraße des Gemünder Ortsteils Malsbenden ein und lenkte sein Wohnmobil gemächlich durch die Kurven. Hinter der Ampel ging es links zum Marienplatz. Er entschied sich, zu parken und dann zu Fuß durch die Dreiborner Straße bis zur Regatta zu gehen. Um einen Platz näher am Geschehen zu finden, war es jetzt zu spät. Die Hose klebte immer noch klamm an seinen Beinen und scheuerte unangenehm auf der Haut, während er den Wagen über den Platz lenkte und nach einer Parklücke suchte. Viele Autos mit fremden Kennzeichen standen dicht nebeneinander. Kai Rokke ärgerte sich. Das waren alles Regattabesucher, gekommen, um die schönsten Schiffe im Einsatz zu sehen, und er konnte nicht teilnehmen.

Mit einem Krächzen zog die Handbremse an. Er stieg aus und zupfte Hose und T-Shirt zurecht, fischte den Tabak von der Ablage und schloss das Wohnmobil ab. Hatte er irgendetwas vergessen? Ohne die »Lydia« fühlten sich seine Hände so leer an. Wenn die Polizei mit ihrer Arbeit am Fundort der toten Frau noch nicht fertig war, könnte er ja noch mal hingehen und das, was ihm eingefallen war, einem anderen Polizisten sagen. Es musste ja nicht Judith Bleuler sein. Und vielleicht würden sie ihm die »Lydia« dann gleich mitgeben.

Er folgte der Dreiborner Straße, konnte aber entlang des Weges keine Uniformen mehr entdecken. Auch Menschen in diesen weißen Overalls, wie er sie aus den Fernsehkrimis kannte, waren nirgendwo zu sehen. Vielleicht war es auch wirklich nicht wichtig. Kai Rokke blieb kurz stehen, öffnete den Tabaksbeutel und drehte sich eine Zigarette. Er steckte sie in den Mund, hob das Feuerzeug und ließ es direkt wieder sinken. Judith Bleulers Blick war deutlich gewesen. Sie mochte keine Raucher am Tatort. Vermutlich mochte sie überhaupt keine Raucher. Er schaute seine Zigarette an und schüttelte dann den Kopf. So weit käme es noch. Mit einem leisen Zischen entzündete er das Feuerzeug, hielt die Flamme an die Zigarette und inhalierte tief. Ob die Frau, die er gestern Abend spät im Wohnmobilpark an seinem Wohnmobil hatte vorbeigehen und den Weg hinter dem Schwimmbad hatte nehmen sehen, wirklich die gleiche Frau war, die heute Morgen tot in der Urft gelegen hatte? Warum wartete er nicht einfach, bis sie ihm seine »Lydia« wiedergeben würden, und verschwand dann? Die ältere Polizistin hatte gesagt, er könne gehen. Sie hatten seine Telefonnummer. Seine Adresse. Er ging weiter. Es waren wirklich eine Menge Menschen unterwegs. Zu den Brücken hin standen sie immer dichter. Er runzelte die Stirn. Ein Polizeiwagen schob sich durch eine Seitenstraße und blieb hinter den Zuschauerreihen stehen. Er war enttäuscht, als er bemerkte, dass es nicht Judith Bleuler und ihre Kollegin, sondern zwei männliche Beamte waren, die aus dem Wagen stiegen.

»Hey!« Er schwankte nach vorne und hätte beinahe sein Gleichgewicht verloren, als ein junger Mann ihn von hinten überholte und dabei anrempelte. Er rannte an ihm vorbei, ohne auf seinen Protest zu achten, und drehte sich noch nicht einmal um. Kurz darauf war er in der Menge verschwunden.

***

»Ich fass es nicht.« Judith beugte sich über das Lenkrad und schaute auf die Straße vor sich. »Ich dachte, wir sind in der Eifel!«

»Sind wir auch.« Ich öffnete die Tür einen Spaltbreit. Das bis dahin nur dumpfe Pfeifentrillern und Geheule von Fußballhupen schwappte wie eine Welle ins Wageninnere. »Aber das heißt ja nicht, dass wir hinterm Mond leben.« Ich stieg aus und betrachtete das Treiben vor mir.

Die Olefbrücke war voll mit Menschen, die sich langsam über die Straßenmitte und um die geparkten Autos herum vorwärtsschoben. Plakate mit dicker Schrift, auf denen Slogans wie »Stoppt den Bau« und »Natur vor Profit« standen, schwebten wie Wolken über ihren Köpfen. Alles lief in mehr oder weniger geordneten Bahnen. Der Gemünder Wutbürger wusste, was sich gehörte.

»Waren wir informiert?« Judith stützte sich mit einer Hand auf dem Wagendach ab und schob mit der anderen ihre Uniformmütze in den Nacken.

Ich schüttelte den Kopf. »Sicher nicht. Die Meldung, wegen der die hier sind, stand ja erst gestern Morgen in der Zeitung.«

»Sollen wir einschreiten? Es ist eine nicht angemeldete Demonstration.«

»Es ist vor allem eine friedliche Demonstration.« Ich ließ die Wagentür zufallen und ging auf den Menschenzug zu, als das Knacken eines Lautsprechers über den Platz schallte und gleich darauf eine Frauenstimme, unterbrochen von Störgeräuschen, zu hören war. Wortfetzen nur, aber ich erkannte die Stimme sofort.

»Sie macht es wirklich«, rief ich Judith zu, ignorierte deren überraschtes Gesicht und trabte los. Ich wollte unbedingt an die Spitze des Demonstrationszuges, bevor die Menge sich versammelte, um der Rednerin zuzuhören.

»Warte, Ina«, rief Judith hinter mir her, und es dauerte einige Sekunden, bis sie mich eingeholt hatte. »Wer macht was wirklich?«

Ich gab keine Antwort, sondern schob stattdessen eine Demonstrantin aus dem Weg und drängelte mich an ihr vorbei. Die Frau schnaubte und hob eine Faust. Wieder knackte ein Lautsprecher.

»Andrea!« Ich hoffte, dass die Frau, die sich gerade anschickte, auf eine aus Bierkisten improvisierte Bühne zu klettern, mich hören würde. »Andrea!«

Sie zeigte keine Reaktion, bis ich direkt neben ihr stand. Dann beugte sie sich zur mir hinunter und musterte mich. »Bist du als Gemünderin oder als Polizistin hier, Ina?«

»Als Polizistin. Und als deine Freundin.«

»Dann lass mich jetzt bitte hier reden.«

»Du machst dich lächerlich.«

Andrea presste die Lippen aufeinander. Ich erkannte eine Entschlossenheit in ihrem Gesicht, die ich ihr so nicht zugetraut hatte.

Die knappe Meldung im Lokalteil der Zeitung hatte gestern für ziemliche Unruhe im Ort gesorgt. »Baugenehmigung erteilt. Historisches Hotel Lorbachtal wird zum neuen Schmuckstück des Nationalparks«, lautete die Überschrift. Für die meisten Gemünder bedeutete diese Nachricht nicht mehr als neuen Gesprächsstoff für die nächsten Tage, einige jedoch reagierten heftiger und wollten dagegen angehen. Meine Freundin Andrea war gestern Morgen in einem Maße außer sich gewesen, dass ich mich ernsthaft über sie gewundert hatte. Trotzdem hatte ich nicht damit gerechnet, sie an der Spitze der Protestbewegung zu finden, obwohl sie so etwas angedeutet hatte.

»Andrea!« Ich wusste nicht so recht, ob ich es als Bitte, als Befehl oder als Frage meinte.

Sie richtete sich auf und hob das Mikrofon an die Lippen. »Engagierte Gemünder!« Andrea verstummte wieder und blickte sich um. Ich hatte den Eindruck, als ob sie jeden Einzelnen ansprechen und dazu bringen wollte, ihr zuzuhören.

Für einen kurzen Moment schien das Pfeifen und Johlen noch lauter zu werden, dann wurde es ruhig. Ich konnte die erwartungsvolle Stille auf dem Platz spüren. Am Rand der Menschenmenge drückte sich Judith entlang. Ihre Blicke flogen zwischen mir und Andrea hin und her. »Kennst du sie?«, fragte sie, als sie sich bis zu mir durchgekämpft hatte.

»Ja.«

Das musste genügen. Wenn ich ihr sagen würde, dass Andrea Herbstmann über unsere alte und vor Kurzem wieder erneuerte Freundschaft hinaus auch noch die Mutter meiner Patentochter Henrike war und bei mir ein und aus ging, würde das die Sache nur unnötig verkomplizieren.

»Wir sind hier«, Andreas Stimme füllte den Platz, »weil es uns allen nicht egal ist, was hier geschieht. Oder«, fuhr sie leise fort, beugte sich vor und schaute dabei den Demonstranten in der ersten Reihe direkt in die Augen, »oder ist es Ihnen etwa egal?«

Die Leute schüttelten den Kopf.

»Nein! Ihnen ist es nicht egal! Sie kümmern sich um die Dinge, die vor Ihrer Haustür geschehen. Sie kümmern sich um Ihre Heimat. Sie kümmern sich um das, was uns allen nutzt: die Natur.«

Andrea machte eine Pause. Erster Beifall brandete auf.

Sie nahm das Mikrofon in die linke Hand, streckte die andere nach vorne in Richtung des Publikums aus und neigte den Kopf. »Auch wenn die Eifel nach außen hin nicht immer den fortschrittlichsten Eindruck macht – es zählt doch, was wir wirklich denken, welche Werte wir in unserem tiefsten Inneren hochhalten.« Sie ballte die Hand zur Faust, legte sie auf ihre Brust und schloss für einen Moment die Augen. Als sie sie wieder öffnete, klang ihre Stimme warm und weich. »Meine Großmutter hat mir oft vom Hotel Lorbachtal erzählt. Wie schön es war mit seiner Anlegestelle und den gemütlichen Räumen. Aber«, Andrea straffte sich, »diese Zeit ist vorbei. Das Hotel ist Geschichte und soll es auch bleiben. Niemand kann die Vergangenheit zurückholen. In den Ruinen des Hotels leben Mauereidechsen, die Natur hat die Anlegestellen zurückerobert. Und diese Natur gilt es nun zu schützen!«

Beifall. Ich sah mich um. In den ersten Reihen standen nur vereinzelt Gemünder. Stattdessen sah ich viele fremde Gesichter. Andrea hatte gestern davon gesprochen, »die Sache publik« zu machen. Sie »übers Netz zu geben« und entsprechend viele Leute zu mobilisieren.

Meinen Einwand, die Sache doch sprichwörtlich im Dorf

zu lassen, hatte sie nicht gelten lassen. »Dann erreichen wir nie etwas, Ina! Du siehst doch, wie es anderswo läuft.«

»Aber Gemünd ist nicht Stuttgart«, hatte ich darauf geantwortet. Angesichts des Menschenauflaufs hier war ich mir aber nicht mehr so sicher. Was hatte die Frau auf der Rednerkiste mit meiner sonst so vernünftigen und pragmatischen Freundin Andrea noch gemeinsam? Ich schüttelte den Kopf und hörte weiter zu.

»Über sechzig Jahre lang hatten wir den Truppenübungsplatz direkt vor unserer Haustür und haben uns damit arrangiert. Aber nun ist das Gelände zum Nationalpark geworden, der Natur überlassen und ein starker Motor für unsere Tourismusindustrie. Das werden wir uns nicht kaputt machen lassen.« Ihre geballte Faust öffnete sich wieder, und sie zeigte dem Publikum ihre Handinnenfläche. Eine Kampfansage. »Auch wenn die Befürworter der neuen Hotelanlage uns gerne glauben machen wollen, das alles sei gut für die Schaffung von Arbeitsplätzen und die Stärkung der Region. Das ist großer Unsinn! Uns allen ist wichtig, was mit der Region geschieht. Sichere Arbeitsplätze. Eine starke Wirtschaft. Zufriedene Besucher.«

»Ist die Sache wirklich so schrecklich für die Natur?«, fragte Judith und ließ die Menge nicht aus den Augen.

»Mitten im Nationalpark ein neues Hotel zu errichten, ist eigentlich ein Ding der Unmöglichkeit. Normalerweise gibt es für so was gar keine Baugenehmigung.«

»Und das heißt?«

Ich zuckte mit den Schultern. »Das heißt, dass es nicht allen recht ist, was hier läuft.«

»Und deiner Bekannten schon mal gar nicht.«

»Nein.« Ich sah wieder zu Andrea, die wie ein Politprofi weiter auf die Menschen einredete.

»Ich sehe in vielen Gesichtern Wut, Entschlossenheit und Energie. Wut über die Arroganz, mit der windige Geschäftemacher sich über geltendes Recht hinwegsetzen, Entschlossenheit, sich als mündiger Bürger nicht alles gefallen zu lassen, und die Energie, notfalls auch mit ungewöhnlichen Mitteln dagegen anzukämpfen.«

Trillerpfeifen schrillten. Am hinteren Ende des Platzes war eine gewisse Unruhe entstanden. Ich erkannte dort zwei Kollegen. Sie reckten die Hälse und versuchten genau wie Judith und ich, die Lage abzuschätzen, während Andrea vorne ihre Rede zu Ende brachte.

»Ihr kennt alle den Satz: ›Der Eifler macht erst nach neun Tagen die Augen auf, aber dann sieht er sehr genau hin.‹ Und ich sage euch: Uns sind die Augen aufgegangen! Wir sehen sehr genau hin! Und wir werden jedem auf die Finger klopfen, der versucht, uns zu hintergehen.«

Schreie ertönten. Die Köpfe der Kollegen tauchten in der Menge unter. Die Angelegenheit eskalierte.

»Ruf Verstärkung, Judith!«

»Wir werden für unser Ziel kämpfen! Mit allen Mitteln, die wir haben! Wir lassen uns nichts gefallen!« Andrea hatte die Unruhe noch nicht bemerkt – oder wollte sie nicht bemerken.

»Andrea, hör auf, sie aufzuhetzen!« Ich stellte mich neben sie und fasste sie am Ärmel. »Ich muss dich sonst festnehmen.«

Sie ignorierte mich.

»Jeder Einzelne von euch ist wichtig.«

Schräg hinter uns klirrte eine Fensterscheibe.

»Sag ihnen, dass sie ruhig bleiben sollen.«

»Unser Zusammenhalt macht uns stark.«

Aus den Augenwinkeln heraus sah ich, wie Judith lossprintete und auf den jungen Mann zulief, der den Stein geworfen haben musste und schon einen weiteren bereithielt. In einer einzigen Bewegung wandte er sich zu Judith um, hob den Arm und wollte den Stein auf sie schleudern, als er, von hinten gestoßen, zu Boden fiel. Der Pflasterstein kullerte wie ein Ball über die Straße und blieb liegen.

DREI

Es blutete immer noch. Sie lag auf dem Bauch, hatte den Kopf auf die Hände gestützt und sah den anderen Kindern beim Schwimmen zu. Sie konnte auf der großen weißen Uhr in der Nähe des Sprungturms nicht erkennen, wie spät es war, weil die Sonne so tief über den Bäumen hing und sie blendete. Ihr Magen knurrte, ihr war schlecht, und trotzdem schaffte sie es nicht, sich aufzuraffen und zum Kiosk zu gehen, um sich von ihrem Taschengeld etwas zu essen zu holen, eine Pommes oder ein Eis. Ins Wasser wollte sie auch nicht. Wegen der Wunde und wegen dem Jungen. Ihre Hose und das T-Shirt lagen neben ihrem Handtuch. Sie hatte sie in einer der Duschen ausgewaschen, so lange, bis das Wasser nicht mehr bräunlich aus dem Stoff rann und der muffige Gestank verschwunden war. Jetzt konnte sie sich einbilden, nie im Bach gewesen zu sein.

Über das Kreischen und Lachen der anderen Kinder hinweg meinte sie eine Sirene zu hören. Sie richtete sich auf, lauschte. Nichts. Sie hatte den Jungen nicht mehr gesehen, seit sie vor Stunden vom Wehr weggegangen waren. Er hatte eine Schwimmtasche dabeigehabt, war mit seinem Fahrrad auf dem Weg hierher gewesen. Aber er war nicht da. Eine Faust in ihrem Bauch ballte sich zusammen und schlug wild um sich. Sie krümmte sich ein bisschen, aber es half nichts.

Hans stand auf dem Dreimeterbrett, Franz dicht hinter ihr. Hans zögerte kurz und ging dann nach vorn, bis ihre Zehen über den Rand des Sprungturms ragten. Sie selbst würde sich das nie trauen. Der Turm war hoch, und wenn man oben stand, fühlten sich die drei Meter an wie fünf oder noch mehr. Sie hatte ihren Vater gefragt, ob er einmal mit ihr üben könnte, vom Turm zu springen, weil sie sich nicht vor ihren Freundinnen blamieren wollte, aber der hatte nur gelacht und ihr bei der nächstbesten Gelegenheit unter die Nase gerieben, was er davon hielt, wenn Mädchen sich wie Jungs benahmen.

Hans stand jetzt unbeweglich an der äußersten Kante und hielt den Kopf gesenkt. Sie schwankte nach vorn, ruckte aber im gleichen Augenblick wieder zurück. Hatte sie etwa auch Angst? Sie hob die Arme, und es sah so aus, als ob sie umdrehen und zurückgehen wollte, als Franz dichter aufrückte, brüllte und Hans mit Schwung vom Brett stieß. Sie hörte den Schrei und das laute Klatschen, als Hans flach auf dem Wasser aufschlug.

Sie drehte sich auf den Rücken und legte den Unterarm über ihr Gesicht. Kleine bunte Sterne tanzten in der Dunkelheit vor ihren Augen und umgaben sie wie eine Blase, aus der sie am liebsten nie wieder aufgetaucht wäre. So wie der Junge. Die ganze Zeit konnte sie nur an ihn denken. Was war, wenn ihm doch etwas passiert war? Was wäre, wenn ihr etwas passiert wäre? Wären die anderen auch einfach so weggegangen und hätten sie allein gelassen? Ihre Zähne taten weh, so fest presste sie ihre Kiefer aufeinander. Würde jemand sie vermissen? Würde es jemandem auffallen, wenn sie so einfach weg wäre? Aber dazu hätte sie viel zu viel Angst. Vor dem Alleinsein und davor, wie es wäre, wenn man tot war. Ob es wehtat?

Vor ihr im Becken tauchte Hans prustend auf. Sie schlug mit den Armen um sich, ging unter, kam wieder hoch. Franz sprang neben ihr ins Wasser, griff nach ihr und zog sie an den Beckenrand. Schwer atmend und zitternd hielt Hans sich fest. Mit den vielen Wassertropfen im Gesicht und den roten Augen sah es aus, als würde sie weinen.

Sie drehte den Kopf zur Seite und spürte ihre eigenen Tränen über ihre Wangen laufen.

Ein Schwall kalten Wassers klatschte auf ihren Bauch, und sie schreckte hoch.

»Wir gehen jetzt, Spätzlein.« Franz stand über ihr, die Hand noch zu einer Schale geformt, und grinste. »Kommst du mit?«

Stumm nickte sie, griff nach dem Handtuch und wischte sich trocken, bevor sie ihre Hose und das T-Shirt überzog und den beiden anderen zum Eingang folgte. Sie schwieg, während sie durch den kahlen Flur aus dem Bad hinaus und über die kleine

Brücke gingen, die den Kurpark mit dem gegenüberliegenden
Ufer verband.

»Wollen wir nicht noch einmal gucken gehen?«, fragte sie,
blieb stehen und schaute in Richtung Wehr. Es war zu weit weg,
um etwas zu sehen oder zu hören. »Wenn ihm doch etwas pas-
siert ist?«

Hans zuckte mit den Schultern. Dann packte sie Franz' Arm
»Komm.«

***

Hatte er das wirklich gerade getan? Kai Rokke starrte abwechselnd auf seine Hände und den jungen Mann, der vor
ihm auf dem Boden lag. Hatte er ihn wirklich umgewor-
fen?

»He, du Idiot!« Der junge Mann rappelte sich hoch, ballte
die Fäuste und ging so schnell auf ihn los, dass er nicht den
Hauch einer Chance hatte, auch wenn er schneller reagiert hätte. Er hörte das Knacken, bevor der Schmerz in seinen Schädel fuhr und ihm die Tränen in die Augen schießen ließ. Er
taumelte, riss die Arme hoch und duckte sich. Blut tropfte auf
den Boden und auf seine Hose. Vor ihm lag der Pflasterstein,
den er dem anderen vor wenigen Sekunden aus der Hand geschlagen hatte. Warum und weshalb, vermochte er nicht zu
sagen. Vielleicht aus einem Impuls heraus. Es war deutlich gegen die Regeln, mit Pflastersteinen zu werfen. Er hasste es,
wenn Regeln übertreten wurden. Oder hatte es eine Rolle gespielt, dass dieser Stein Judith Bleuler hätte treffen können?
Er bückte sich, griff danach und richtete sich zu seinen vollen
zwei Metern auf. Der junge Mann vor ihm tänzelte wie ein
Profiboxer von einem Bein aufs andere, die Fäuste erhoben.
Kai Rokke schluckte. Er war kein Schläger. Seine Finger krallten sich um den Stein.

»Lassen Sie den Stein fallen!«, sagte eine Stimme hinter ihm,
und im gleichen Augenblick fühlte er, wie seine Arme hinter
seinem Rücken zusammengedrückt wurden. Er wandte den

Kopf. Einer der beiden Polizisten, die er vorhin aus dem Auto hatte steigen sehen, hielt ihn fest.

»Ich wollte nicht ...«

»Das sehen wir, was Sie wollten.« Der andere Polizist stand dicht neben dem Kai Rokke triumphierend angrinsenden jungen Mann. »Randalierer können wir hier nicht brauchen.«

Sein »Kommen Sie mit« verstand Kai Rokke nur halb. Er wurde in Richtung Polizeiauto geschoben und starrte, dort angekommen, in Judith Bleulers Gesicht.

Es wäre ihm lieber gewesen, wenn sie nicht so konzentriert auf ihren Block gesehen hätte, nachdem sie aufgehört hatte zu schreiben. Es machte ihn nervös. Kai Rokke presste weiter die Kühlkompresse auf sein Gesicht, die ihm der Arzt im Schleidener Krankenhaus gegeben hatte. Die erfreuliche Mitteilung, seine Nase sei nicht gebrochen, milderte den Schmerz nicht ab. Es pochte hinter seiner Stirn. Er hätte gerne eine geraucht. Hier, auf der Polizeistation, jedoch ein Ding der Unmöglichkeit. Und so beschränkte er sich darauf, an dem blauen Gelpack vorbei Judith Bleuler nicht aus den Augen zu lassen. Er dachte oft darüber nach, warum er sich wie verhielt – und zwar *bevor* er sich verhielt. Spontaneität war nicht eines seiner beliebtesten Verhaltensmuster, und er begriff immer noch nicht, was ihn eben geritten hatte.

»Was wollten Sie auf der Demo?«, unterbrach Judith Bleuler seinen Gedankengang.

»Nichts.«

»Aber Sie waren doch da.«

»Ich wusste nichts von einer Demonstration.«

»Sondern?« Ihr Ton war neutral, aber sie trommelte ungeduldig mit den Fingern auf die Tischplatte.

»Die Regatta. Ich wollte zur Regatta.« Das Gespräch lief völlig anders, als er erwartet hatte. Er runzelte die Stirn.

»Ist Ihnen nicht aufgefallen, dass es nicht nur Regattabesucher waren, die auf der Brücke standen?«

»Doch.«

»Und trotzdem sind Sie weitergegangen?«

»Ja.«

»Warum?«

»Ich weiß nicht.« Er versuchte es mit einem Lächeln.

»Herr Hornbläser.« Sie reagierte nicht auf seinen freundlichen Blick. »Wir begegnen uns heute bereits zum zweiten Mal. Beide Male unter nicht gerade normalen Umständen. Es sei denn, für Sie ist es normal, Steine zu werfen oder Leichen zu entdecken.«

»Nein. Das ist es nicht.«

»Nun, dann lassen Sie sich doch nicht alles aus der Nase ziehen.« Judith Bleuler lehnte sich zurück, ließ aber ihre Hände weiterhin auf dem Tisch liegen.

»Ich habe nach Ihnen gesucht.«

»Sie haben was?« Verblüfft schaute sie ihn an.

Er nickte. Jetzt war es sowieso egal, was sie von ihm dachte. »Sie hatten doch gesagt, wenn mir noch etwas einfiele, dann …«

»Und ist Ihnen noch etwas eingefallen?«

»Ja.« Er räusperte sich. »Ich bin mir aber nicht sicher, ob es wichtig ist.«

»Und da haben Sie sich erst mal ein bisschen Zeit genommen und sich ein wenig geprügelt, um besser nachdenken zu können.«

»Ja. Ich meine … Nein.« Mit ihrer Art machte sie ihn wirklich nervös. Er räusperte sich und setzte sich gerade hin. Das war ja albern. »Nein.« Er sah sie an. »Ich wollte Sie nur nicht mit Lappalien belästigen.«

Er schaffte es, seine Stimme fest klingen zu lassen, als er fortfuhr und ihr von seiner Beobachtung berichtete.

»Sie sind sicher, dass es die gleiche Frau war?«

»Nein. Nicht zu hundert Prozent. Deswegen habe ich ja gezögert.«

Judith Bleuler nickte langsam. »Können Sie sie beschreiben?«

»Nicht im Detail. Ich war mit der ›Lydia‹ beschäftigt und

habe sie nur aus den Augenwinkeln heraus am Wohnmobil vorbeigehen sehen.«

»Was macht Sie dann glauben, es wäre die gleiche Frau? Hatte sie eine ähnliche Größe? Ähnliche Haare?«

»Die Tasche.«

»Bitte?«

»Sie haben mich gefragt, was mich sicher macht, und ich habe Ihnen geantwortet: die Tasche. Sie war sehr auffällig.«

Judith Bleuler sah ihn an, notierte etwas auf ihrem Block und klappte ihn dann zu. »Und jetzt?«, fragte sie.

»Hätte ich gern die ›Lydia‹ zurück.«

»Um was zu tun?«

»Abreisen?«, sagte er und wunderte sich über die Frage, die in seinem Tonfall mitschwang.

»Ich werde nachfragen, wie lange das Schiff noch in der Spurensicherung gebraucht wird.« Judith Bleuler stand auf, griff nach ihrem Rucksack und deutete auf die Tür. »Vorerst können Sie gehen.«

Kai Rokke schluckte. »Wollen Sie gar nicht mehr wissen, was nun mit dem Stein war?«

»Was war mit dem Stein?«

Er schob seinen Stuhl nach hinten und stand ebenfalls auf. Judith Bleuler war eine große Frau. Trotzdem hätte er problemlos sein Kinn auf ihrem Kopf abstützen können. Er grinste. Dieses Bild mochte er. Er ging zur Tür und öffnete sie.

»Der Stein hätte Sie treffen können. Das gefiel mir nicht.« Ohne ihre Antwort abzuwarten, trat er auf den Flur hinaus und ging den Gang hinunter. Vor der Glastür stoppte er und drehte sich noch einmal um, in der Hoffnung, ihr noch einen Abschiedsgruß zunicken zu können. Aber außer einem blassen, gerahmten Foto an der Wand war nichts und niemand mehr zu sehen.

***

»Verdammt!« Hansen blickte in die Runde. Wir saßen ge-
drängt um den kleinen Besprechungstisch in seinem Büro und
leckten unsere Wunden. »Wie konnte das passieren?« Sein Blick
blieb an mir hängen. »Du hättest diese Andrea Herbstmann
direkt festnehmen müssen, Ina. Bevor sie die Leute aufgewiegelt hat.«

»Sie hat niemanden aufgewiegelt. Sie hat versucht, die Menschen für ihre Sache zu begeistern. Das kann man ihr nicht ver-
bieten.«

Die Tür öffnete sich, und Judith kam herein. Sie drückte sich
hinter den Stühlen an der Wand entlang und setzte sich auf
den letzten freien Platz.

»Aber eine unangemeldete Demonstration kann man ver-
bieten. Man kann sie abbrechen.« Hansen stand auf, ging zum
Fenster und versenkte seine Hände in den Hosentaschen. Er
starrte auf den Parkplatz vor dem Polizeigebäude. »Ab welchem Zeitpunkt wurde euch klar, dass die Sache nicht fried-
lich bleiben würde?«

»Es ging alles sehr schnell«, murmelte einer der Kollegen
aus der Runde.

»Das ist aber keine Entschuldigung!«, donnerte Hansen,
drehte sich um und kam zum Tisch zurück. Er stützte sich mit
einer Hand auf die Holzplatte und bohrte die andere mit spit-
zem Finger in die Luft. »Ihr hättet erkennen müssen, dass es
nicht nur Gemünder waren, die sich da versammelt hatten, und
dass diese Demotouristen auf Krawall gebürstet waren.«

Ich betrachtete meine Fingernägel. Was Hansen sagte,
stimmte. Wir hätten früher reagieren müssen. Ich legte die
Fingerspitzen auf meinen Mund und klopfte ein Stakkato auf
meinen Lippen. Die Wahrheit war: Ich hätte es früher erkennen und reagieren müssen. Nicht Judith. Ihr fehlte die Erfahrung. Nicht einmal die Kollegen am hinteren Ende der Men-
schenansammlung, wo der Tumult ausbrach, konnte ich dafür
verantwortlich machen. Sie hatten eingegriffen, als es losging.
Nein. Die Gesichter der Leute waren mir zugewandt gewesen.

»Ich übernehme die Verantwortung, Bernhard.«

Die Kollegen sahen mich an, und ich konnte beobachten, wie sie mit einer Mischung aus Erleichterung und Dankbarkeit auf ihren Stühlen in sich zusammensanken, als ob man die Luft aus ihnen herausgelassen hätte. Judith hob die Hand, als ob sie einen Einwand loswerden wollte, aber ich schüttelte den Kopf. Hansen runzelte die Stirn. Seine Augenbraue zuckte in die Höhe. »In Ordnung, Ina.« Unmerkliches Nicken. Er richtete das Wort an die anderen, ohne mich aus den Augen zu lassen. »Ihr könnt gehen.«

Stühle scharrten. Die Kollegen verließen den Raum. Als sie gegangen waren und die Tür hinter ihnen ins Schloss fiel, trat er wieder an das Fenster. Ich stellte mich neben ihn.

»Dein Wagen läuft wieder?«, fragte er und wies mit einem Nicken auf meinen grünen Käfer unten auf dem Parkplatz.

»War nicht so schlimm diesmal. Der Anlasser klemmte nur. Ich habe mich gestern unter den Wagen gequetscht und mit dem Hammer draufgeschlagen, dann ging es wieder.«

Hansen lachte. »Mit dem Hammer?«

»Ja. Ein Tipp meines Lieblingsmechanikers. Funktioniert eigentlich immer. Und wenn es nicht mehr funktioniert, baut er mir einen neuen Anlasser ein. Den hat er sich vorsichtshalber schon besorgt.«

»Warum kaufst du dir keinen neuen Wagen, Ina? Dieses Teil kostet dich doch nur Zeit und Geld und Nerven.«

»Ich mag den Wagen. Deswegen.« Ich lehnte meine Stirn an die Fensterscheibe. »Du willst aber jetzt nicht mit mir über den Käfer sprechen, oder?«

Hansen seufzte. »Du bist jetzt wie lange hier, Ina?«

»Sieben Monate.« Ich antwortete ihm, obwohl es eine rhetorische Frage gewesen war.

»Richtig.« Er nickte. »Sieben Monate.« Er sah mich an. »Aber du bist hier immer noch nicht angekommen.«

Ich schwieg.

»Machst immer noch deine Alleingänge. So wie eben.« Er senkte den Kopf. »Ich habe mehr als einmal darüber hinweggesehen, weil ich sehr viel von dir als Polizistin halte und weiß, dass du ein gutes Gespür hast. Aber wir sind hier eine kleine Polizeiwache auf dem Land, kein Riesenapparat, in dem man sich verstecken kann. Wir sind ein Team, in das du dich einfügen musst.«

Hansen ging zum Tisch, griff nach einem Blatt Papier und hielt es mir hin. »Hier«, sagte er und drehte es so, dass ich die Schrift lesen konnte. Es war das Protokoll zu Andreas Festnahme. »Sie sitzt im Vernehmungsraum. Klär die Sache.«

»Darfst du überhaupt mit mir sprechen?« Andrea lehnte sich auf dem Stuhl zurück und verschränkte die Arme.

Ich ließ die Tür einen Spaltbreit offen, ging zum dem schmalen Tisch und setzte mich ihr gegenüber. »Wusstest du, dass die Sache eskalieren würde?«, fragte ich sie und legte einen Schreibblock samt Kugelschreiber zwischen uns beide.

Andrea biss sich auf die Unterlippe, schwieg aber.

»Du hast mir gesagt, du wolltest Leute mobilisieren.« Ich beugte mich vor. »Diese Leute?«

Andrea wandte den Kopf ab und schlug ihre Beine übereinander. Sie mied meinen Blick.

»Das waren keine Gemünder, Andrea.«

Sie zuckte zusammen. »Natürlich waren da auch Gemünder dabei! Meinst du, es ist den Leuten egal, was hier über ihre Köpfe hinweg entschieden wird?«

»Die Gemünder bekommen doch ihren Hintern nur im allergrößten Notfall hoch. Und dich würden sie ja schon mal gar nicht unterstützen.« Ich griff nach dem Kugelschreiber.

»Ach, und warum nicht?«

»Weil du eine bist, die zwar von hier ist, sich aber nicht wie eine von hier benimmt. Du fällst aus der Rolle, und das mögen sie nicht. Weder im Guten noch im Schlechten. Sie beneiden dich um die Freiheit, die du dir nimmst, und um das, was du auf die Beine stellst. Deswegen strafen sie dich mit Nichtachtung.«

Andrea lachte bitter. »Redest du jetzt von mir oder von dir?«

Ich schwieg.

»Was ist los mit dir, Ina?« Andrea entknotete ihre Arme und beugte sich ebenfalls über die Tischplatte, bis sie mit ihren Händen meine Finger berührte. »Wirst du nicht wütend, wenn irgend so eine dahergelaufene Wirtschaftsheuschrecke mitten im Nationalpark ein Hotel bauen will? Nichts, aber auch gar nichts hat das Unternehmen mit der Eifel am Hut!«

Ich zog meine Hände zurück. »Ich bin mir noch nicht einmal sicher, ob die Idee wirklich so schlecht ist, wie du immer behauptest.« Ich versuchte mich wieder zu beruhigen und meinen Ausbruch von gerade eben zu verstehen. »Immerhin bringt es Arbeitsplätze, und die können wir hier gut gebrauchen.«

»Ach was!« Andrea sprang auf, und ihr Stuhl rutschte krachend nach hinten. »So ein Unsinn. Weißt du, was passieren wird? Sie setzen das Hotel in die geschützte Landschaft, greifen womöglich noch Fördergelder ab, und wenn es dann nicht rentabel ist, ziehen sie den Schwanz ein und lassen die Stadt Schleiden mit dem Teil allein dastehen.«

»Alles in Ordnung?« Ein Kollege steckte den Kopf durch den Türspalt und machte Anstalten hereinzukommen.

Ich hob die Hand und winkte ab. »Ja, alles okay«, murmelte ich und sagte dann, mit Blick auf Andrea: »Setz dich.«

Sie ballte die Fäuste, verkrampfte sich für einen kurzen Moment und machte ein wütendes Geräusch.

»Setz dich, Andrea.«

Sie blieb stehen.

»Es geht auch gar nicht darum, was ich von der Sache halte oder wie ich dazu stehe. Es geht darum, ob ich dich gleich gehen lassen kann, oder ob ich dich festsetzen muss.«

»Ohne Anklage zu erheben, darfst du mich höchstens bis morgen um Mitternacht hier festhalten.«

»Ach was.«

»Oder du musst mich einem Haftrichter vorstellen.«

»Andrea! Jetzt hör mit dem Scheiß auf«, knurrte ich. »Wir sind Freundinnen, und ich versuche, das Beste für dich aus der Situation hier zu machen.«

»Weiß dein Chef, dass wir uns kennen?«

»In Gemünd kennt jeder jeden.«

»Das meine ich nicht.«

»Nein, er weiß es nicht. Und er hat mir noch vor einer halben Stunde meine Alleingänge vorgehalten. Also mach jetzt hier nicht einen auf Ökoterrorist, sondern verhalte dich so, dass wir beide gut aus der Sache rauskommen.«

Andrea ließ sich auf den Stuhl fallen, setzte sich gerade hin und legte die Hände in ihrem Schoß übereinander. Unsere Blicke trafen sich, und ich erkannte in ihren funkelnden Augen den Widerstreit, den sie mit sich ausfocht. Schließlich seufzte sie. »Ich habe es gestern Nachmittag über eine Mailingliste meinen Bekannten mitgeteilt und die Nachricht außerdem über Netzwerkseiten laufen lassen. Da macht so was ganz schnell die Runde, und es kommen Leute an Informationen, die man ursprünglich nicht im Sinn gehabt hat.«

»Ich habe keine Mail von dir bekommen.«

»Du bist Polizistin.«

Ich nickte. »Okay.«

Andrea griff nach dem Schreibblock und starrte darauf, als ob die Namen derer, die von der Demo gewusst hatten, auf dem Papier stehen würden. »Jürgen, Mike, Hanna, Claudia, Susanne, Regina«, zählte sie die Namen unserer gemeinsamen Freunde auf. »Sie wussten Bescheid, und es war Ihnen auch wichtig genug, um zu erscheinen. Ich habe sie zwar nicht gesehen, aber sie waren bestimmt da.«

»Nicht alle waren da.« Ich starrte Andrea an. Sie wusste es noch nicht.

»Doch. Alle. Wir hatten das im Vorfeld abgesprochen. Aber keiner von denen hat Randale gemacht. Ganz sicher nicht.«

»Du hast es noch nicht gehört?«

»Was?«, fragte sie irritiert.

»Regina. Sie ist tot. Wir haben sie heute in der Früh am Wehr gefunden. Sie ist ertrunken.«

Andrea schlug sich die Hand vor den Mund. »Oh mein Gott.« Sie schluckte und starrte mich an. Es dauerte eine Weile, bis sie sich wieder rührte. »Was ist passiert? Hatte sie einen Unfall?«

»So wie es aussieht, hat sie sich das Leben genommen«, gab ich leise zurück.

Andrea saugte ihre Unterlippe ein und biss darauf herum. Tränen schossen in ihre Augen.

»Ich habe ihren Abschiedsbrief gelesen. Sie muss sehr einsam und unglücklich gewesen sein.« Ich senkte den Blick. »Mir ist es nicht aufgefallen. Ich habe nicht darauf geachtet. Leider«, ergänzte ich und spürte, wie der Ärger über mich selbst wieder in mir hochstieg.

»Nein, das kann nicht sein.« Andrea schob ihren Stuhl wieder zurück, blieb aber sitzen. Sie wischte sich mit dem Handrücken über die Wange.

»Es ist aber so«, erwiderte ich. »Sie sah keinen Ausweg und keine Perspektive für sich. Keine Familie, keine Aufgabe. Nichts.«

»Doch, sie hatte eine Aufgabe«, widersprach Andrea mit einer Mischung aus Trauer und Trotz. »Sie war sehr aktiv in unserer Aktionsgruppe und nahm an einem Rangerlehrgang teil. Sie wollte ab dem Sommer Waldführungen für Kinder durchführen. Und außerdem«, Andrea breitete ihre Arme aus und lächelte ein schiefes Lächeln, »war sie verliebt.«

»In wen?«

»Das hat sie mir nicht gesagt.«

»Woher weißt du das alles?«

»Weil ich mit ihr gesprochen habe. Weil ich sie seit unserer Zusammenarbeit in der Gruppe in letzter Zeit immer besser kennengelernt habe.« Andrea schob ihre Finger ineinander. »Sie hat sich nicht umgebracht.«

»Sie hat den Brief geschrieben. Es ist ihre Handschrift. Das konnten wir überprüfen.«

»Aber sie hat sich auf keinen Fall umgebracht!«

»Warum sollte sie den Brief denn dann dabeigehabt haben?«

Andrea runzelte die Stirn und dachte nach. Ein Ausdruck von Trauer und von etwas anderem, das ich nicht deuten konnte, huschte über ihre Züge, kurz nur, wie eine Erinnerung. Dann war er wieder verschwunden. »Was genau stand in dem Brief?«

»Das darf ich dir nicht sagen.«

Andrea neigte den Kopf zur Seite. »Ist sie in der Urft gestorben?«

»Wir müssen die Obduktion noch abwarten.«

Andrea wurde still. Aus ihrem Körper wich jede Spannung. Als sie wieder sprach, konnte ich die Enge in ihrer Kehle hören. »Sie war eine gute Freundin, Ina. Ich kenne sie, seit wir Kinder waren. Sie, Birgit und ich, wir waren damals unzertrennlich. Das hat sich zwar verloren, aber in den letzten Monaten …«

»War deine Schwester denn noch mit Regina befreundet?«

»Freundschaft würde ich es nicht nennen, aber sie hatten miteinander zu tun. Du musst sie selber fragen. Ich kann dir nur wenig dazu sagen. Regina hat mit mir nie über Birgit gesprochen.«

»Hat Birgit denn mit dir über Regina geredet?«

Andrea lachte trocken. Das war Antwort genug. Ich wusste um Andreas Verhältnis zu ihrer Zwillingsschwester. So ähnlich sich die beiden in ihrem Äußern waren, so verschieden waren ihre Charaktere. Die Nobelvilla, in der Birgit und ihr Mann Frank lebten, hätte ebenso im Kölner Hahnwald stehen können. Nicht unbedingt schön, aber alles nur vom Feinsten. Der Wert eines einzigen von Birgits Möbelstücken lag vermutlich über dem Wert von Andreas kompletter Wohnungseinrichtung, aber ihr war das egal. Materielle Werte waren nicht nur unwichtig, sie verdarben in ihren Augen auch den Charakter. Und selbst zu Henrike, Andreas zwölfjähriger Tochter, hatte ich als Patentante über die Jahre ein besseres Verhältnis aufgebaut als Birgit.

»Regina hat sich nicht umgebracht«, sagte Andrea.

»Dann war es ein Unfall.«

»Vielleicht.« Sie ballte die Fäuste. »Vielleicht aber auch nicht.«

»Also kein Selbstmord und kein Unfall. Was dann?«

»Du bist von der Mordkommission, Ina.«

»Bin ich nicht. Nicht mehr.«

»Hast du mit deiner Stelle denn auch deinen Instinkt abgegeben?«

»Unsinn.«

»Dann glaub mir doch einfach.« Sie betonte jedes Wort: »Es. War. Kein. Selbstmord.«

Ich betrachtete sie. Was war, wenn sie richtiglag? Wenn es kein Selbstmord und kein Unfall war? Ich würde mit Hansen sprechen müssen. Oder mit Sauerbier, dem Kommissar der für uns zuständigen Bonner Mordkommission.

»In Ordnung. Ich werde meinen Vorgesetzten von deinem Zweifel berichten, auch wenn ich nicht weiß, was das bringen soll.« Ich stand auf und hielt ihr die Tür auf. »Du kannst nach Hause gehen. Halt dich aber zu unserer Verfügung.«

Andrea nickte, schob sich an mir vorbei in den Flur und ging in Richtung Ausgang.

»Ach, Andrea?«, rief ich ihr hinterher.

»Ja?« Sie drehte sich um.

»Du hast gesagt, du hättest an alle deine Freunde eine Mail wegen der Demo geschrieben.« Ich machte eine kurze Pause. »Auch an Steffen?«

»Ja, Ina. Auch an Steffen.«

VIER

Sie klingelte. Kurz darauf hörte sie Schritte durch den Flur klackern und eilig näher kommen. Es dauerte nicht so lange wie sonst. Sonst kam Mama von unten, aus dem Keller, wo sie die Wäsche wusch. Oder von oben, aus der Schlafzimmeretage. Aufräumen. Staubwischen. Sie war immer beschäftigt. Diesmal allerdings hörte es sich so an, als habe Mama gewartet, bis sie klingelte. Sie holte Luft und merkte, wie ihre Lunge zitterte.

Die Haustür öffnete sich einen Spaltbreit und das bleiche Gesicht ihrer Mutter starrte sie an. »Oh, Gott sei Dank – da bist du ja.« Sie riss die Tür auf, umarmte sie und drückte sie an sich. »Ich war krank vor Sorge, als ich es gehört habe. Ich hatte kein Auto hier und ...«

»Was gehört?« Sie befreite sich zaghaft und lächelte.

»Komm erst mal rein.« Ihre Mutter bekam langsam wieder Farbe. Sie wirkte erleichtert. Auf dem Küchentisch, den sie von hier aus sehen konnte, stand eine Tasse Kaffee, und eine Rauchsäule stieg aus dem Aschenbecher auf. Mama rauchte sonst nie tagsüber.

Sie ließ die Tasche mit den Schwimmsachen von der Schulter gleiten, stellte sie auf den Boden und wartete ab.

»Wo bist du gewesen?« Die Sorge und das warme, herzliche Willkommen waren aus Mamas Stimme verschwunden.

Sie blieb stehen, ganz still.

»Ich, äh«, murmelte sie und senkte den Kopf. »Wir waren im ...« Sie zögerte. Wenn sie log und Mama würde es herausfinden? Wenn sie die Wahrheit sagte? Alles war falsch, weil sie alles falsch gemacht hatte. Sie räusperte sich, hustete und fuhr sich mit der Hand durch die nassen Haare. »Du warst nicht da, aber ich hatte dir einen Zettel hingelegt.« Sie sah sich um, konnte aber das Blatt nirgendwo entdecken.

»Den hab ich gefunden.« Ihre Mutter griff in die Tasche ih

rer Schürze und hielt ihr das zerknüllte Papier hin. »Da steht nichts davon, wo du warst.« Ihre Stimme klang gepresst, wurde immer leiser. Ein untrügliches Zeichen für die unterdrückte Wut ihrer Mutter. Erich duckte sich, kroch in sich hinein. Die Launen ihrer Mutter waren unberechenbar.

»Warst du im Schwimmbad?« Scharf im Ton, aber noch unter Kontrolle.

»Ja.« Als sie gegangen war und den Zettel auf den Tisch gelegt hatte, war sie sich so groß vorgekommen. Aber das war jetzt vorbei.

Ihre Mutter drehte sich um, ging mit langen Schritten in die Küche zurück und setzte sich auf den Stuhl neben dem Tisch. Sie beugte sich vor und griff nach der halb verglühten Zigarette. Hastig zog sie daran.

»Es gefällt mir nicht, wenn du dich allein rumtreibst. Es kann alles Mögliche passieren, und ich kann dir dann nicht helfen.« Sie drückte die Zigarette aus, stand auf und kam zu ihr. Die Gummisohlen ihrer Hausschuhe quietschten auf dem Linoleum. Sie beugte sich vor, und Erich roch ihren Ascheatem, als sie sie wieder in den Arm nahm. »Die Welt ist schlecht. Niemandem kann man vertrauen, außer der Familie. Denk daran, Kind!«

»Ich war nicht allein, Mama. Ich war ...«

»Kinder. Ihr seid ja alle noch Kinder«, erstickte ihre Mutter die Worte, wischte ihren Einwand beiseite und drückte sie. Ihre Stimme klang dumpf, als sie fortfuhr: »Sie haben einen Jungen gefunden. Er ist ertrunken. Am Wehr.« Sie ließ Erich los. »Und jetzt gehst du auf dein Zimmer und denkst darüber nach, was du gemacht hast.«

***

Das Licht an der Kaffeemaschine pulsierte im Energiesparmodus. Ich schaute auf die Uhr an meinem Handgelenk. Bald würde ich wieder ein neues Band kaufen müssen. Die Uhr war ein klobiges Teil mit altmodischem Ziffernblatt. Ich hatte sie

von meinem Großvater geerbt und erst vor Kurzem wieder-
entdeckt, als ich auf dem Speicher meines Elternhauses aufgeräumt und mich in den Kisten verloren hatte. In den Zeich-
nungen aus Grundschulzeiten. Für meinen Bruder und mich
gab es dort oben eine Sammelmappe. Die Blätter in meiner
waren vergilbt und die Farben blass geworden. Bei den meisten konnte ich mich nicht erinnern, wann und wo ich sie ge-
malt hatte, aber einige wenige riefen so lebendige Erinnerungen in mir wach, dass es schon beinahe wehtat, wenn ich
darüber nachdachte, wie lange das her war. Nein. Nicht beinahe. Es tat weh. Mehrere Stunden hatte ich allein auf dem
Speicher gesessen, zwischen den durchwühlten Kisten, meine
Vergangenheit in drei Stapel sortiert und mich alt gefühlt.
»Müll«, »kann man noch gebrauchen« und »liebe Erinnerungen«. Der Stapel mit dem Müll war der größte gewesen. Als
die Uhr aus einem zusammengefalteten Samttuch herausge-
fallen war, hatte ich weinen müssen, und es hatte mir gutgetan.
Keine Datumsanzeige, keine Weltzeit und keine Funkeinstel-
lung. Sie hätte auf dem Müllstapel landen sollen. Eigentlich.
Stattdessen hatte ich sie um mein Handgelenk gebunden. Sie
ging im Laufe eines jeden Tages mehr und mehr nach, und jeden Abend schenkte ich ihr und mir die halbe Stunde zurück,
die wir beide irgendwo im Laufe der letzten vierundzwanzig
verloren hatten.

Jetzt hatte sie sich schon wieder einen Vorsprung von zwanzig Minuten herausgearbeitet. Es war also vier Uhr. Steffen
hatte sich den ganzen Tag über nicht gemeldet, um mir zu sagen, wie es Hermann ging. Keine Nachrichten sind gute Nachrichten, dachte ich und kramte mein Handy aus meiner Handtasche. Vielleicht hatte er mir ja eine SMS geschickt.

Aber nicht Steffens Nummer erschien auf dem Display, sondern die Nummer meines Vaters Hermann Stein.

*»muss dich unbedingt heute sehen. komm bitte nach feier-
abend zu mir. pap«.* Mein Vater bewies zwar mittlerweile große Souveränität im Umgang mit Neumedien, wie er es nannte,
aber die Großbuchstabentaste seines Handys hatte er immer

noch nicht im Griff. Ich runzelte die Stirn und fragte mich, was er so Wichtiges von mir wollte. Dann drückte ich die Rückruftaste und lauschte so lange auf das leise Tuten im Hörer, bis eine freundliche Frauenstimme mir verkündete, dass der Teilnehmer nicht erreichbar war.

»Soll ich dich wieder mit nach Gemünd nehmen?«, fragte ich Judith und warf das Telefon zurück in die Tasche. Sie schreckte hoch.

»Was?«

»Feierabend. Ich fahre nach Hause. Du hast dein Fahrrad vor Steffens Wohnung stehen. Soll ich dich mitnehmen?«

Judith klappte ihr Handy auf, das neben ihr auf dem Schreibtisch gelegen hatte und nickte. »Ja.« Sie schaltete den Computer aus, raffte ihre Jacke von der Rückenlehne des Stuhls, und es schien eine Ewigkeit zu vergehen, bis sie endlich aufstand und zur Tür ging. »Danke.« Sie öffnete den Mund, sah zurück auf ihren Schreibtisch und dann mich an.

»Gibt es noch etwas Wichtiges?«, fragte ich und versuchte, die Frage so klingen zu lassen, wie sie gemeint war – sachlich interessiert.

Sie schüttelte den Kopf. »Nein.« Dann sah sie mich mit einem Ausdruck in den Augen an, den ich nicht deuten konnte. »Nein«, wiederholte sie mit fester Stimme, öffnete die Tür und ging hinaus auf den Flur.

Sie war immer noch sauer auf mich, aber im Gegensatz zu heute Vormittag hatte ich jetzt nicht mehr die Energie für nervenaufreibende Grundsatzgespräche über mein unfaires Verhalten ihr gegenüber. Und meinem Eindruck, dass da sehr wohl etwas war, was sie mir aber verschwieg, wollte ich heute nicht mehr nachgehen. So beschränkte ich mich während des Weges auf Höflichkeitsfloskeln, von denen sie vermutlich genauso gut wie ich wusste, dass sie unseren eigentlichen Gesprächsbedarf nicht trafen. Aber auch Judith schien müde zu sein, sie stieg am Ende der Fahrt höflich dankend aus und schwang sich auf ihr Fahrrad.

Aus Steffens Wohnung drang kein Laut, als ich den Schlüssel ins Schloss steckte und die Tür zum Flur öffnete. Ich stellte meine Tasche auf den Boden, warf die Jacke über einen Stuhl neben der Garderobe und streifte meine Schuhe ab. Meine Füße machten kein Geräusch auf dem Parkettboden, während ich zum Wohnzimmer ging, und es schien, als ob sich die Stille, die in der Wohnung stand, wie eine Höhle öffnete und ich bräuchte nur hineinzukriechen in ihren Schutz.

»Wie geht es ihm?«, fragte ich Steffen, als ich das Zimmer betrat, sofort zum Sofa ging und mich vor Hermanns Transportkiste kniete.

»Gut.« Steffen war aus dem Sessel aufgestanden, in dem er gesessen und in einer Zeitschrift gelesen hatte. »Oder besser gesagt, es geht ihm nicht schlechter. Er hat sogar etwas gefressen.«

»Vielleicht berappelt er sich ja doch noch mal«, sagte ich, um mich selbst zu betrügen.

Steffen zuckte mit den Schultern und kam zu mir und dem Kater. »Ina«, begann er, aber ich unterbrach ihn. Ich konnte ihm ansehen, dass er keine Lust mehr auf die Diskussionen um Hermanns Krankheit hatte, die sich ewig im Kreis drehten und immer damit endeten, dass ich mich zurückzog.

»Lass gut sein, Steffen. Ich weiß, was du sagen willst. Und du weißt, was ich darauf sagen werde.« Ich versuchte ein Grinsen. »Danke, dass du dich den ganzen Tag um ihn gekümmert hast.«

»Was machst du morgen mit ihm?«

»Ich weiß es noch nicht.« Ich strich dem Kater über den Kopf, zwischen den Ohren hindurch und über die Schnauze bis zur Nase, und erhielt ein leises Schnurren zur Antwort. »Es wird mir schon was einfallen, Süßer«, murmelte ich und verstärkte mein Kraulen.

»Was war heute Morgen los?« Steffen ging in die Küche, und ich hörte die Kühlschranktür. »Es hörte sich sehr ernst an.«

Er wusste es noch nicht. Er konnte es noch nicht wissen,

weil er den ganzen Tag in der Wohnung verbracht hatte, um auf meinen Kater aufzupassen.

»Wir haben Regina Brinke tot in der Urft gefunden.«

»Die Regina aus der Stadtverwaltung?« Steffen war mit einem Glas Milch in der Hand wieder im Wohnzimmer aufgetaucht.

Ich nickte. Und bevor er alle Fragen einzeln stellen würde, fasste ich das Geschehene kurz zusammen.

»Und wirst du Andreas Hinweis nachgehen?«, fragte er, als ich mit meinem Bericht zu Ende war.

»Mal sehen, was die Obduktion bringt.« Ich nahm eine Haarsträhne und zwirbelte sie um meinen Finger. »Andrea war sehr aufgeregt wegen der ganzen Sache.«

»Hatte Regina denn mit dem Hotelprojekt etwas zu tun? Immerhin arbeitete sie auf dem Bauamt.«

»Sie engagierte sich ebenfalls gegen den Wiederaufbau. Sagt Andrea.« Ich stand vom Boden auf, wo ich die ganze Zeit neben Hermann gekniet und ihn gestreichelt hatte, und sah Steffen an. »Du wusstest von der geplanten Demo.« Keine Frage. Eine Aussage, und dass sie stimmte, erkannte ich an seiner Reaktion.

Er sog Luft durch seine Nase ein und spitzte die Lippen. »Ich bin nicht hingegangen.«

»Wärst du denn hingegangen, wenn du nicht auf Hermann aufgepasst hättest?«

»Vielleicht? Ich weiß es nicht.«

»Andrea hat eine flammende Rede gehalten.«

»Du warst da?«

»Dienstlich.«

Er nickte und lehnte sich gegen den Türrahmen. Seine dunklen Locken fielen ihm ins Gesicht, und ich konnte seine Miene nicht erkennen.

»Warum hast du mir nichts von Andreas Plänen gesagt?«

»Hat sie dir von ihren Plänen erzählt? Hat sie dir die Mail geschickt?«

»Herrgott, Steffen, du bist mein Freund. Ich lebe mit dir zusammen. Da wäre es schon schön, wenn du solche Informationen nicht für dich behalten würdest.«

»Was hat das denn damit zu tun?« Steffen stieß sich vom Türrahmen ab und verschränkte die Arme vor der Brust. »Deine Freundin Andrea hat dir die Mail nicht geschickt, weil die Demo nicht angemeldet war und sie weiß, dass du die Information als Polizistin weitergeben müsstest. Sie wollte dich schützen!«

»Schützen? Wovor?« Ich lachte und hörte die Bitterkeit in meiner Stimme. »Und was ist mit dir, Steffen? Wolltest du mich auch schützen?«

Die Türklingel ließ uns beide verstummen. Steffen drehte sich um und ging durch den Flur zur Wohnungstür. Ich hörte, wie er sie öffnete.

»Stör ich dich?«

Steffens Antwort kam eine Sekunde zu spät, um spontan zu wirken.

»Nein.« Wieder eine Pause. »Komm rein, Mama.«

»Ich will dich wirklich nicht stören, Junge. Es ist Sonntag, und du hast frei. Aber ich habe einen Kuchen gebacken, und da dachte ich, du hättest vielleicht Hunger?« Ihre Stimme wurde immer fester und deutlicher, je näher sie dem Wohnzimmer kam.

»Hallo, Helga«, sagte ich zu dem Gesicht hinter der Kuchenplatte.

»Ina!« Helga stellte den Kuchen auf das niedrige Tischchen vor dem Sofa. »Ich dachte, du müsstest heute arbeiten, Kind?« Sie sprach es wie eine Frage aus. »Na, dann will ich euch beide aber wirklich nicht länger stören.« Sie blieb in ihrer dünnen Jacke im Raum stehen und sah abwechselnd auf mich und auf Steffen, ohne sich zu bewegen.

Steffen verharrte hinter ihr. Er überragte seine Mutter um zwei Kopf und hatte keine Mühe, mich über sie hinweg zu mustern. Ich zuckte leicht mit den Schultern, beugte mich zu Hermann hinunter und streichelte ihn. Helga wegzuschicken brachte ich nicht übers Herz. Steffens Vater war vor zwei Jahren gestorben, seitdem lebte Helga allein in Nierfeld. Haus und Garten waren riesig, und Helga bemühte sich, alles in Ordnung zu halten. Aber mit jedem Besuch bei ihr, mit jeder kurzen Stippvisite, die ich manchmal zwischen meinen Streifendienstfahrten bei ihr einlegte, machte sie auf mich einen vereloreneren Eindruck. Ihre Andeutungen, die sie immer mal wieder fallen ließ, wie viel Platz sie doch hätte und dass es doch überhaupt kein Problem wäre, wenn Steffen und ich zu ihr in das Haus ziehen würden, konnte ich aus ihrer Sicht heraus gut verstehen, auch wenn es für mich nicht in Frage käme. Steffen überhörte diese Andeutungen geflissentlich, und so bestand zu diesem Thema kein Diskussionsbedarf zwischen uns beiden.

»Ich mach uns einen Kaffee.« Steffen resignierte und verschwand in der Küche. Helga lächelte mich an, stellte ihre Handtasche neben den Kuchen und öffnete sie.

»Meinst du, Steffen hat ein paar Minuten Zeit, um mit mir diese Papiere durchzugehen? Dauert auch nicht lange. Aber ich komme allein nicht damit klar, und da dachte ich ...« Sie verstummte.

Ich warf einen Blick auf den dünnen Stapel Papier. Es waren Rechnungen, ein Schreiben der Telefongesellschaft und eine Werbung für eine Seniorenreise.

»Ich werde mich erst einmal umziehen«, murmelte ich und strich meine Uniformhose glatt. Ich lächelte Helga zu, ging ins Schlafzimmer und schloss die Tür hinter mir. Aus der Küche drangen das Klappern von Geschirr, dumpfe Stimmen und der Duft nach frischem Kaffee. Helga fragte, Steffen antwortete. Ich konnte nicht erkennen, ob er genervt war. Vielleicht war er ja auch froh, der Diskussion mit mir zu entkommen. Sonntagnachmittagsgemütlichkeit als Zierdeckchen für schwelende Konflikte? Ich wusste es nicht. Mir fiel die SMS meines Vaters wieder ein. Ich griff mir eine Jeans aus dem Kleiderstapel, den ich auf einem Stuhl in der Ecke des Zimmers angehäuft hatte, und ergänzte es um ein schwarzes T-Shirt und meine Lieblingsstrickjacke.

Ich nutzte die Gelegenheit, entschuldigte mich bei Helga und nahm Hermanns Transportbox behutsam auf den Arm, um ihn mitzunehmen.

Der Geruch, der mich im Hausflur empfing, ähnelte dem, dem ich gerade entflohen war. Kaffee. Kuchen. Hermann hatte den Käfermotor anscheinend erkannt, mir die Tür geöffnet und war bereits dabei, Kaffee in große weiße Becher zu füllen.

»Setz dich, Ina. Ich muss dir was sagen.« Er nahm ein Stück Torte von dem kleinen Papptablett, unter dem sich das Papier des Konditors knüllte. »Sachertorte war richtig, oder?«, fragte er übergangslos und legte das Stück, ohne meine Antwort abzuwarten, auf einen Teller.

Ich schob den Transporter mit dem Kater auf die Küchenbank, öffnete den Deckel und nahm Platz.

»Hallo, Pap.«

Hermann brummte etwas, stellte die Kaffeekanne zurück in die Maschine und ließ sich dann mit einem Ächzen auf seinen Stuhl fallen.

»Was gibt es bei dir Neues?«, fragte er in einem Ton, der keinen Zweifel daran ließ, dass er nur aus Höflichkeit fragte und in Wirklichkeit darauf brannte, mir etwas mitzuteilen. Ich zögerte kurz. Reginas Tod konnte und wollte ich nicht unter »ferner liefen« abhandeln, und zu Andrea hatte mein Vater seine ganz eigene Meinung. Würde ich dieses Thema anschneiden, säßen wir morgen früh noch hier und stritten uns über die Ansichten meiner Freundin über Gemünd und die Ansichten der Gemünder über meine Freundin.

»Später«, sagte ich deshalb und schüttete Milch in meinen Kaffee. Dann streifte ich unter dem Tisch die Schuhe ab, zog die Beine hoch und umklammerte mit beiden Armen meine Knie. Unser Startsignal für lange Gespräche, seit ich denken konnte. Hermann hätte sich jetzt nach vorne beugen, einen Schluck aus seiner Tasse nehmen und sich danach übers Kinn streichen müssen. Aber er tat es nicht. Stattdessen stand er auf, schob dabei seinen Stuhl nach hinten und ging zum Fenster.

Er faltete die Hände hinter dem Rücken und wippte auf den Zehen auf und ab, schwieg aber immer noch.

Ich stellte meine Füße wieder auf den Fußboden und setzte mich gerade hin. »Was ist los?«

Er holte tief Luft.

»Bist du krank?«

»Nein!« Hermann drehte sich zu mir herum und sah mich an. »Nein«, wiederholte er ruhiger, kehrte zum Tisch zurück und setzte sich neben den Kater in seiner Box auf die Küchenbank.

»Gut.« Ich war erleichtert. Die Sorgen des letzten Jahres hatten mir voll und ganz gereicht. Hermann war von der Leiter gestürzt und hatte sich so schwer am Kopf verletzt, dass er tagelang im Koma gelegen und später wochenlang mit einer Sprachstörung gekämpft hatte. Dass er wieder so fit vor mir stand, grenzte an ein kleines Wunder.

»Aber das wird nicht immer so bleiben.« Er blickte auf den Kater und strich ihm mit den Fingerspitzen behutsam über das Fell. Hermann maunzte und versuchte, den Kopf zu heben. Mein Vater nickte. »Sieh ihn dir an.«

Ich runzelte verwirrt die Stirn.

»Er ist alt. Er ist krank. Er wird bald sterben.«

Ich wurde wütend. »Hat Steffen dich angerufen und dir gesagt, du sollst mich überreden, ihn einschläfern zu lassen?«

»Was?«

»Ich werde ihn nicht zum Tierarzt bringen. Das könnt ihr euch abschminken. Er wird es allein bis ans Ende schaffen, und ich werde bei ihm sein. Das ist sein verdammtes Recht.«

Hermann neigte den Kopf und betrachtete den Kater.

»Sein verdammtes Recht«, wiederholte er und lächelte. »Das gefällt mir.«

»Du redest nicht über den Kater, richtig?« Meine Wut verpuffte.

»Nein, Kind. Ich rede nicht über den Kater. Obwohl wir Hermänner beide alt sind, hoffe ich doch auf ein paar Tage mehr als er.«

Seine Worte irritierten und beruhigten mich gleichzeitig.

»Ich werde nicht immer so gut dran sein, wie ich es jetzt bin. Dann werde ich Hilfe brauchen. Und dass so was schneller gehen kann, als man denkt«, er hob den Finger und zog seine Augenbraue in die Höhe, »hat uns ja die Sache im letzten Jahr gezeigt.«

»Aber du ...«, unterbrach ich ihn, doch er stoppte mich mit einer knappen Geste.

»Ina«, sagte er, und ich hatte den Eindruck, als ob er den Mut, mir zu sagen, was er sagen wollte, nach langer Suche nun endlich gefunden hatte. »Ich werde die Wohnung hier auflösen und in ein Appartement im Altenheim ziehen. Es ist schon alles geregelt. Betreutes Wohnen. Da bin ich gut aufgehoben, für den Fall der Fälle, und Olaf und du«, wieder hob er die Hand, um meinen Einwand im Keim zu ersticken, »müsst euch nicht um mich kümmern. Wobei ihr mich natürlich jederzeit besuchen kommen könnt«, schloss er mit einem schiefen Grinsen.

Ich war sprachlos.

»Morgen geht's los.«

»Morgen?« Ich sah mich um. Jetzt erst fiel mir auf, wie aufgeräumt die Küche wirkte. Nichts stand oder lag herum, sogar der Korb für das Altpapier war leer.

»Ich habe die Sachen eingepackt, die ich mitnehmen möchte. Alles andere werde ich in den nächsten Wochen verschenken. Du und Olaf könnt euch aussuchen, was ihr haben wollt. Der Rest geht weg. In vier Wochen ist die Wohnung leer, und du kannst richtig einziehen. Wenn du das willst, heißt das. Ich kenne deine Pläne ja nicht. Vielleicht willst du ja auch lieber mit Steffen ...« Er stoppte seinen Redeschwall und räusperte sich. »Sonst können wir die Wohnung vermieten.«

Ich fühlte mich überrumpelt. Das ging mir alles ein bisschen zu schnell.

»Warum machst du das, Pap? Du bist nicht alt. Dir geht es gut. Olaf und ich wohnen beide in deiner Nähe. Du hast es doch nicht nötig, ins Altenheim zu ziehen.«

Hermann lachte. Es klang nicht zynisch, sondern befreit.

»Richtig, Kind. Und genau deswegen mache ich es.« Er rieb seine Handflächen aneinander und stand auf. »Möchtest du noch einen Kaffee?«

»Weiß Olaf davon?«

»Ich sage es ihm, wenn er wieder da ist.«

»In zwei Wochen?«

»Soll ich ihn etwa in seinem Urlaub damit belästigen?«

»Olaf hat all die Jahre hier mit dir im Haus gelebt. Ich glaube, in seiner Vorstellung kam das Wort Altenheim in Verbindung mit deiner Person nicht vor.«

Hermann nickte. »Und das war ein großer Fehler. Meiner und seiner. Vor allem aber meiner.« Er legte ein Stück Torte auf seinen Kuchenteller und setzte sich wieder. »Es wäre vielleicht vieles nicht passiert von dem, was passiert ist, wenn ich nicht so selbstverständlich all die Jahre über ihn verfügt hätte. Das tut mir leid, und das wird sich ändern. Punkt.« Er stach die Gabel in den Kuchen, als ob er ihn erst erlegen müsste.

Ich stocherte in meiner Sachertorte herum und sortierte die Krümel wie einzelne Bestandteile meines Lebens auf dem Teller. Es stimmte. Hermann hatte Olafs Leben stark beeinflusst. Aber Olaf hatte sich auch beeinflussen lassen. Geben und Nehmen. Auf beiden Seiten. Erst die Ereignisse im letzten Sommer hatten die Verhältnisse durcheinandergewirbelt und Olaf sein Leben überdenken lassen, nachdem die Wunden verheilt waren, die Michelle Steuwen in der kurzen Zeit ihrer Beziehung geschlagen hatte.

»Wir hätten darüber reden sollen. Vorher«, sagte ich und schob einen Krümel so weit an den Rand des Tellers, dass er herunterfiel. Hermann hatte das vermutlich seit Wochen geplant und seine Absichten mit keinem Wort erwähnt, und das nahm ich ihm übel.

»Ich wollte nicht reden. Ich wollte entscheiden.«

»Hattest du Angst, ich könnte dich von deiner Entscheidung abbringen? Bist du dir doch nicht so sicher?«

Er stand auf und stützte sich mit einer Hand auf der Tischplatte ab. Falten und bräunliche Flecken überzogen seinen Handrücken. Sie mussten sich schon vor längerer Zeit dort eingeschlichen haben, aber jetzt fielen sie mir zum ersten Mal auf.

Hermann zögerte die eine Sekunde zu lange, die ihn Lügen strafte. »Doch. Ich bin mir sicher.«

***

Die ganze Aktion war schwachsinnig gewesen.

Nach dem Verhör hatte ihn ein junger, schweigsamer Kollege von Judith Bleuler nach Gemünd zu seinem Wohnmobil auf dem Marienplatz gebracht. Aber anstatt einfach die Tür hinter sich zu schließen und den Wohnmobilhafen anzulaufen, war er wieder hierhergefahren, ohne genau zu wissen, warum. Was sollte er jetzt tun? Judith Bleuler hatte gesagt, sie würde sich nach der »Lydia« erkundigen. Das hieß erst einmal gar nichts. Kai Rokke hatte keine Ahnung von den Abläufen bei der Polizei, wie und wann solche Dinge erledigt wurden, war sich aber sicher, dass der Sonntag nicht der Tag war, an dem Untersuchungen wie die an seiner »Lydia« mit großer Eile vorangetrieben wurden. Er saß vorgebeugt hinter dem Lenkrad des Wohnmobils, hielt den Zündschlüssel umklammert und konnte sich nicht entschließen, ihn umzudrehen. Sie würde ihn sicher anrufen, wenn sie mehr Informationen hatte oder wollte. Er würde abwarten müssen. Sein Magen knurrte. Wie immer hatte er den ganzen Tag noch nichts gegessen. Es wurde Zeit für die täglichen Nudeln mit Parmesankäse. Er überlegte kurz, gleich hier auf dem Parkplatz vor der Polizeistation den Herd anzuschalten, entschied sich aber dagegen.

Er ließ den Wagen an und fuhr vom Parkplatz auf die Straße in Richtung Gemünd, zurück zum Wohnmobilpark. Nach wenigen Metern stutzte er. War das eine Imbissbude auf der linken Seite gewesen? Er sah in den Rückspiegel. So wie es aussah, hatte sie geöffnet. Hinter einer lang gestreckten Kurve lenkte er den Wagen auf eine Nebenspur, wendete und stand nach fünf Minuten vor der Tür der Imbissbude. Der Geruch nach warmem Frittierfett schwappte jedes Mal wie eine Welle aus dem Haus nach draußen, wenn sie sich öffnete. Kai Rokke mochte keine Pommes, und Currywurst kam erst recht nicht in Frage, aber aus einem Grund, den er nicht nachvollziehen konnte, hatte er auf einmal den Geschmack von Ketchup auf der Zunge, und die Vorstellung, zuerst Ketchup über seine Nudeln zu gießen und danach den Parmesankäse darüberzureiben, gefiel ihm. Mehr noch: Jetzt musste es der Ketchup sein. Unbedingt. Er wunderte sich über die Blicke der beiden Besucher und der Wirtin, die ihn bei seinem Eintritt lange ansahen, bis ihm wieder einfiel, wie er mit seiner zerschlagenen Nase aussehen musste. Er lächelte höflich und trug seine Bitte vor, die ihm neben dem Gewünschten noch mehr Misstrauen einbrachte. Er bezahlte, nahm das in Alufolie eingepackte Schälchen und ging zu seinem Wohnmobil. Ein langer Sonntagabend erwartete ihn. Viel Zeit, um sich an sein ungewohntes Verhalten zu gewöhnen. Ketchup. Er lächelte. Wer hätte das gedacht?

Das Nudelwasser zischte leise, als es über den Topfrand spritzte und in der offenen Gasflamme verdampfte. Die Tür des Wohnmobils stand offen. Kai Rokke saß draußen auf den Stufen, rauchte und dachte nach. Sie machte keinen Sinn, die Sache mit ihm und Judith, die gar keine Sache war, außer in seinem Kopf. Er wünschte sich, dass sie ihn genauso interessant fand wie er sie, und dabei blieb es. Bei einem Wunsch. Was sollte sie auch an ihm finden? Er sah an sich herab. Die Jeans war mittlerweile trocken, fühlte sich aber trotzdem schmuddelig an. Die Schuhe waren schon vor seinem Bad in der Urft nicht mehr ansehnlich gewesen. Das Wohnmobil war sein Zuhause, wenn man von der kleinen Wohnung in Aachen absah, die er seit seiner Studentenzeit hatte, damit er eine Meldeadresse vorweisen konnte. Gewohnt hatte er dort schon seit Monaten nicht mehr.

Er drückte die Zigarette am Metallrand seiner Einstiegstreppe aus, stand auf und ging die drei Stufen hinauf. Er musste der Tatsache ins Auge sehen, dass er ein zwei Meter großer heimatloser Nerd war, der außer seiner »Lydia« so schnell keine Frau würde begeistern können.

»Auch egal«, murmelte er und war sich darüber im Klaren, dass es ihm nicht egal war, auch wenn er es nicht zugeben wollte. Noch nicht einmal sich selbst gegenüber.

»Was ist egal?«

Er zuckte zusammen, bückte sich und steckte den Kopf aus der Tür.

»Hallo.« Judith Bleuler schickte ihm ein zaghaftes Lächeln, während sie zu ihm aufsah. Sie trug jetzt Jeans und eine bunte Bluse und hatte den Zopf locker über die Schulter gelegt.

»Sie sehen so anders aus«, rutschte es Kai Rokke heraus, »also, so ohne Uniform.«

»Ich bin nicht mehr im Dienst.«

»Und was machen Sie dann hier?« Er räusperte sich.

»Mir ist etwas nicht aus dem Kopf gegangen, und weil ich wusste, wo ich Sie finde, dachte ich mir, ich besuche Sie einfach.«

»Haben Sie keine Angst?«

»Nein. Sollte ich?«

»Nein. War nur ein blöder Spruch.«

»Klopfen Sie öfter blöde Sprüche?« Sie grinste, und Kai Rokke merkte, wie ihm die Situation total entglitt, wenn er sie jemals unter Kontrolle gehabt hatte, was er stark bezweifelte.

»Also, was ist egal?« Judith Bleuler hob ihre Hand an die Stirn, als ob sie von der Sonne geblendet würde, und blinzelte ihn an.

»Nichts. Ich habe nur nachgedacht. Nichts ist egal.« Er sah sie an. »Jetzt Sie. Was ist Ihnen nicht aus dem Kopf gegangen? Die Tasche?«

»Auch«, sagte sie, »aber nicht nur.« Sie trat einen Schritt zur Seite, ein wenig mehr in den Schatten hinein.

»Wollen Sie gerne hereinkommen? Ich habe mir gerade etwas zu essen gemacht.« Er wies mit der Hand ins Innere des

Wohnmobils, als ob er sie zu einem Restauranttisch führen wollte. Sie nickte und folgte ihm. Mit einigen schnellen Handgriffen verstaute er das Werkzeug in einem der Hängeschränke und schob die Halterung der »Lydia« an den Rand der Tischplatte. Judith Bleuler setzte sich auf die Bank und verschränkte die Hände. Kai Rokke fielen ihre schmalen Finger und die breite weiße Narbe auf, die sich quer über ihren linken Handrücken zog.

Er nahm zwei Teller aus einem Schrank, zog das Besteck aus einer Schublade und stellte alles mit den Nudeln und dem Käse zu dem Ketchup auf den Tisch. »Mehr ist nicht da.«

»Okay.«

»Was zuerst? Das ›auch‹ oder das ›nicht nur‹?«, fragte er und griff zur Gabel.

»Erst das ›auch‹.« Judith Bleuler setzte sich aufrecht hin. Selbst ohne ihre Uniform wirkte sie in dieser Haltung wie eine Polizistin. »Warum ist Ihnen die Tasche aufgefallen?«

Er runzelte die Stirn.

»Ich meine, Sie sind ein Mann.« Judith drehte mit der Gabel einige Nudeln zu einer kleinen Portion, aß sie aber nicht. »Männer achten für gewöhnlich nicht auf Handtaschen.«

»Meine Exfreundin hatte eine ähnliche Tasche. Als die Frau gestern Abend hier vorbeiging, dachte ich für einen Augenblick, sie wäre hier.«

»Hätten Sie sich gefreut?«

»Nein.«

Judith Bleuler lehnte sich zurück und wartete.

»Nein, das hätte ich nicht«, sagte Kai Rokke mit Nachdruck. »Eher hätte ich mich gewundert.« Er machte eine Pause. »Es ist schon lange her.«

»Was ist da drin?« Sie zeigte auf die in Alufolie eingewickelte Schale.

»Ketchup.«

»Darf ich?«

Wortlos nahm er die Schale und hielt sie ihr hin. Sie wickelte die Folie ab, goss sich die Hälfte über ihre Nudeln und schob sie über den Tisch zu ihm. Kai Rokke zögerte. Dann griff er zu und kippte den Inhalt über seinen Teller. Der erste Bissen klebte ihm am Gaumen und verbreitete den ungewohnten Geschmack in seinem Mund. Er hielt inne.

»Alles in Ordnung?« Judith schaute ihn über ihre beladene Gabel hinweg an.

Er nickte, schluckte mühevoll und rang nach Luft.

»Sagen Sie mal, Herr Hornbläser …«

»Kai Rokke«, würgte er hervor.

Judith Bleuler grinste und streckte ihm die Hand über den Tisch entgegen. »Judith.«

Sie hatte einen festen Händedruck.

»Sag mal, Kai«, begann sie von Neuem und unterschlug seinen zweiten Namen mit einer Selbstverständlichkeit, die ihm das Gefühl gab, mit dem neuen Namen ein neuer Mensch zu sein, »du weißt schon, dass es nicht die normale Vorgehensweise der Polizei ist, mit einem Zeugen außerhalb der Dienstzeit zu sprechen?«

»Ich hatte mir so was gedacht.«

»Das ›nicht nur‹ …« Judith sah ihm in die Augen, und er hatte Mühe, ihrem Blick Stand zu halten. Solche direkten Kontakte war er nicht mehr gewohnt. Aber es ging. Und je länger sie ihn ansah, desto besser gefiel ihm das Ganze.

»Ja?«

Sie räusperte sich und rieb einen Moment lang an ihrer Narbe herum. »Du hast gesagt, es hätte dir nicht gefallen, wenn der Stein mich getroffen hätte. Dafür wollte ich mich bedanken.« Sie senkte den Blick und sprach schneller. »Ich weiß natürlich, dass es selbstverständlich ist, einen Menschen vor Schaden bewahren zu wollen und in dieser Situation hätte ich auch unmöglich …«

Kai stand auf, ging um den Tisch herum und setzte sich neben sie. Dann tat er zum dritten Mal an diesem Tag etwas, mit dem er selbst nicht gerechnet hatte. Er küsste sie.

***

Der Kater neben mir schnaufte leise. Er schlief unruhig, und ich bewachte seinen Schlaf. Seine Kiste stand auf einem Stuhl neben Hermanns Gästebett, das ich seit Monaten in Beschlag nahm, wenn ich nicht bei Steffen übernachtete. Auch hier hatte ich mich nur provisorisch eingerichtet, ganz so wie bei Steffen. Ein paar Klamotten, ein paar Bücher, eine Zahnbürste und die kosmetischen Notwendigkeiten, die mich morgens menschlich aussehen ließen.

Das klamme Gefühl, jede Pause zwischen den Atemzügen des Katers könnte sich ins Unendliche ausdehnen, ließ mich nicht los. Was war nur los mit mir? Die Angst um das Leben meines uralten Katers überlagerte alles andere.

Wir waren vom Kuchen nahtlos zu einer guten Flasche Rotwein übergegangen, und Hermann hatte in ruhigem Ton über sein Testament und seine Wünsche für den, wie er es nannte, »Fall der Fälle« gesprochen. Ich hatte es mir angehört. Seltsam distanziert. Der Tod war mir in den letzten fünfundzwanzig Jahren auf so viele unterschiedliche Weisen begegnet. Zweimal hatte er mich die berufliche Distanz vergessen lassen, aber innerlich getroffen hatte er mich in dieser Zeit nie. Auch wenn das Gespräch auf Reginas Selbstmord kam, spürte ich wieder die professionellen Schutzwälle in mir. Aber mit meinem Vater an unserem alten Küchentisch zu sitzen und über seinen Tod zu sprechen, als wäre es ein Ausflug, den man nur gut genug organisieren müsse, damit er zum Vergnügen würde, war etwas ganz anderes – damit musste ich erst einmal lernen umzugehen.

Ich wälzte mich herum, starrte nachdenklich an die Decke und lauschte auf das Atmen des Katers. Vermutlich schlief ich irgendwann dazwischen für ein paar Minuten ein, denn als Hermann im blau gestreiften Pyjama vor mir stand und mich wach rüttelte, dauerte es eine Weile, bis ich mich orientieren konnte.

»Ina! Steffen ist hier.«

Ich setzte mich auf, schwang mich aus dem Bett und folgte meinem Vater in den Wohnungsflur.

»Was ist passiert?«, fragte ich und trieb den Schlaf in die

hinterste Ecke meiner Gedanken. »Henrike. Was machst du hier?«

»Mama ist verschwunden!«

»Sie hat bei mir geklingelt und wollte zu dir«, erklärte Steffen und schloss die Wohnungstür hinter sich.

»Was meinst du mit ›Sie ist verschwunden‹?« Ich schob Henrike in die Küche, drückte sie auf einen Stuhl und räumte die Weingläser und die leere Flasche zur Seite.

»Sie ist weg.« Henrike sah mich von unten herauf an und verschränkte die Finger ineinander. »Einfach weg.«

»Andrea kann nicht einfach weg sein. Es gibt bestimmt eine Erklärung.«

»Ich war den ganzen Tag bei Nina«, sagte Henrike. »Das hatten wir so verabredet.«

Ich nickte.

»Mama hatte mir fest versprochen, um acht Uhr abends wieder zu Hause zu sein. Wir wollten kochen und einen Film zusammen sehen. Das vergisst sie nicht einfach so.« Henrike nahm eine Strähne ihres langen Haares und drehte sie langsam um den Finger. Es sah aus, als spiele sie mit einer glänzenden blauschwarzen Schlange. Henrikes Vater, den Andrea gern als einmalige und verzeihbare, aber durchaus lohnende Jugendsünde bezeichnete, war Franzose. Allerdings nur dem keltischen Aussehen nach. Schwarze Haare, blaue Augen. Tatsächlich war er Düsseldorfer und verheiratet. Das hatte Andrea aber erst herausgefunden, als sie bereits schwanger war. Vor die Wahl gestellt, in einem adretten Vorort an die mit einem Frühlingskranz geschmückte Reihenhaustür zu klopfen und der Dame des Hauses den unerwarteten Zuwachs zu verkünden oder den Mund zu halten, hatte sie auf dem Absatz kehrtgemacht und sich entschieden, die Sache allein anzugehen. Ich war die Einzige, die davon wusste. Weder ihrer Schwester Birgit noch ihren Eltern und schon gar nicht Henrike hatte sie jemals davon erzählt.

Ich sah Steffen an. »Henrike hat recht. Es ist absolut nicht Andreas Art, Versprechen, die sie Henrike gegeben hat, einfach so zu brechen«, sagte ich und dachte an die Standpauke, die sie mir mal gehalten hatte: »Wie soll ich denn von meinem Kind verlangen, dass es sich an Regeln und Vereinbarungen hält, wenn ich es ihr selbst nicht vorlebe?« Dabei hatte ich nur mit ihr ins Kino gehen wollen, aber sie war bereits mit Henrike verabredet gewesen.

Ich schaute auf meine Armbanduhr. Vier Uhr. Mitten in der Nacht. »Hast du den Anrufbeantworter abgehört?«

Henrike nickte.

»Hat sie dir vielleicht eine SMS geschickt?«

»Nein.«

»Hast du versucht, sie anzurufen?«

»Ja, klar. Aber es geht nur ihre Mailbox ran.«

Ich ging zu meiner Handtasche und suchte nach meinem Handy. Das Freizeichen tönte laut durch den Flur, bis es schließlich im Hörer kurz knackte, die Mailbox ansprang und Andreas Stimme uns aufforderte, eine Nachricht zu hinterlassen.

»Ruf an, wenn du das abhörst. Wir machen uns Sorgen um dich!«, sagte ich und legte auf. Henrikes Gesicht spiegelte meine Enttäuschung und meine Sorge. »Wann bist du von Nina nach Hause gekommen?«, fragte ich sie.

»So gegen sieben.«

»Gegen halb vier habe ich sie …« Gehen lassen, wollte ich sagen, verkniff es mir aber. Henrike war schon verwirrt genug. Da musste sie nicht auch noch von der vorübergehenden Festnahme ihrer Mutter erfahren. »Ich habe sie noch gesehen und mit ihr gesprochen«, fuhr ich stattdessen fort. »Sie wollte danach nach Gemünd zurückfahren.« Ich legte Henrike eine Hand auf die Schulter. »Meinst du, sie könnte vielleicht doch noch mal in der Wohnung gewesen sein?«

Henrike zuckte mit den Schultern. »Weiß nicht.«

»Hast du eigentlich einen Zettel dagelassen, wo du bist?«, warf Steffen ein. »Wenn sie jetzt nach Hause kommt, und du bist verschwunden, wird ihr das ansonsten einen riesigen Schrecken einjagen.«

»Ja, hab ich gemacht.« Henrike stand auf, quetschte ihre Hände in die Taschen ihrer engen Jeans und zog die Schultern hoch. In ihrem Gesicht erkannte ich den Konflikt zwischen dem ängstlichen Kind, das Schutz suchte, und der jungen Frau, die sehr gut auf sich selbst aufpassen konnte. Sie war sehr groß für ihre zwölf Jahre, und ich erwischte mich oft dabei, dass ich sie wie die Erwachsene behandelte, die sie eigentlich noch lange nicht war. Müdigkeit und Anspannung ließen jetzt das Kind in ihr die Überhand gewinnen. Tränen standen in ihren Augen, aber sie kämpfte dagegen an.

»Wir drei«, ich sah Steffen an und hob eine Augenbraue, »fahren jetzt in eure Wohnung und schauen dort nach dem Rechten.« Er nickte, nahm Henrike in den Arm und drückte sie kurz. Ich sah ihm an, wie leid sie ihm tat und wie gerne er ihr helfen und sie beruhigen wollte. »Vielleicht ist Andrea ja schon wieder zu Hause, und wir machen uns unnötige Sorgen«, schob ich nach.

Steffen griff nach seinem Wagenschlüssel.

Schweigend gingen wir die Treppe hinunter. Mit keinem Wort und mit keiner Geste hatte er unseren kurzen Streit vom Nachmittag erwähnt, und ich fragte mich, ob er ihn einfach vergessen hatte.

***

»Ihr Rucksack ist nicht da.« Henrike stand vor der Garderobe und schob Mäntel und Jacken auseinander. »Normalerweise hängt er hier.« Sie zeigte auf den äußeren linken Haken.

»Was ist mit den Autoschlüsseln?« Steffen ging in die Küche und schaltete das Licht ein. Seine Stimme klang gedämpft durch den Flur.

»Auch weg.« Henrike lehnte sich gegen die Wand und ließ den Kopf hängen. »Vielleicht hatte sie einen Unfall?«

»Warte.« Ich nahm den Hörer auf, rief den wachhabenden Kollegen in Schleiden an und schilderte ihm kurz die Situation.

»Nichts. Keine Meldung über irgendwelche Unfälle«, sagte ich, als ich wieder auflegte und lächelte Henrike an. »Mach dir mal keine Sorgen. Du wirst sehen, morgen früh steht sie mit einer Tüte frischer Brötchen vor der Tür.«

»Wir schreiben jetzt einen neuen Zettel, du packst ein paar Sachen und dann gehst du mit zu Ina.« Steffen griff nach einem Kugelschreiber und öffnete mehrere Schubladen, bis er einen Notizzettel gefunden hatte. »Ich klebe die Nachricht an den Briefkasten im Hausflur, dann sieht sie sie direkt, wenn sie kommt.«

»Lass, ich mach schon selbst.« Henrike nahm ihm Stift und Zettel aus der Hand. »Mama kennt deine Handschrift nicht. Dann macht sie sich vielleicht sogar noch Sorgen um mich.«

Sie kritzelte einige Sätze auf den Zettel, und ich hörte, wie sie die Treppe hinunterlief. Nach wenigen Minuten war sie wieder da.

»Hier«, sagte Henrike und hielt mir einen dicken weißen Umschlag hin, »das steckte in unserem Briefkasten. Vorhin ist es mir wohl nicht aufgefallen, weil ich nicht darauf geachtet habe. Das Kuvert war nicht verschlossen, und als ich es rausgezogen habe, fielen mir die Blätter entgegen.« Sie runzelte die Stirn. »Ich verstehe nicht, was das bedeutet. Vielleicht werdet ihr schlau daraus.«

FÜNF

Der Gestank war wieder da. Er ging nicht weg. Nicht zu Hause und nicht hier, in der Schule. Er war immer da. Er kroch durch ihre Nase in ihren Kopf und nistete sich da ein. Alles andere schaffte sie wegzuschieben. Die Bilder. Die Strömung. Die Kälte des Wassers. Nur den Gestank nicht. Der blieb. Sie las die Seite ihres Englischbuches immer und immer wieder, ohne auch nur ein einziges Wort zu verstehen. Der Junge war tot. Ertrunken. Ihr war kalt. Noch einmal von vorne. Die Buchstaben tanzten vor ihren Augen. Es ging nicht. In der Nacht hatte sie wach gelegen und nachgedacht. Ihr Frühstück und ihr Pausenbrot hatte sie nicht angerührt. Sie konnte nichts essen. Wenn sie nur nicht auf Hans gehört hätte. Wenn sie doch bloß umgekehrt wäre. Wenn sie … Die Schulglocke riss sie aus ihren Gedanken. Sie klappte ihr Buch zu, in das sie schon die ganze Zeit gestarrt hatte, seit sie viel zu früh in die Klasse gekommen war. Sie hatte nicht mit den anderen vor der ersten Stunde noch auf dem Schulhof gespielt. Sie konnte nicht mitlachen. Sie war zu traurig. Die Klassenarbeit morgen war ihr egal. Sie hob den Kopf und schaute auf die Tafel. Eigentlich war ja alles egal.

Der Stuhl neben ihr wurde mit einem lauten Krachen nach hinten gezogen, und Franz ließ sich darauffallen.

»Hallo, Erich.« Hans hatte sich vor sie auf das Pult gesetzt.

Sie antwortete nicht, lehnte sich nach hinten, schaute abwechselnd von einer zur anderen und senkte dann den Kopf.

»Habt ihr es schon gehört?«, flüsterte sie und schob ihr Buch an den äußersten Rand des Schultisches.

»Was gehört?« Hans verschränkte die Arme.

»Der Junge. Er ist tot.«

»Welcher Junge?«

»Der Junge vom Wehr!«

Franz und Hans sahen sich mit gespielter Verwunderung an, schüttelten die Köpfe und zogen die Augenbrauen hoch.

84

»Wir wissen nichts von einem Jungen am Wehr.« Wieder das gleichzeitige Kopfschütteln. »Du?«

Erich schluckte. »Aber wir ...«

»Nichts ›Aber wir‹«, zischte Hans und beugte sich zu ihr vor. »Wir waren nicht am Wehr. Verstehst du?«

»Aber wir hätten ihm helfen müssen. Es ist unsere Schuld, dass er gestorben ist.« Tränen brannten in Erichs Augen, aber sie konnte nicht weinen.

»Es war ein Unfall«, sagte Franz und stand auf. »Ein Unfall«, wiederholte sie leise. »Und Hans hat recht. Wir waren nicht da.« Sie ging quer durch die Klasse zu ihrem Platz und setzte sich, ohne Erich noch einmal anzusehen.

»Nein. Es ist nicht unsere Schuld.« Hans rutschte vom Tisch, ging um das Pult herum und setzte sich auf den Stuhl. Sie beugte sich vor, und Erich konnte ihren Atem riechen. Leberwurst und Orangensaft. »Es ist deine Schuld«, zischte Hans. »Du warst zu feige, den Reifen zu holen!«

Erich erstarrte. »Ich ...«, wollte sie erwidern, aber Franz fuhr auf und unterbrach sie.

»Deine!« Sie bohrte den Finger in ihre Brust. »Ganz allein deine.«

***

»Schläft sie?«, fragte Steffen und blickte auf. Er saß über die Papiere gebeugt am Küchentisch. Es war selbstverständlich für ihn gewesen, mir bei der Durchsicht zu helfen, und mitten in der Nacht hatte ich keine Diskussion darüber anfangen wollen, warum er das alles hier machte.

Ich nickte, zog die Wohnzimmertür leise ins Schloss und ging zu ihm. Das Holz des Stuhles knarzte, als ich mich setzte und eines der Blätter zu mir heranzog. »Sie macht sich große Sorgen. Und ich, ehrlich gesagt, auch. Es ist einfach nicht Andreas Art, so mir nichts, dir nichts zu verschwinden.«

»Könnt ihr sie nicht als vermisst melden?«

»Andrea ist eine erwachsene Frau.« Ich drehte das Blatt vor

mir so, dass ich es lesen konnte. Eine körnige Abbildung des Schleidener Stadtwappens klebte leicht verrutscht in der rechten oberen Ecke. Die Unterlagen waren Kopien. Schnell, hastig und, wie es schien, ohne große Sorgfalt angefertigt. Die Schrift schob sich schief über das Papier, und an der rechten Seite fehlten Buchstaben. »Morgen werde ich mit Bernhard reden. Mal sehen, was wir machen können.«

»Morgen?« Steffen lachte. »Es ist bereits morgen.«

Ich stöhnte, fuhr mir mit beiden Händen durch die Haare und reckte mich. Eine weitere schlaflose Nacht in meinem Leben. Ohne Vorwarnung lief eine heiße Welle über meine Brust, breitete sich über die Arme und über den Hals bis in meinen Kopf aus. Ich hatte das Gefühl, die Farbe eines Krebses anzunehmen, den man in heißes Wasser geworfen hatte und langsam gar kochte.

»Hier.« Steffen zeigte auf eines der Dokumente, ohne auf meine Schnappatmung zu achten. »Die Baugenehmigung. Mit Datum von Freitag.«

Ich wischte mit dem Ärmel den Schweiß von meiner Stirn. Langsam ließ die Hitze nach, und ich konnte wieder klar denken. Verflucht. Eine Grippe konnte ich nicht gebrauchen. Ich konzentrierte mich auf den Text vor mir und ignorierte das Gefühl von Schwindel. Viel deutlicher noch als das Datum oder der Inhalt des Schreibens sprang mir die Unterschrift ganz unten auf der Seite ins Auge. R. Brinke. Buchstaben mit vertrautem Schwung, wie ich sie gestern noch auf anderen Schriftproben gesehen hatte. Reginas Unterschrift.

»Das sind, wie es scheint, Kopien der kompletten Akte zum Bauantrag.« Steffen breitete den Packen Blätter fächerartig auf dem Tisch aus. »Gutachten, Bebauungspläne, Besitznachweise. Aber«, er sah mich an und zeigte auf eine Textpassage, »ich verstehe nicht, weshalb Regina die Baugenehmigung erteilen konnte. Auf dem Nationalparkgelände darf nicht gebaut werden. Jedenfalls nicht, soweit ich weiß.«

Ich tippte auf die Unterschrift auf der Baugenehmigung. »Ist sie bestochen worden?«

»Von wem?« Steffen runzelte die Stirn. »Meinst du, ein Bauträger würde das versuchen? Das wäre doch zu offensichtlich.«

»Es ist aber nun mal so, dass sie die Genehmigung erteilt hat. Also muss es eine Ausnahmegenehmigung oder so was geben.« Ich nahm die Papiere auf und suchte nach dem Logo des Nationalparks. »Hier. Bitte.« Die Kopie war zerknittert, als ob sie mehrfach gefaltet worden wäre, aber noch lesbar.

»Das kann nicht sein.« Steffen nahm das Schreiben entgegen. »Die Nationalparkverwaltung erteilt keine Sonderbaugenehmigung.«

»Anscheinend doch.«

Um kurz nach acht klingelte es, und ich hörte, wie Hermann zur Wohnungstür ging. Der Öffner surrte im Hausflur, unten sprang die Tür auf und Schritte polterten die Treppe herauf.

»Die Männer vom Umzug sind da.« Hermann kam in die Küche. Er wirkte müde, und ich hatte den Eindruck, dass das nicht nur an den fehlenden Stunden Schlaf der letzten Nacht lag. »Was mache ich nun mit dem Kind? Sie schläft immer noch im Wohnzimmer, aber die Männer müssen das Sofa mitnehmen.«

»Bekommst du neue Möbel?«, fragte Steffen und legte den Arm über die Rückenlehne seines Stuhls. »Soll ich mit anpacken?« Er stand auf.

»Nein, nein. Bleib sitzen. Keine neuen Möbel.« Hermann drehte sich um und ging aus der Küche.

»Er zieht heute ins Altenheim«, sagte ich, legte die Kopien auf einen Stapel, richtete die einzelnen Blätter so aus, dass sie exakt aufeinander lagen und platzierte sie in der Mitte des Tisches.

»Du hast mir nichts davon gesagt! Ich hätte doch helfen können.« Steffen stand immer noch an der gleichen Stelle. »Und warum«, fragte er, nachdem er meinen Blick aufgefangen hatte, löste sich aus seiner Regungslosigkeit und ging zur Küchentür, »geht er ins Altenheim?«

»Das wüsste ich auch gerne.« Ich ballte meine Hände zu Fäusten, bis ich das Weiße an meinen Knöcheln erkennen konnte. Dann streckte ich sie wieder. Ballen. Strecken. Ballen. Ich stand auf, schob den Stuhl zurück und richtete mich auf. Die Müdigkeit machte mich aggressiv. »Er hat mir von seinen Plänen nichts erzählt. Mich gestern Abend vor vollendete Tatsachen gestellt. Wollte mich nicht ›belasten‹, wie er das nannte, mit seinem Kram.« Etwas kroch meine Kehle hoch und machte sie eng. »Aber da ist er ja nicht der Einzige, der mir Informationen vorenthält, nicht wahr?« Ballen. Strecken.

Einer der Möbelpacker betrat die Küche, sah uns und nickte kurz. Mit zwei Fingern schob er seine Baseballkappe in den Nacken und taxierte die Lage.

»Kütt os d'r Köch och jett mit?«, fragte er und drängte sich an Steffen vorbei.

»Nein.« Hermanns Stimme aus dem Flur beorderte ihn wieder hinaus.

»Ich bin es leid, dass ihr mich immer vor etwas bewahren wollt. Du genauso wie Hermann. Ich muss nicht beschützt werden, verdammt!«

»Ich will dich nicht bewahren, vor was auch immer.« Steffen wurde lauter. »Was soll das?«

»Ach, und warum hast du mir nichts von Andreas Mail erzählt?«

»Jetzt reg dich doch nicht wegen einem solchen Mist auf.« Er verschränkte die Arme vor seiner Brust.

»Das ist kein Mist. Du hast etwas vor mir verheimlicht, darum geht es.«

»Du hast nicht den Eindruck erweckt, dich brennend für die Sache zu interessieren. Im Gegensatz zu mir. Immerhin geht es um den Nationalpark. Und außerdem – was hätte das gebracht? Was hättest du denn ändern können?«

»Ich hätte selber entscheiden können, was ich für wichtig halte und was ich mache. Wie ich es seit vielen Jahren gewohnt bin. Ich brauche niemanden, der für mich denkt.«

Steffens Kiefer mahlten. »Ach, nicht?«, brüllte er los. »Dafür machst du es dir aber gerne bequem und hast keine Probleme damit, dich mal hier, mal da einzunisten, wie und wann es dir gerade passt.« Er wandte sich von mir ab und ging zum Fenster. »Da ist von Entscheidungen und Selberdenken nicht viel zu merken«, sagte er, ohne mich anzusehen. »Steffen ist ja da. Steffen ist ja immer da, wenn Madame Ina danach ist.« Er schlug mit der flachen Hand gegen die Wand neben dem Küchenfenster. »Ach Scheiße, Ina. Werd erwachsen.«

Er drehte sich um, war mit wenigen Schritten durch die Tür und aus der Wohnung. Wenige Sekunden später hörte ich seine Wagentür zuschlagen und den Motor aufheulen.

»Ina?« Henrike riss mich aus meinen Gedanken. Mit verschlafenem Gesicht und zerknautschtem T-Shirt war sie in der Küche erschienen. »Hast du was von Mama gehört?«

Ich schüttelte den Kopf, griff nach meiner Handtasche, die seitlich an einem der Küchenstühle hing und nahm mein Handy heraus, um es auf verpasste Anrufe zu überprüfen.

»Nein. Sie hat sich nicht gemeldet.«

Henrike ließ die Schultern hängen und senkte den Kopf. Trotz ihrer fast eins siebzig wirkte sie jetzt wieder wie ein kleines Mädchen. Ich trat einen Schritt auf sie zu und wollte sie in den Arm nehmen und trösten. Im gleichen Moment richtete sie sich auf und warf mit einer abrupten Handbewegung ihr Haar in den Rücken.

»Über was für eine Mail von Mama hast du dann eben mit Steffen gesprochen?«, fragte sie, und ihr Ton klang beinahe sachlich. Distanz als Schutzwall.

»Hast du unseren Streit mitbekommen?«

»Ihr wart ja laut genug.« Sie grinste. »Sogar die Möbelpacker haben ihre Kommentare dazu abgegeben.« Wie zur Bestätigung klirrte irgendwo in der Wohnung Glas, gefolgt von einem lauten Fluch.

Ich stöhnte und schloss die Küchentür. »Deine Mutter hat Leute für die Demo gestern mobilisieren wollen, in ihrem Internet-Netzwerk und mit Mails an ihre Freunde.« Ich ging zum Tisch, nahm die Papiere an mich und steckte sie wieder in den

Briefumschlag. »Sie hat Steffen eine Mail geschickt, und er hat mir nichts davon gesagt.«

»Hat das etwas mit ihrem Verschwinden zu tun?«

»Ich weiß es nicht, Henrike. Erst mal hat es etwas mit dem Streit zwischen mir und Steffen zu tun. Er hätte mir von der Mail und dem Aufruf zur Demo erzählen sollen.«

»Hat Mama dir keine Nachricht geschickt?«

»Nein.«

»Vielleicht hatte sie keine Lust auf noch einen Streit. Immerhin bist du Polizistin.«

»Ich hatte keinen Streit mit Andrea.«

»Nein. Mit dir hat sie nicht gestritten. Das weiß ich. Aber mit Birgit.«

»Wegen der Demo?«

»Sie haben telefoniert, und Mama hat furchtbar rumgeschrien.«

»Wann war das?«

Henrike schaute zur Decke, als ob sie dort die Antwort finden könnte. »Weiß nicht genau. Irgendwann am Samstag.«

»Und du bist sicher, dass es Birgit war, mit der sie gesprochen hat.«

»Ja. Birgit hat bei uns angerufen, und ich bin drangegangen.«

»Worum ging es?«

»Ich weiß es nicht genau. Ich bin in mein Zimmer und hab Musik angemacht.« Henrike ging zum Kühlschrank, öffnete ihn und nahm die Apfelsaftpackung heraus. »Darf ich?«, fragte sie und drehte den Verschluss ab. »Ich habe Hunger.«

»Sicher. Nimm dir ein Glas.« Ich nickte und zeigte auf den Schrank. »Was hast du denn von dem Streit mitbekommen?«

»Mama war nur furchtbar böse auf Birgit, weil die wieder irgendwas von ihr wollte. Das ist ja nichts Neues.« Henrike setzte die Verpackung an den Mund und trank. »Vielleicht ging es ja auch gar nicht um die Demo.«

Ich stand auf, nahm ein Glas aus dem Schrank und stellte es vor sie auf den Tisch. »Hier. Bitte.«

»Danke. Hast du noch ein Brot für mich?« Es schien, als ob das Häuflein Elend, das heute Nacht vor meiner und Hermanns Tür gestanden hatte, verschwunden war, aber schon Henrikes Reaktion auf meine nächste Frage zeigte mir, dass dem nicht so war.

»Was machen wir mit der Schule? Soll ich dich hinbringen?«

Stumm schüttelte sie den Kopf und tastete mit dem Finger nach einer Haarsträhne, die ihr Sicherheit geben würde.

»Ich muss gleich zum Dienst. Und hier«, ich machte eine kurze Handbewegung in Richtung des Lärms, der aus der restlichen Wohnung drang, »kannst du auch nicht bleiben.«

»Was machst du mit Hermann?« Henrike bückte sich zu dem Kater hinunter, der die ganze Zeit in seiner Kiste vor sich hin gedämmert hatte, und kraulte ihn. »Du kannst ihn doch nicht mitnehmen.«

»Ich hatte es vor.«

»Kann ich nicht auf ihn aufpassen, während ich auf Mama warte?«

Ich betrachtete die beiden nachdenklich. Es würde keinen Sinn machen, Henrike in die Schule zu schicken, solange sie mit den Gedanken bei ihrer Mutter war. Das war mir klar gewesen, noch bevor ich sie gefragt hatte. Mir war es um die Ablenkung gegangen. Ich hatte gehofft, die Schule könnte sie von den Sorgen und der Angst ablenken, von der ich hoffte, dass sie sich als unbegründet erweisen würde. Der Kater erfüllte vermutlich den gleichen Zweck. Und an Henrikes pflegerischen Fähigkeiten hatte ich ebenfalls keinen Zweifel. Sie kannte Hermann bereits ihr ganzes Leben lang und hing auf ihre ganz eigene Weise an ihm. Sie meinte es gut mit ihm, und das war die Hauptsache.

»In Ordnung.« Ich nickte. »Du wirst auf ihn aufpassen. Aber nicht hier. Ich bringe dich zu Birgit«, sagte ich und griff nach meinem Handy.

»Muss das?« Henrike zog die Stirn in Falten.

»Ja.« Ich hielt ihr das Telefon hin. »Willst du selbst anrufen? Ich kenne ihre Nummer nicht auswendig.«

Henrike schüttelte den Kopf und schob meine Hand von sich weg, nannte mir aber schließlich die Nummer ihrer Tante.

***

Nichts ist egal, dachte Kai Rokke und betrachtete Judiths Rücken. Sie schlief von ihm abgewandt, zusammengerollt wie ein Kind, die Haare wirr über Kopf und Kissen verteilt. Als er sie vor ein paar Stunden geküsst hatte, hatte es ihn noch mehr überrascht als sie. Und jetzt lag er hier, neben ihrem nackten Rücken und wollte von allem noch mehr haben. Von dem Kuss, von ihr und von dem Essen. Er hatte Hunger. Auf vieles. Er stand auf, deckte Judith zu und ging leise zum Tisch, auf dem die halb leeren Teller standen. Die Nudeln waren kalt. Der Ketchup klebte sie aneinander, und der Parmesan zog lange, erstarrte Fäden, als er die Gabel volllud und aß. Für einen Moment erwartete er das altbekannte würgende Gefühl, aber es blieb aus. Er aß, Gabel um Gabel, schlang und schluckte, bis beide Teller leer waren.

Judith bewegte sich und wandte ihm im Schlaf ihr Gesicht zu. Er beobachtete sie von seinem Platz aus. Still. Rührte sich nicht.

Die Haut der Frau heute Morgen war kalt gewesen. Ihre Augen geschlossen. Das Haar in nassen Strähnen über dem Gesicht verteilt. Sie war schön gewesen, auf eine seltsame, unberührbare Art. Er hatte der Polizei nichts von der Viertelstunde erzählt, in der er nur dagesessen und sie betrachtet hatte. So wie er jetzt Judith betrachtete.

»Kai?« Er schrak zusammen. Judith sah ihn an. Sie war wach. Der Augenblick war vorbei.

»Ja?« Er stand auf und ging zu ihr. Er kniete sich vor das Bett, nahm ihre Hand und legte seine Wange daran. Dann kroch er über sie, ihren Bauch und ihren Hals hinauf. Hunger.

»Kai?« Judith stemmte ihre Hände gegen seine Schultern.

»Ja?« Er stoppte mitten in der Bewegung.

»Ich habe nachgedacht.«

»Du hast geschlafen.«

Sie lachte nicht. Ihre Hände lagen immer noch auf seinen Schultern. Mit einer kurzen Drehung wand sie sich unter ihm hervor, schob ihre Beine aus dem Bett und griff nach ihrer Bluse.

»Es ist besser, wenn ich jetzt gehe«, sagte sie, ohne ihn anzusehen und zog sich an. »Du bist ein Zeuge in einem Mordfall, und ich darf nicht …« Sie unterbrach sich, stand auf und schloss den Reißverschluss. Kai Rokke spürte, wie etwas in seinem Magen sich verkrampfte. »Ich sorge dafür, dass du die ›Lydia‹ so schnell wie möglich zurückbekommst.« Mit schnellen, kleinen Bewegungen schloss sie die Knöpfe der Bluse, rückte den Kragen zurecht und zupfte die Ärmel gerade.

Kai nickte. Eigentlich wollte er ihr eine Antwort geben, sie fragen, warum das ein Problem war, ob er das Problem war. Er wollte mit ihr sprechen, wollte, dass seine Worte sie zum Bleiben bewegten. Aber er schwieg.

Stattdessen sah er ihr zu, wie sie ihre Schuhe anzog, aufstand und zur Tür des Wohnmobils ging. Sie drehte sich noch einmal zu ihm um. Ein vages Lächeln, Schritte auf den Metallstufen, das Geräusch eines Automotors, das langsam leiser wurde, je weiter sich der Wagen entfernte.

Er rollte sich auf den Rücken und presste beide Hände auf den Magen, bevor er aufsprang, aus dem Wohnmobil an den Rand der Wiese stürzte und sich übergab.

Kai Rokke spuckte den weißen Schaum ins Waschbecken, spülte seinen Mund mit Wasser aus und wischte sich das Gesicht trocken. Jetzt ging es ihm besser. Körperlich. Der Ekel war verschwunden. Aber dieses nagende Gefühl war geblieben. Der Hunger. Er nahm sein Handy aus der Tasche. Kurz nach acht. Montag. Er beschloss, sich neue Kleidung zu beschaffen, die »Lydia« abzuholen und danach Judith zu suchen. Nein. Umgekehrt. Erst Judith. Dann die »Lydia«. Er konnte sie nicht einfach so gehen lassen, jetzt, wo sie … Er stutzte. Wo sie was? Was war denn schon geschehen, was nicht so oder so ähnlich jeden Tag, an jedem Ort, zu jeder Zeit, mit jedem geschah? Aber er war nicht jeder, und für ihn war es etwas Besonderes gewesen. Weniger, weil Judith sich auf ihn eingelassen, sich nicht von dem Wohnmobil, seinem Hobby und seinem lädierten Äußeren hatte abschrecken lassen. Nein. Was ihn wirklich wunderte, war das, was sie in ihm ausgelöst hatte, oder besser noch, was sie ihn vergessen ließ. Das konnte er nicht so einfach abtun und sie sang- und klanglos aus seinem Leben verschwinden lassen. Er würde zu ihr gehen, ihr alles erklären und sie bitten, es mit ihm zu versuchen.

**

»Habt ihr immer noch nichts von Andrea gehört?« Birgit nahm Henrike zur Begrüßung kurz in den Arm und gab ihr einen Kuss auf die Stirn, vor dem das Mädchen mit einer abrupten Bewegung floh. Birgit seufzte, zog eine Augenbraue hoch und grinste. »Oh, Verzeihung. Ich vergaß. Du bist zu groß für so was.«

Sie sah mich an. »So ist das wohl. Wir alten Tanten sind nicht mehr cool genug.« Sie zuckte mit den Schultern. »Aber egal. Möchtest du noch einen Kaffee, bevor du zum Dienst musst, Ina?«, fragte sie und wies mit der Hand in Richtung Küche.

Ich folgte ihr mit Henrike durch den Flur. Dunkle Steinfliesen, weiße Wände. In einer Ecke eine zylinderförmige Vase mit einer einzelnen Blüte darin. Der kleine Goldrahmen mit dem handgestickten Gedicht darüber wirkte seltsam deplatziert.

Birgit folgte meinem Blick und lächelte. »Eine kleine Sentimentalität aus meiner Kindheit. ›In einem leeren Haselstrauch, da sitzen drei Spatzen, Bauch an Bauch. Der Erich rechts und links der Franz und mittendrin der freche Hans. Sie haben die Augen zu, ganz zu, und obendrüber, da schneit es, hu!‹«, deklamierte sie. Sie seufzte, rückte das Bild mit einer Fingerspitze gerade und ging weiter. »Gut, dass du noch einen Moment Zeit hast. Dann kannst du mich auch mal auf den aktuellen Stand bringen. Was zum Teufel ist denn da gestern los gewesen in Gemünd? Ich habe gehört, dass was mit Regina passiert sein soll, und jetzt noch Andrea?« Ich folgte ihr und der Duftspur edlen Parfüms, die hinter ihr durch den Raum wehte.

»Du hattest Streit mit ihr?«, fragte ich, ohne auf ihre Bitte einzugehen. Andrea war wichtiger. Ich stellte meine Tasche auf ihren Küchentisch und wandte mich zu ihr um. Birgit lachte. Es irritierte mich. Nicht nur ihre Stimme klang wie Andreas, sondern auch ihre Art zu lachen war dieselbe. Andrea und Birgit. Sie ähnelten sich in so vielen Äußerlichkeiten, hatten die gleiche Figur, die gleiche Größe, die gleiche Augenfarbe. Trotzdem konnten Menschen nicht unterschiedlicher sein als diese Schwestern. Als ob sie bewusst darauf achteten, anders zu sein als die andere. Konnte man sich bewusst für oder gegen einen persönlichen Charakterzug entscheiden, um sich von jemandem abzugrenzen? Oder waren die Lebenseinstellungen nur vorgeschoben, und die dauernden Streitigkeiten zeigten das wahre Ausmaß der Ähnlichkeit und damit die gegenseitige Verletzlichkeit? Birgit hatte es ihrer Schwester bis heute nicht verziehen, dass sie mich zu Henrikes Patentante gemacht hatte und nicht sie.

»Ach«, wiegelte sie mit einer wegwerfenden Handbewegung ab, »wir haben eigentlich immer Streit.« Sie bestätigte damit meine Vermutung. Sie ging zu ihrer in die Wand eingelassenen Kaffeemaschine, stellte eine Tasse hinein und drückte auf einen Schalter. »Nichts, was ich mache, findet Gnade in ihren Augen. Aber«, wieder lachte sie und schob mir die Tasse zu, »ich habe mich daran gewöhnt in all den Jahren. Wir sind halt zu verschieden.« Sie ging zum Kühlschrank, öffnete ihn und nahm eine Milchpackung heraus. »Manchmal frage ich mich, ob es nicht doch ein wenig der Neid ist, der Andrea so wütend auf mich macht.«

»Worauf sollte sie denn neidisch sein?« Henrike hatte die

Arme vor der Brust verschränkt. Sie lehnte sich gegen den Türrahmen und sah ihre Tante trotzig an.

Birgit neigte den Kopf zu Seite und biss sich auf die Lippen. Dann ging sie quer durch den Raum, öffnete eine Schranktür und streckte sich nach einem Milchkännchen. »Meine Schwester und ich haben unterschiedliche Ansichten und Ansprüche«, wandte sie sich an mich, ohne auf Henrikes Provokation einzugehen. »Frank und ich sind sehr erfolgreich in unserem Job als Immobilienmakler. Wir können uns das ein oder andere leisten.« Das volle Milchkännchen landete neben meiner Kaffeetasse. Beides bestes Porzellan einer Edelmarke. Unauffällig, aber teuer. »Bitte schön.«

Ich nickte.

»Frank ist Immobilienmakler. Du bist die Frau des Immobilienmaklers.« Henrikes Worte klangen, als ob es nicht ihre eigenen waren, was vermutlich auch den Tatsachen entsprach.

»Andrea ist Lehrerin in Teilzeit und«, Birgits Blick huschte zu Henrike, »alleinerziehend. Da kann man keine großen Sprünge machen.«

»Wir kommen sehr gut zurecht«, zischte Henrike, schnappte sich Hermanns Transportkiste und verschwand über die offenen Treppenstufen hinunter ins Wohnzimmer, um sich in der hintersten Sofaecke zu verschanzen.

»Ach, Süße.« Birgit ließ die Schultern hängen und sah Henrike hinterher. »Darum geht es doch gar nicht.«

»Worum geht es dann?« Ich rührte in meinem Kaffee. »Zum Beispiel bei dem Streit am Telefon vorgestern?«

»Ich wollte sie davon abhalten, auf dieser Demo zu sprechen.«

»Und warum?«

»Ach.« Birgit legte beide Hände flach auf den Tisch und ließ sie nachdenklich darübergleiten. »Es ist nicht gut für sie, wenn sie sich so aufspielt. Sie wird eh schon seltsam angesehen hier.«

»Deswegen habt ihr euch angeschrien? Weil du um ihr Ansehen besorgt warst?«

»Du kennst sie doch, Ina. Sie ist so ein Dickschädel, wenn –«
Ohrenbetäubender Lärm schallte durch den Raum. Ein
Gitarrenriff, zerstückelt von Technoklängen, schraubte sich
höher und höher in der Tonlage. Kreischend, wie in einem
Sägewerk. Ich zuckte zusammen und sprang auf. Der Kaffee
schwappte über den Rand der Tasse und hinterließ braune Spuren auf der Tischplatte.

»Mach das leiser!«, schrie ich über den Lärm hinweg und
war schon auf dem Weg ins Wohnzimmer, als der Krach plötzlich abbrach. »Henrike!«

»Entschuldigung, keine Absicht!« Henrike wedelte mit der
Fernbedienung in der Luft herum und richtete sie dann wieder auf den Bildschirm. »Jetzt hab ich es im Griff.«

Ich verkniff mir eine weitere Bemerkung, wandte mich wieder zur Küche um und blieb überrascht stehen. Birgit lehnte
an der Kühlschranktür, vor ihr auf dem Boden lagen einige
lose Werbeprospekte und Briefumschläge. Ihr Gesicht war
weiß, und ihre Hände zitterten.

»Birgit? Geht es dir nicht gut?« Ich ging zu ihr und fasste
sie am Arm. Sie reagierte nicht. »Birgit?«, fragte ich erneut
und schüttelte sie ein wenig. Sie schloss die Augen und schluckte. Aus ihrem Körper entwich die Anspannung, und sie schien
ein paar Zentimeter an der glatten Oberfläche des Kühlschranks
hinunterzugleiten. Langsam atmete sie ein und wieder aus.

»Es ist schon gut. Danke, Ina.« Immer noch zitternd und
wie eine alte Frau gebeugt ging sie zum Küchentisch, zog sich
einen Stuhl heran und setzte sich. »Es ist nichts.« Sie lächelte
unsicher, aber die Farbe kehrte in ihre Wangen zurück.

Ich drehte mich zu Henrike um. Keine Absicht. Schon klar.

»Macht dir das nichts, wenn sie sich so verhält?«, fragte ich
Birgit, während ich das Papier vom Boden aufhob. Dabei fielen mir Kontoauszüge auf den Namen Frank Vorhaus auf, die
halb aus einem Briefumschlag gerutscht waren. Das Minus-
zeichen vor der Endsumme hätte mich an Franks Stelle nicht
mehr gut schlafen lassen. Schnell schob ich die Auszüge wieder in den Umschlag und legte ihn auf den Packen mit den an-

deren Unterlagen. Ich wusste nicht, welche Geheimnisse die Eheleute Vorhaus voreinander hatten, und wollte mich auch nicht unnötig einmischen. Für Birgit schien die Welt ja, zumindest was das Finanzielle anging, in bester Ordnung zu sein. Ich setzte mich wieder und nahm einen Schluck von dem mittlerweile kalt gewordenen Kaffee.

Birgit hatte anscheinend nichts von meinem unerwarteten Einblick in ihre Privatangelegenheiten bemerkt und zog bedauernd die Schultern hoch. »Es war mal anders. Wir haben ja nie so viel Kontakt gehabt, aber ich habe mich immer gefreut, wenn ich sie gesehen habe. Sie war so süß. Das niedlichste Kind überhaupt. Früher. Aber in letzter Zeit meldet sie sich gar nicht mehr bei mir.« Sie machte eine Pause. »Ach, vielleicht ist es ganz normal für einen Teenager, sich so zu verhalten. Vielleicht ist Andrea auch überfordert und kommt nicht mehr mit ihr zurecht. Ich weiß es nicht.« Sie seufzte. »Ich finde es schade. Sehr.«

Sie beugte sich auf dem Stuhl vor, umarmte sich selbst und rieb mit beiden Händen über ihre Oberarme. »Frank und ich mögen Henrike sehr und hätten gerne öfter Kontakt, aber ... Ich kann sie ja nicht zwingen.« Sie stand auf, strich sich ihre kurzen Haare glatt und zauberte wieder ein Lächeln auf ihre Lippen. »Aber nun geh ruhig, Ina.« Sie straffte den Rücken. »Wir werden das schon hinbekommen, wir zwei, ohne uns die Köpfe einzuschlagen Und deinen Kater werden wir auch hätscheln, keine Sorge.«

* * *

Kai Rokke parkte sein Wohnmobil vor der Polizeiwache in Schleiden. Der Kauf einer neuen Hose und eines neuen Hemdes hatte sich länger hingezogen als erwartet. Nicht weil er nichts gefunden hatte, was ihm gepasst hätte, sondern weil er lange überlegt hatte, wie er Judith am besten gegenübertreten sollte. Schließlich hatte ihn der geduldige Verkäufer in dem Bekleidungsgeschäft in der Dreiborner Straße zu einer Jeans und einem weißen Leinenhemd überredet, in dem er sich jetzt erstaunlich wohlfühlte. Er stieg aus, überquerte mit langen Schritten den Parkplatz und stieg die wenigen Stufen zum Eingang hoch.

»Guten Morgen. Ich möchte bitte zu Judith Bleuler«, sagte er zu dem jungen Polizisten, der im Empfangsbereich der Wache saß und ihn erwartungsvoll ansah, als er den Raum durch die offene Glastür betrat. Der Polizist ging zu dem vorderen Schreibtisch, nahm einen Telefonhörer ab und nickte ihm freundlich zu.

»Ich melde Sie eben an. In welcher Angelegenheit möchten Sie Frau Bleuler sprechen?«

In einer privaten Angelegenheit, wäre ihm beinahe herausgerutscht, aber er konnte sich rechtzeitig bremsen. »In einer Zeugensache. Ich muss ihr noch etwas Wichtiges zu der toten Frau vom Gemünder Wehr sagen.«

Der Polizist hatte jetzt allem Anschein nach einen Gesprächspartner am anderen Ende der Leitung, denn er redete, nickte und schaute ihn dabei weiterhin freundlich an.

»Sie werden jetzt gleich abgeholt«, sagte er, als er wieder aufgelegt hatte. »Bitte nehmen Sie kurz Platz.« Er wies auf die beiden Stühle, die im Eingangsbereich standen und wandte sich wieder den Unterlagen zu, die er bei Kai Rokkes Eintreffen zur Seite gelegt hatte.

Kai Rokke setzte sich, wartete und überlegte, wie er beginnen sollte. Dass er gerne warten würde, bis dieser Fall erledigt und sie dann nicht mehr befangen wäre? Dass es ihm nichts ausmachen würde, sie heimlich zu treffen und niemandem etwas von ihnen zu sagen? Dass er für den Anfang einfach gerne einmal mit ihr essen gehen würde? Er schluckte. Nein. Das Risiko war ihm dann doch zu groß. Was, wenn er dann keinen Hunger bekommen, sondern nur den altbekannten Ekel empfinden würde? Vielleicht war es fürs Erste das Beste, ihr einen Kinobesuch vorzuschlagen. Er hatte in der Fußgängerzone den Hinweis auf ein Kino gesehen. Kino war harmlos. Ins Kino gingen auch Menschen gemeinsam, die nicht zusammen waren. Die nur Freunde waren, die miteinander sprachen, ohne Hintergedanken.

»Herr Hornbläser?« Kai Rokke schreckte hoch. Ein Polizist mittleren Alters stand vor ihm und hielt ihm die Durchgangstür zu den Büros auf. »Hansen ist mein Name. Sie wollten noch eine Ergänzung zu Ihrer Zeugenaussage machen? Kommen Sie bitte mit mir.«

»Ich wollte zu Frau Bleuler.« Kai Rokke blieb auf dem Stuhl sitzen.

»Frau Bleuler hat erst in einer Viertelstunde Dienstbeginn. Ich kann ihre Aussage aufnehmen.« Der Polizist verlagerte sein Gewicht auf das andere Bein.

»Kann ich warten?«

Hansen runzelte die Stirn, sagte aber nichts.

»Es ist auch …«, Kai Rokke zögerte, weil er nicht wusste, ob er Judith, wenn er nun das Wort »privat« benutzte, in Schwierigkeiten bringen würde.

»Alles, was Sie in der Sache zu Protokoll geben möchten, können Sie auch mir sagen.« Hansen öffnete die Tür etwas weiter.

Kai stand auf, warf einen Blick auf die Eingangstür und folgte Hansen die Treppe hinauf in den ersten Stock.

»Oh!«, hörte er eine Frauenstimme sagen. Er fuhr herum.

»Judith!«

Sie stand, ihre Dienstmütze in der linken und einen pinken Rucksack, der augenscheinlich nicht zur Uniform gehörte, in der rechten Hand, hinter ihm im Flur. Sie räusperte sich, biss sich auf die Lippen und schaute zu Boden. »Herr Hornbläser«, sagte sie dann mit fester Stimme und reckte das Kinn in die Höhe. »Der Kollege unten meinte, Sie wollten in der Sache Brinke noch eine ergänzende Aussage machen?«

»Dann übernehmen Sie mal, Frau Kollegin. Der Herr hier«, Hansen wies mit einem Kopfnicken auf Kai Rokke, »wollte sowieso lieber mit Ihnen als mit mir sprechen.«

»Danke«, murmelte Judith. Sie öffnete die Tür zu einem der Büros, hielt sie Kai Rokke auf und schloss sie wieder hinter ihm. »Also, was willst du hier? Ist dir noch etwas eingefallen? Wenn nicht, dann solltest du jetzt besser gehen. Das war nämlich genau das, was ich vermeiden wollte.«

»Was?« Kai Rokke sah sich um. Das Büro war einfach und zweckmäßig eingerichtet. Das einzig Persönliche waren eine bunte Kaffeemaschine und eine Reihe seltsamer Keramiktassen auf einem Regal darüber.

»Meinst du, er ist blöd?« Judith zeigte mit dem Finger auf die Wand, hinter der Kai Rokke das Büro des Polizisten namens Hansen vermutete. »Er hat doch gehört, dass du mich Judith genannt hast. Jetzt weiß er, dass wir uns kennen.«

»Deswegen bin ich hier.«

»Damit mein Chef davon erfährt?«

»Ist Hansen dein Chef?«

»Ja.« Sie funkelte ihn an.

»Das tut mir leid. Ich wollte dich nicht in Schwierigkeiten bringen.«

»Vermutlich hast du das aber.«

»Es tut mir leid«, wiederholte er.

»Also, was wolltest du?« Judith sah ihn an.

»Mit dir reden.«

»Hier?«

»Ich wusste nicht, wo ich dich sonst hätte finden können. Du hast mir nicht gesagt, wo du wohnst.«

»Worüber wolltest du mit mir reden?«

»Warum bist du gegangen?«

»Das habe ich dir doch gesagt.« Judith lehnte sich an die Schreibtischkante und legte den Rucksack und die Dienstmütze hinter sich ab.

»Weil ich nicht in die Vorschriften passe?«

»Nicht du passt nicht. Ich darf mit dir keine private Beziehung haben.«

»Judith, ich bin doch nur ein Zeuge, der zufällig eine Leiche entdeckt hat. Das war kein schönes Erlebnis für mich, das kannst du mir glauben.«

»Vor allem, weil deine ›Lydia‹ dabei kaputtgegangen ist?«

Judith stieß sich ab, ging um den Schreibtisch herum und zog ein Formular aus der Schublade. Dann nahm sie den Hörer vom Telefon, tippte eine kurze Nummer ein und lauschte.

»Nein, nicht weil …«, begann Kai Rokke, aber sie stoppte ihn mit einer knappen Handbewegung.

»Bleuler hier. Der Zeuge Hornbläser möchte gerne sein Modellschiff wiederhaben. Sind Sie mit der Spurensicherung fertig? Er will abreisen.« Sie lauschte. Dann nickte sie und legte auf. »Sie sind fertig mit dem Boot. Du kannst entweder warten, bis die Kollegen es von Euskirchen wieder hierher zurückgebracht haben, oder es heute Mittag selbst abholen.«

»Ich will nicht abreisen, Judith.« Er rührte sich nicht.

»Kai. Ich mache hier ein Praktikum. Es ist ein wichtiger Teil meiner Ausbildung, die ich schnell und so gut wie möglich beenden will. Mit Ina Weinz auszukommen, ist schon schwierig genug, da kann ich nicht noch Ärger mit dem Wachleiter riskieren.«

»Ich verstehe«, sagte er knapp. »Wo bekomme ich die ›Lydia‹?«

Judith fischte einen Zettel aus einer Box und schrieb etwas darauf.

»Hier. Bitte.« Sie reichte ihm das Post-it.

Kai Rokke steckte es in seine Hosentasche, ohne einen Blick darauf zu werfen, und wandte sich zur Tür. »Ja, dann.«

***

Der kurze Vergleich zwischen der Radioansage und meiner Armbanduhr brachte nur fünf verlorene Minuten zu Tage. Kurz vor neun. Ich hatte also gute Chancen, noch pünktlich meinen Dienst anzutreten, wenn ich es schaffen würde, mich in der nächsten Stunde in meine Uniform zu packen und nach Schleiden zur Wache zu fahren.

Steffen wohnte in der Mitte der Urftseestraße, fast direkt gegenüber dem Forstamt. Von Birgits Haus aus, das mitten in der Dreiborner Straße lag, waren es nur ein paar Minuten Fahrzeit. An der Abbiegespur des Marienplatzes musste ich einigen Wagen die Vorfahrt lassen. Die Stadt plante, an dieser Stelle einen Verkehrskreisel bauen zu lassen, und ich konnte mir gut vorstellen, wie es aussehen würde, wenn er fertiggestellt war. Mit beiden Händen hielt ich mich am Lenkrad fest und beugte mich nach vorne. Der Motor ließ den Käfer leise vibrieren und machte mich schläfrig. Zu früh. Viel zu früh. Vor ein paar Jahren hatten mir durchwachte Nächte nichts ausgemacht. Weder eine Party noch eine Nachtschicht hatte mich schaffen können.

Wann war das anders geworden? Ich wusste es nicht. Es hatte eine Zeit gegeben, und die war noch gar nicht so lange her, da hatte ich mich auf Festen nur zwischen entweder lange aufbleiben oder Alkohol trinken entscheiden müssen. Jetzt setzte mir das lange Aufbleiben schon ohne einen einzigen Tropfen Alkohol heftig zu. Ich legte die Stirn auf meine Handrücken und schloss die Augen. Ein lautes Hupen hinter mir ließ mich hochfahren. Nach einem kurzen Blick in den Rückspiegel hob ich die Hand zur Entschuldigung, legte dann den Gang ein und fuhr los. Vorbei am Finanzamt und der Schützenfestwiese, hinter der ich nach ein paar Metern anhielt, wendete und den Käfer vor Steffens Wohnung parkte.

»Hallo?«, rief ich in die Wohnung, noch bevor ich das Rauschen des Wassers aus dem Badezimmer hörte. Steffen stand unter der Dusche. Ich ging ins Schlafzimmer, schälte mich aus den Jeans und dem T-Shirt und suchte nach meiner Uniform, bis mir einfiel, dass ich sie gestern ins Badezimmer gehängt hatte. Ich seufzte, setzte mich aufs Bett und starrte aus dem Fenster. Die kleine Birke in Steffens Balkonkasten war seit dem letzten Sommer gewachsen. Ihre Blätter wehten wie kleine hellgrüne Fahnen hin und her. Ich wunderte mich immer wieder, wie der Baum es schaffte, trotz absolut mangelnder Aufmerksamkeit und Pflege zu überleben. Die Skelette der Sommerblumen des vergangenen Jahres stachen neben ihm in die Luft. Ich hatte vorgehabt, die Kästen mit neuer Erde zu versehen und neu zu bepflanzen, war aber bisher noch nicht dazu gekommen. Hatte Steffen recht, wenn er sagte, ich könne mich nicht entscheiden? Seine Andeutungen waren eindeutig gewesen. Er wollte, dass wir zusammenzogen. Er vertraute mir. Er war da, wenn ich ihn brauchte. Musste ich nur über meinen Schatten springen und es zulassen? Mich einlassen?

»Warum, zum Teufel, hast du mir diese Mail verschwiegen?«, murmelte ich leise und stand auf. Ich spürte, wie der Ärger wieder in mir hochkroch und sich in meinen Gedanken festbiss.

»Wieso bist du hier?« Steffen stand mit nassen Haaren in der Tür, ein Handtuch um die Hüften gebunden. Er schien überrascht, mich hier anzutreffen.

»Ich muss mich noch umziehen, bevor ich zum Dienst fahre«, sagte ich und schob mich an ihm vorbei. »Die Uniform hängt im Badezimmer.«

Steffen folgte mir. Ich hörte seine nackten Füße auf dem Parkettboden.

»Ina, ich …«, sagte er und verstummte. Ich wandte mich zu ihm um und stieß dabei den Hocker neben der Dusche an. Er wackelte und schlug mit einem leisen Klacken auf die Fliesen.

»Was?«

Er sah mich an. Ich stand da in Unterwäsche und ertrug seinen Blick, obwohl ich mich nackt fühlte.

»Ich hasse es, mich mit dir zu streiten.«

Ich nickte. Dann schluckte ich. Ich musste es nur zulassen.

»Denkst du wirklich, ich wollte dich bevormunden?«

Statt einer Antwort ging ich zu ihm und stellte mich dicht vor ihn. Mit beiden Händen fasste ich in sein Haar und zog sein Gesicht zu mir heran. Immer noch rührte er sich nicht, und ich konnte die Anspannung und die Wut in ihm spüren. Er atmete verhalten. Wartete ab, was geschehen würde. Ich küsste ihn. Teilte meine Wut mit ihm, bis er mir antwortete, mir entgegenkam, auf mich und mein Tun reagierte. Seine Haut war feucht vom Duschwasser, und der Geruch des Waschgels stand wie Nebel im Raum. Steffen löste sich von mir, trat einen Schritt zurück. Er stellte den Hocker wieder auf, setzte sich und streckte mir die Hand entgegen. Wieder stand ich vor ihm. So dicht, dass sein Atem wie ein Luftzug über meine Haut floss. Ich legte den Kopf in den Nacken und folgte seiner Einladung. Es zulassen. Hände, Münder, Schenkel. Über allem das Tageslicht und eine morgendliche Stille, die jeden Laut, jedes Geräusch für sich stehen ließ.

Trotzdem war es, als ob wir seit Jahren verheiratet waren. Eine Vertrautheit, die mich gleichzeitig anzog und abschreckte. Ich ahnte, welche seiner Berührungen als Nächstes folgen würde, und als sie dann kam, genoss ich sie bis zu dem Punkt, an dem mein Denken wieder einsetzte und mich von meinem Körper wegtrug, mich von all dem entfernte, in einem Maß, dass ich Steffen Unrecht antat, ihm etwas vormachte. Mir etwas vormachte, wenn ich dachte, ich könnte es einfach so geschehen lassen.

SECHS

»Hallo!«

Erich schreckte von ihrem Bett hoch. Die Musik aus dem Kassettenrekorder dröhnte in ihren Ohren, und sie hatte nicht bemerkt, dass jemand die Tür geöffnet hatte und ins Zimmer gekommen war.

»Was willst du von mir?«, fragte sie und wandte den Blick von Hans ab.

»Deine Freundin wollte dich besuchen kommen, Schatz.« Ihre Mutter hatte hinter dem Besuch gestanden und schob ihn nun in ihr Zimmer. Erich setzte sich auf die Bettkante.

»Mir ist nicht gut, Mama.«

»Ach, papperlapapp. Wenn ich den ganzen Tag allein in meinem Zimmer sitzen würde, wäre mir auch nicht gut.« Sie nickte Hans lächelnd zu. »Sehr nett von dir, dass du zum Spielen kommst.«

Hans wandte den Kopf und strahlte, bis die Tür sich hinter Erichs Mutter geschlossen hatte.

»Du musst etwas für mich tun«, sagte sie ohne Übergang und setzte sich neben Erich auf das Bett.

»Was?«

»Du musst mir bei der Mathearbeit helfen. Du kannst rechnen. Ich nicht. Ich darf nicht noch eine Fünf schreiben.«

»Die Arbeit ist schon morgen. Wie willst du das schaffen?« Erich stand auf, ging zu ihrem Schreibtisch und griff nach dem Buch. Sie hatte keine Lust, jetzt mit Hans zu lernen. Sie hatte überhaupt keine Lust auf Hans. Seit dieser Fünf-Minuten-Pause hatten sie so gut wie nicht mehr miteinander gesprochen. Erich hatte versucht, die Sache zu vergessen. Sie war den anderen aus dem Weg gegangen und hatte gedacht, dass das auch auf Gegenseitigkeit beruhte. Zumindest in der Schule hatte sie auch Franz nicht mit Hans reden sehen.

Sie selbst saß am liebsten in ihrem Zimmer zu Hause. Ihrer

Mutter schien das sehr recht zu sein. Immer mal wieder kam sie zu ihr, fragte, ob sie mit zum Einkaufen gehen oder mit ihr einen Kuchen backen wollte. In den meisten Fällen tat sie es, wenn sie glaubte, es damit ihrer Mutter recht zu machen. Ein paarmal hatte sie darüber nachgedacht, ihr die Sache mit dem Jungen zu erzählen. Ihre Schuld daran. Dann, wenn sie gemeinsam auf dem Sofa saßen und ihren selbst gemachten Kuchen aßen, dachte sie manchmal, sie könne sich Mama anvertrauen. Aber dann tat sie es doch nicht. Aus Angst vor der Strafe. Und aus Angst davor, dass Mama dann nicht mehr mit ihr auf dem Sofa sitzen und gemütlich Kuchen essen würde.

»Du bist doch meine Freundin«, schmeichelte Hans.

»Hmm.«

»Oder etwa nicht?«

Sie zuckte mit den Schultern.

Der freundliche Ausdruck verschwand aus Hans' Gesicht. Sie blinzelte, senkte den Kopf und strich dann mit der flachen Hand über die Bettdecke. »Auch egal.« Sie streckte ihre Arme nach rechts und links aus, reckte sich und faltete dann die Hände in ihrem Schoß. »Ich muss das nicht schaffen.« Sie sah Erich an.

»Aber du hast doch gesagt, ich soll dir helfen.«

»Richtig«, antwortete sie knapp.

»Hast du denn deine Bücher dabei?«

»Nein.«

»Wie sollen wir dann lernen?«

»Ich habe nicht gesagt, dass wir lernen. Ich habe gesagt, du sollst mir helfen.« Hans ließ sich nach hinten auf das Bett fallen und verschränkte die Arme hinter ihrem Kopf. »Du wirst meine Mathearbeit schreiben.«

»Was?« Erich schüttelte den Kopf. »Das geht nicht. Das merken die doch.«

»Sie werden dich nicht erwischen«, sagte Hans ruhig, rollte auf die Seite und stützte ihren Kopf auf die Hand. »Weil du gut aufpassen wirst, dass sie dich nicht erwischen. Weil es«, sie setzte sich mit Schwung auf, sprang auf die Füße und fasste nach

Erichs Arm, »viel schlimmer wäre, wenn sie erfahren würden, dass du schuld bist an dem toten Jungen.« Sie ließ den Arm los. »Oder findest du nicht?«

***

»Hier.« Judith reichte mir einen Zettel mit der Telefonnummer, die sie für mich im Internet recherchiert hatte. Sie war schon vor mir im Büro gewesen, und ich hatte den Eindruck, dass ihr irgendetwas über die Leber gelaufen war. »Wozu brauchst du sie?«

»Ich muss etwas überprüfen.« Ich erhob mich von meinem Stuhl, beugte mich über den Schreibtisch und nahm den Zettel an mich. »Danke«, murmelte ich, griff nach dem Hörer und tippte die Zahlen ein. Wenn sie selbst nichts erzählen wollte, würde ich nicht nachfragen, solange sie in dieser Stimmung war.

Judith hatte meine Entschuldigung für mein unfaires Verhalten am Sonntagmorgen sofort angenommen. Sie hatte einfach nur genickt, etwas von »jeder hat mal einen schlechten Tag« gemurmelt und war dann sehr schnell zur Tagesordnung übergegangen.

Es klickte, dann hörte ich ein Freizeichen.

»Diese Firma steht als Adressat auf der Baugenehmigung, die wir bei Andrea gefunden haben, und ich möchte nachhören, was sie zu der Angelegenheit sagen.«

»Hast du das mit Hansen abgeklärt?«

»Wenn er kommt, rede ich mit ihm.« Ich beugte mich vor und legte ihr den Stapel Kopien auf den Tisch. Als sie die Köpfe der obersten Blätter sah, schnalzte sie mit der Zunge.

»Nationalpark und Stadtverwaltung«, murmelte sie und vertiefte sich in die Schriftstücke.

Ich wechselte den Hörer vom rechten ans linke Ohr und wartete. Nach dem zwanzigsten Klingeln meldete sich endlich eine professionell freundliche Warteschleifenstimme und bat mich um einen Augenblick Geduld.

»Denkst du, die haben etwas mit dem Verschwinden deiner Freundin zu tun?« Judith schob ihre Tastatur ein Stück zur Seite und drehte ihren Bildschirm so, dass ich ihn sehen konnte. Ich blinzelte und erkannte die Homepage der Aachener Firma, mit deren Warteschleife ich gerade telefonierte. Ein großes Haus in moderner Architektur füllte den Bildschirm fast vollständig aus.

Wieder knackte es im Hörer. Die Musik wurde unterbrochen, ein Freizeichen ertönte, dann meldetet sich eine Frauenstimme: »Service Building Management Dilsen, mein Name ist Mareike Haachting. Was kann ich für Sie tun?«

Ich schaltete den Lautsprecher an, nickte Judith zu und stellte mich vor.

»Und womit kann ich Ihnen weiterhelfen?«

Ich fragte nach dem für den Bau des historischen Hotels »Lorbachtal« zuständigen Mitarbeiter.

»Sind Sie von der Presse?« Die Freundlichkeit machte einem hörbaren Misstrauen Platz.

»Nein. Wie ich bereits sagte …«

»Wir geben keinerlei Auskünfte. Bitte rufen Sie nicht mehr an«, unterbrach sie mich und legte auf.

»Das war deutlich.« Judiths Augenbrauen schoben sich zu einem geraden Strich zusammen.

»Die Schreiben zur Baugenehmigung an diese Firma trugen Regina Brinkes Unterschrift. Regina lebt nicht mehr. Kopien dieser Schreiben steckten in Andrea Herbstmanns Briefkasten. Andrea ist seit gestern verschwunden. Was wäre deine Schlussfolgerung?«, fragte ich und stand auf.

»Es liegt die Vermutung nahe, dass es einen Zusammenhang gibt«, antwortete Judith und schaute mich erwartungsvoll an.

»Genau, und den will ich herausfinden.«

»Denkst du immer noch, Regina Brinke hat Selbstmord begangen?«

Ich schüttelte den Kopf.

»Aber solange es keine Beweise für das Gegenteil gibt, wird Hansen nicht die Mordkommission einschalten.«

»Richtig.« Ich nahm mir einen Kugelschreiber, notierte die Adresse der Firma unter der Telefonnummer und stand auf. »Deswegen werden wir beide jetzt nach Aachen fahren und diesen Herrschaften mal persönlich auf den Zahn fühlen.«

»Ina, wir haben keinen Ermittlungsauftrag in dieser Sache«, erwiderte Judith und zog ihren Blusenkragen glatt.

»Wir ermitteln ja auch nicht. Wir fahren Streife.«

»In Aachen?«

Ich stand auf, griff nach meiner Uniformjacke, die ich über den Besucherstuhl geworfen hatte, und klimperte mit den Wagenschlüsseln. »Du musst nicht mitkommen, Judith.«

»Und wenn er mich fragt?«

»Wenn wer dich was fragt?«

»Hansen. Wo du bist und was du machst.«

Ich zuckte mit den Schultern.

Judith kaute nachdenklich auf ihrer Unterlippe und runzelte die Stirn. Ihre Hände glitten über die Papiere vor ihr, schoben nach links, was rechts lag, und umgekehrt. Sie atmete flach und schnell. Ich schwieg und wartete. Als sie mich schließlich ansah und mir antwortete, klang ihre Stimme fest. »Ich muss jetzt zwischen Pest und Cholera wählen. Entweder fahre ich mit dir, obwohl ich genau weiß, welche Konsequenzen das für mich haben kann. Oder ich bleibe hier und muss für dich lügen.«

»Du kannst Hansen auch einfach die Wahrheit sagen.«

Judith zupfte ihren linken Uniformärmel über die Blusenmanschette. Dann wiederholte sie das Prozedere an ihrem anderen Ärmel, stand auf und korrigierte mit beiden Händen den Sitz ihrer Jacke.

»Also gut. Lass uns gehen. Aber vorher sollten wir den Bürgermeister bitten, uns einen Blick in Regina Brinkes Akten werfen zu lassen.«

»Du lernst wirklich schnell, Judith Bleuler«, gab ich zu, als wir auf den Parkplatz vor der Stadtverwaltung in Schleiden einbogen. »Auf die Idee hätte ich auch selbst kommen können.

Wir werden aber nichts von den Kopien sagen, sondern uns nur umschauen.«

Judith nickte, und wir stiegen aus. Das Gebäude thronte auf dem Ruppenberg wie eine alte Trutzburg. Über dem Sockel aus behauenem Naturstein erhob sich hell die cremefarben verputzte Fassade, bei der jedoch an vielen Stellen Renovierungsbedarf sichtbar war. Der Eingang zum Rathaus versteckte sich im rechten der drei Torbögen, die den äußeren Bereich vom Innenhof abtrennten. Ein paar Stufen führten zur Eingangstür hinauf. Dahinter empfing uns der typische Duft aller deutschen Amtsstuben. Es roch nach Papier und Bodenreiniger, überlagert von einem Hauch Kaffeeduft und einem Parfüm, dessen Spur vermutlich von einer Besucherin hinterlassen worden war. Wir fragten uns zum Bauamt durch. Reginas Kollegen nickten uns bedrückt zu, als wir die Büroräume betraten.

»Dürfen wir uns Frau Brinkes Schreibtisch näher anschauen?« Ich blickte mich suchend um.

»Selbstverständlich dürfen Sie«, hörte ich hinter mir jemanden sagen und wandte mich um. Der Bürgermeister stand im Türrahmen, der von seiner kräftigen Statur fast ausgefüllt wurde. Ich kannte ihn aus anderen Situationen als einen fröhlichen und herzlichen Menschen, aber jetzt zeigten seine Augen trotz der zahlreichen Lachfältchen die Trauer um eine seiner Mitarbeiterinnen. Er kam auf Judith und mich zu und schüttelte jeder von uns die Hand. »Was führt Sie zu uns? Gibt es noch Unklarheiten?«, fragte er, und die Falten auf seiner Stirn vertieften sich. »Ich kann nicht begreifen, warum sie das getan hat. Sie machte so einen ausgeglichenen Eindruck auf mich.«

»Wir suchen nach Hinweisen, die uns helfen, Regina Brinkes Tod besser zu verstehen«, erklärte ich ihm ruhig. Er würde nicht begeistert sein, wenn er erfuhr, dass Reginas Tod vielleicht mit ihrer Arbeit zu tun hatte. Er räusperte sich, und ich hatte den Eindruck, als ob er noch etwas sagen wollte, sich aber zurückhielt. Stattdessen nahm er an einem freien Schreibtisch

Platz, zog sein Smartphone aus der Jackentasche und begann, damit zu arbeiten.

Es dauerte nicht lange, bis wir alle Papiere und die Dateien auf dem Computer durchgesehen hatten.

Ich runzelte die Stirn. »Hat jemand den Arbeitsplatz aufgeräumt?«, fragte ich in die Runde.

Alle Anwesenden schüttelten den Kopf.

»Vermissen Sie etwas?«, fragte der Bürgermeister.

»Regina Brinke hat doch an dem Projekt zum historischen Hotel ›Lorbachtal‹ gearbeitet. Wo sind die Unterlagen dazu?«

»Sind sie nicht dabei?«

»Nein.«

»Vielleicht hat sie die Akte bereits wieder abgelegt.«

»Wären Sie dann so freundlich und würden uns die Akte holen lassen?« Judith klang höflich, aber sehr bestimmt.

»Natürlich.« Er machte eine kurze Pause und sah sich suchend um. »Frau Müller, wären Sie so nett?«

Frau Müller nickte und ließ uns allein. Wir warteten.

Der Bürgermeister räusperte sich. »Zu der Baugenehmigung gibt es noch etwas zu sagen.«

»Ja?«

»Meine Mitarbeiter haben mein volles Vertrauen in allen Belangen, und Frau Brinke hat in der Sache keinesfalls ihre Kompetenzen überschritten, aber wir haben es uns zur Gewohnheit gemacht, solche großen Projekte immer gemeinsam zu besprechen, bevor eine Entscheidung gefällt wird.«

»Das heißt was?«

»Frau Brinke hat in diesem Fall die Genehmigung erteilt, ohne mit mir Rücksprache zu halten. Es geht gar nicht, dass ich erst aus der Zeitung über das Geschehen in meinem Amt unterrichtet werde. Von den zahlreichen erbosten Anrufen, die wir über unser Bürgertelefon entgegennehmen mussten, einmal ganz abgesehen.«

»Macht das die Sache ungültig?«

»Erst einmal nicht. Aber eine Absprache hätte die Sache deutlich erleichtert. Wir hätten mit der Nationalparkverwaltung Kontakt aufnehmen und die Sache so schon im Vorfeld anders kommunizieren können. Bei denen läuft das Telefon vermutlich auch heiß.«

»Können Sie sich vorstellen, warum sie nicht mit Ihnen darüber gesprochen hat?«

»Nein.«

Frau Müller kehrte mit leeren Händen zurück und schüttelte bedauernd den Kopf. »Die Akte ist nicht da. Es tut mir leid.«

»Die abgelegten Vorgänge werden doch sicher auch in Ihrem System abgespeichert«, wandte ich ein, bevor jemand etwas anderes sagen konnte. »Drucken Sie sie uns einfach aus. Das genügt auch.«

»Lassen Sie mich das machen. Dazu muss ich auf das Archiv zugreifen.« Der Bürgermeister setzte sich an Reginas Computer, öffnete den Dateimanager und gab ein Passwort ein. Auf dem Bildschirm erschien die Liste der durchlaufend gekennzeichneten Vorgänge, an denen in der Stadtverwaltung gearbeitet worden war. »Gleich haben wir es.« Er öffnete eine Datei nach der anderen. Ohne Ergebnis. »Seltsam«, murmelte er und begann erneut am Anfang der Liste. »Ein Vorgang fehlt.«

Er zeigte auf die Aktenzeichen. »Hier ...«, er räusperte sich, »wurde, wie es aussieht, ein Vorgang gelöscht.«

***

»Die Kopien sind jetzt die einzigen Belege, die wir haben. Können wir sie überhaupt als Beweismittel gebrauchen?« Judith schaute mich skeptisch an.

»In einem Mordfall sicher nicht.« Ich bremste vor dem Bahnübergang ab und rollte langsam über die Schienen. Nach einer weiteren halben Stunde erfolglosen Suchens hatten wir die Sache abgebrochen. Der Bürgermeister hatte uns zugesichert, sich sofort bei uns zu melden, wenn er etwas finden würde. »Aber wir haben bisher keinen Mordfall.«

»Das Fehlen der Akte und die gelöschte Computerdatei reichen nicht aus?« Judith runzelte die Stirn.

»Das kann Regina alles selbst gemacht haben. Für sie wäre es ein Leichtes gewesen, an ihrem Arbeitsplatz alles zu löschen und die Akte verschwinden zu lassen. Das spräche nicht gegen die Selbstmordtheorie.«

»Wo, glaubst du, kommen die Kopien her?«

»Von Regina selbst?«

»Wozu?«, fragte Judith und strich ihren Blusenkragen glatt. »Wieso sollte sie sie erst kopieren, um sie dann zu vernichten?«

»Um etwas in der Hand zu haben vielleicht.«

»Gegen wen?«

»Möglicherweise wurde sie nicht bestochen, um den Bauantrag zu genehmigen, sondern erpresst. Und die Kopien dienten zu ihrem Schutz«, dachte ich laut.

»Du kanntest sie doch. Wer könnte sie erpressen?«

»Die Frage wäre vielmehr, womit man sie erpressen könnte.« Ich trommelte mit den Fingern auf das Lenkrad, während ich darauf wartete, dass sich ein Lkw mit Anhänger in gesamter Länge durch den Kreisverkehr vor mir schlängelte. »Regina führte ein ...« Ich suchte nach einem anderen Wort als »langweilig«, weil sie selbst es sicher nicht so empfunden hatte. »Sie führte ein unaufgeregtes Leben.«

»Meinst du, er hat damit etwas zu tun?« Judith wies hinter sich in Richtung Rathaus. »Traust du dem Bürgermeister?«

»Er schien ehrlich betroffen zu sein. Sowohl über Reginas Tod als auch über die fehlenden Unterlagen.« Ich ordnete mich endlich in den Kreisverkehr ein und lenkte den Wagen in Richtung Aachen.

»Das ergibt doch alles keinen Sinn.« Judith setzte sich aufrecht hin, hob die Arme und stemmte sich mit den Händen gegen das Autodach. Dann fiel sie mit einem Seufzen in den Sitz zurück und ließ den Kopf kreisen. »Vielleicht hat sie sich wirklich selbst umgebracht, und wir jagen nur einer fixen Idee hinterher.«

»Ja.« Ich biss mir auf die Lippen. »Vielleicht.« Ich sah sie an. »Vielleicht aber auch nicht. Und dann ist die Frage, was besser wäre, die Möglichkeit in Betracht zu ziehen, einem Phantom hinterherzujagen, oder das Risiko einzugehen, einen Mörder entkommen zu lassen?«

Judith nickte. Eine Zeit lang fuhren wir schweigend, während die Landschaft an uns vorüberglitt.

»Warum bist du wieder zur Trachtengruppe gewechselt?«, fragte mich Judith eine halbe Stunde später, und ich ahnte, worauf sie hinauswollte. Vor uns lag die »Himmelsleiter« genannte Bundesstraße wie eine Sprungschanze. Wir hatten den kürzeren, aber langsameren Weg gewählt. Er führte über Morsbach, die Serpentinen in Einruhr hoch und schließlich an der belgischen Grenze entlang über Roetgen nach Aachen.

»Es war das, was ich hier machen konnte, nachdem ich aus Köln weggegangen bin.«

»Vermisst du die Arbeit in der Mordkommission denn nicht?« Judith beugte sich vor, um den Stadtplan aus dem Handschuhfach zu nehmen. Navigationsgeräte gab es in den Dienstwagen nicht, was eigentlich auch kein Problem darstellte, weil sich alle Kollegen in unserem Bereich bestens auskannten. Aachen allerdings war meine persönliche Terra incognita, und ich schaffte es immer wieder, mich zu verfahren.

»Nein. Ich vermisse sie nicht«, antwortete ich mit einem Seitenblick auf die Karte.

»Und warum machst du das hier dann?« Judith tippte auf den Stadtplan. »Du ermittelst, als ob du noch in einer Sonderkommission wärst.«

»Tue ich das?« Ich bemühte mich um einen süffisanten Ton, aber sie ging nicht darauf ein.

»Ja.«

»Wo muss ich langfahren?«, lenkte ich das Gespräch in eine andere Richtung.

Judith zog eine Augenbraue hoch und schlug die Karte auf. Sie durchschaute mein Manöver offenbar, hakte aber nicht weiter nach. Für den Moment nicht.

Die Firma hatte sich im Stadtteil Burtscheid, in der Nähe des Heißberger Friedhofs angesiedelt. Etwa zwanzig Minuten vor unserem Ziel steuerte ich einen abgelegenen Parkplatz an und fischte die Tüte mit meinen zivilen Ersatzklamotten vom Rücksitz, die ich sonst in meinem Spind auf der Wache aufbewahrte und die ich kurz vor unserer Abfahrt noch geschnappt hatte. Judith hatte darauf bestanden, nicht in unseren Uniformen, sondern in normaler Kleidung bei der Firma aufzutauchen, und ich musste ihr recht geben. Aachen war nicht unser Gebiet, und Hansen wusste nichts von unserer Aktivität. Das allein versprach schon eine Menge Ärger. Da mussten nicht noch solche Dinge wie Amtsmissbrauch dazukommen.

Ich zog gerade meinen dünnen Pulli über, als mich wieder eine Hitzewelle überrollte. Sie breitete sich von einem Punkt hinter meiner Brust über den Hals bis in mein Gesicht aus. Ich schwitzte wie nach einem Langstreckenlauf, und allem Anschein nach hatte mein Herz den Eindruck, genau diese Leistung gerade vollbracht zu haben. Es schlug wie verrückt. Ich ließ mich auf den Sitz fallen, öffnete die Wagentür und schnappte nach Luft. Mein Gefühl, im Gesicht die Farbe einer Tomate angenommen zu haben, bestätigte sich, als ich Judiths besorgten Blick sah.

»Alles in Ordnung mit dir?«, fragte sie und runzelte die Stirn. Ich griff nach dem Stadtplan, faltete ihn zusammen und fächelte mir Luft zu. Die Hitze ließ langsam nach, aber immer noch spürte ich jeden einzelnen Herzschlag.

»Ich muss mir einen Virus eingefangen haben«, murmelte ich und genoss den kühlen Luftzug, der durch den Wagen ging.

»Ah.« Sie schoss mir einen Seitenblick zu. »Ja dann.« Wieder eine Pause, bevor sie mit einer Sachlichkeit, die jede böswillige Absicht von vornherein ausschloss, sagte: »Meine Mutter hatte immer so schreckliche Hitzewallungen, als sie in den Wechseljahren war.«

✳✳✳

»Verdammt!« Kai Rokke schlug auf sein Lenkrad und fädelte sich in den Kreisverkehr auf der Kölner Straße ein. Sein Navigationsgerät hatte ihn zwar ohne Probleme von Gemünd nach Euskirchen geführt, aber er hatte keine Hausnummer zu der Adresse gehabt und das Schild erst gesehen, als es schon zu spät zum Abbiegen gewesen war. Jetzt musste er zuerst die Ehrenrunde durch den Kreisel drehen und dann ein ganzes Stück auf der Straße zurückfahren, bis ihm eine Lücke im Trennbeet den U-Turn erlaubte. Seine Laune sank. Er wollte die »Lydia« wiederhaben, in sein Wohnmobil steigen und aus der Eifel verschwinden. Egal wohin. Nur fort. Sein Magen rumorte und schmerzte. Er kniff die Augen zusammen. Das mit dem Hunger musste er sich wieder abgewöhnen. So wie er sich abgewöhnen musste, an Judith zu denken. Wegen ihr war alles durcheinandergeraten. Er hasste es, wenn Dinge durcheinandergerieten. Vor allem, wenn sie ihn und sein Leben betrafen. Es war sein Leben. Seine Kontrolle. Das erneute laute Grollen aus der Mitte seines Körpers kam ihm wie eine Antwort auf seine Gedanken vor. Widerworte. Er lenkte das Wohnmobil auf den Parkplatz. Links und rechts standen Polizeiautos, die wenigen Besucherplätze waren entweder besetzt oder zu eng. Vorsichtig fuhr er den Wagen weiter auf das Gebäude zu, in der Hoffnung, hier einen Parkplatz zu finden. Hinter einer breiten Scheibe trat ein uniformierter Polizist ans Fenster, legte die Hand als Sichtschutz an die Stirn und schüttelte den Kopf. Dann verschwand er für einige Sekunden, bevor er am Haupteingang erschien und auf Kai Rokke zukam.

»Wo wollen Sie denn hin?« Der Polizist stellte sich dicht vor das geöffnete Fahrerfenster.

»Ich muss hier etwas abholen.«

»Aha.«

»Wo kann ich hier parken?«

»Also«, der Polizist bog sich nach hinten und begutachtete das Wohnmobil, »hier werden Sie damit kein Glück haben.« Er kratzte sich nachdenklich am Kinn. »Versuchen Sie es mal hinter dem Gebäude. Da ist genug Platz.«

»Danke. Wie komm ich dahin?«

»Oh, ganz einfach.« Der Polizist lächelte erleichtert und zeigte mit der Hand nach links. »Sie fahren einfach wieder vom Hof, einmal durch den Kreisel bis zum nächsten Kreisel, da schräg links Richtung Bahnhof, am Bahnhof vorbei bis zum nächsten …«

»Kreisel«, ergänzte Kai Rokke.

»Ach, Sie kennen sich hier aus?«

Er schüttelte den Kopf, und der Polizist beendete mit einem strengen Blick und einem »Dann direkt die nächste Ausfahrt. Das geht ganz schnell. In fünf Minuten komme ich Sie dann am Hintereingang holen« seine Erklärung.

Kai Rokke hatte die Hinweise zum Einbruchschutz und die Fahndungsplakate an den Wänden ebenso wie die Drogenpräventionshefte und Verkehrssicherheitsflyer auf dem Prospektständer bereits zum vierten Mal gelesen und wartete immer noch auf den zuständigen Beamten. Er hätte gerne eine Zigarette geraucht, aber Rauchen war im Gebäude selbstverständlich nicht gestattet. Und ginge er dazu nach draußen auf den Hof, würde er Gefahr laufen, den Beamten zu verpassen, der ihm »Lydia« wiedergeben sollte.

Er setzte sich auf einen der Stühle, lehnte sich zurück, stand wieder auf. Ging bis zur Treppe, drehte sich auf dem Absatz um und durchmaß den Raum zurück mit großen Schritten. Er nahm seinen Tabaksbeutel aus dem Mantel, drehte eine Zigarette, roch daran und fühlte sich schlecht bei dem Gedanken, Judith Bleuler nie wieder zu sehen. Genauso schlecht fühlte er sich bei dem Gedanken, sie doch wiederzusehen und erneut von ihr in die Wüste geschickt zu werden. Ja. Das war der richtige Ausdruck. In die Wüste geschickt zu werden. Er hatte Hunger, und sie ließ ihn darben.

»Herr Hornbläser?« Eine junge Polizistin hatte ihn angesprochen. Er hatte sie nicht bemerkt, bis sie direkt vor ihm stand. »Kommen Sie bitte mit. Sie müssen noch etwas unterschreiben, dann können Sie Ihr Boot wieder mitnehmen.«

Er nickte und folgte ihr durch die Gänge bis zu einem kleinen Büro. Auf einem der beiden Schreibtische lag die »Lydia«. Er musste sich beherrschen, sie nicht sofort auf Kratzer und Beschädigungen zu untersuchen. Er ballte die Fäuste in den Taschen und wartete.

»Ich muss nur noch eben Ihre Daten in den Computer ...«, murmelte die Polizistin, hackte auf ihre Tastatur ein und stockte dann. »Einen Moment bitte.« Sie lächelte knapp, ging in den Nebenraum und zog die Tür hinter sich zu. Er hörte sie sprechen. Vermutlich telefonierte sie. Auf einen Wortschwall folgte Stille, dann wieder ein Wortschwall.

Kai Rokke ging um den Schreibtisch herum zur »Lydia« und seufzte. Er konnte sich denken, was sie entdeckt hatte, als sie eben seinen Namen eingegeben hatte, und fragte sich, ob nun wieder diese alte Geschichte aufs Tablett käme. Ob Judith enttäuscht sein würde? Vielleicht wusste sie es ja schon und hatte nur nichts gesagt? Vielleicht war es ihr egal? Er strich mit dem Finger über die Masten des Schiffes. Alle Tampen waren entfernt worden, genau wie die Segel. Nackt und kahl lag das Schiff auf dem blanken Holz der Schreibtischplatte, gekentert. Es würde viel Zeit und Mühe kosten, alles wieder so herzurichten, wie es vorher war.

»Herr Hornbläser?« Wieder hatte sie ihn in Gedanken versunken erwischt, und er kam sich ertappt vor.

»Ja.« Er räusperte sich. »Ja?«

Die Polizistin sah ihn jetzt anders an als noch vor ein paar Minuten. Misstrauischer. Aber als sie sprach, klang ihre Stimme sachlich und ruhig. »Ich habe gerade abschließend mit den Kollegen in Schleiden telefoniert. Es ist alles in Ordnung. Sie können Ihr Schiff mitnehmen.«

»Danke.« Er wartete darauf, dass sie weiterreden würde, aber sie reichte ihm lediglich ein Blatt Papier und einen Kugelschreiber.

»Wenn Sie hier bitte den Empfang quittieren würden.«

Er unterschrieb, hob die »Lydia« behutsam auf und suchte sich seinen Weg durch die Gänge nach draußen.

Ein Liebhaber mit Vorstrafenregister passt hundertprozentig nicht auf Dauer in das Weltbild einer Frau wie Judith Bleuler, dachte er, als er wieder hinter dem Steuer saß, und ignorierte das Grummeln in seinem Magen.

***

Das Gebäude in der Kapellenstraße hatte keinerlei Ähnlichkeit mit dem Stahlbetonpalast, den die Firma auf ihrer Homepage präsentierte. Statt moderner Architektur fanden wir einen renovierten, mehrstöckigen Altbau vor, an dessen Fassade nur ein kleines, bronzefarbenes Schild auf den Sitz der Firma hinwies. Die Haustür war nicht verschlossen, und nach wenigen Schritten die Treppe hinauf standen wir vor einer weiteren Tür. Judith klingelte. Es dauerte einige Sekunden, dann brummte ein Türöffner. Gediegenes Beige, Stuck und ein moderner Kronleuchter aus blitzendem Metall empfingen uns. Hinter einem hohen Tresen aus Edelholz saß eine Frau, die bei unserem Eintreten den Kopf hob und uns mit professionellem Lächeln begrüßte.

Ich lächelte ebenso unverbindlich zurück. »Frau Haachting?«, spekulierte ich und schien ins Schwarze getroffen zu haben. Sie stand auf und musterte mich von oben bis unten. »Weinz mein Name, das ist meine Assistentin Frau Bleuler. Wir sind in der Angelegenheit Hotel ›Lorbachtal‹ hier.«

Die Empfangsdame zuckte kurz mit den Schultern und spitzte die Lippen. Dann hatte sie ihre Mimik wieder unter Kontrolle, blätterte in einem Terminkalender, der vor ihr auf dem Schreibtisch lag und fuhr suchend mit dem Finger über die Einträge. »Hatten Sie einen Termin?« Ihre Stimme klang wie Eis.

»Nein, wir …«, setzte ich an, kam aber nicht weit. Sie blickte mit hochgezogenen Augenbrauen von dem Terminkalender auf.

»Dann kann ich Ihnen leider nicht helfen. Herr Vorhaus empfängt keine unangemeldeten Besucher.«

Ich stutzte. »Ist Herr Vorhaus denn im Haus?«, fragte ich und gab mir Mühe, mir meine Überraschung nicht anmerken zu lassen.

Keine Regung auf der anderen Seite der Schreibtischfestung.

So schnell wollte ich nicht aufgeben.

»Können wir dann bitte einen Termin mit ihm machen?«

»Gerne.« Wieder dieses Eislächeln. »Wenn Sie mir sagen, in welcher Angelegenheit.«

»Es geht um das Hotel ›Lorbachtal‹ in Gemünd.«

Sie nickte. So weit waren wir schon einmal gewesen, aber das schien ihr nicht zu genügen.

»Wir möchten gern einige Einzelheiten mit Herrn Vorhaus besprechen.«

»Am besten ist es wohl, Sie lassen mir Ihre Visitenkarte da, und ich teile Herrn Vorhaus mit, dass Sie mit ihm sprechen wollen. Er wird sich dann bei Interesse bei Ihnen melden.«

Ich nickte, öffnete meine Handtasche und nahm eine kleine schwarze Ledermappe heraus, von der ich annahm, sie sähe noch am ehesten so aus, als ob ich meine Visitenkarten darin aufbewahren würde. Dann verharrte ich, schüttelte leicht den Kopf und steckte die Mappe wieder ein. »Ich rufe lieber selbst noch einmal zu einem späteren Zeitpunkt an«, erwiderte ich und schloss meine Handtasche.

Die Eiskönigin kam hinter ihrem Tresen hervor, ging an uns vorbei und öffnete die Tür. »Vielen Dank für Ihren Besuch.«

Sie blieb stehen, bis wir die wenigen Stufen bis zum Erdgeschoss hinuntergegangen und auf die Straße getreten waren.

»Was war das denn?« Judith drehte sich um und starrte auf das Holz der Tür.

»Ein gut abgerichteter Wachhund, auch Chefsekretärin genannt.« Ich musste grinsen. »Vermutlich hätte sie sich uns in den Weg geworfen, wenn wir eigenmächtig versucht hätten, eines der Büros zu betreten.«

»Und was machen wir jetzt?«

Ich überlegte kurz und sagte: »Anrufen.«

Judith zog eine Augenbraue hoch.

»Nimm dein Handy, ruf sie an und bitte darum, Michael Vorhaus in einer privaten Angelegenheit zu sprechen«, erklärte ich ihr, während wir uns vom Haus entfernten. »Mal sehen, ob ich recht habe mit meiner Vermutung«, murmelte ich und lächelte ihr aufmunternd zu. »Du hast die ganze Zeit geschwiegen. Die Sekretärin kennt deine Stimme nicht. Hast du die Nummer noch?«

Judith nickte, zog ein Post-it aus der Tasche und wählte. Brav sagte sie ihr Sprüchlein auf und lauschte.

»Dann habe ich mich wohl geirrt. Entschuldigen Sie bitte.« Sie beendete das Gespräch und sah mich an. »Was sollte das jetzt?«

»Was hat sie gesagt?«

»Es gibt dort keinen Michael Vorhaus, nur einen …«

»… Frank Vorhaus«, fiel ich ihr ins Wort. Ich wusste zwar nicht, was diese Erkenntnis bedeutete oder wohin sie uns führen würde, aber sie verursachte ein flaues Gefühl in meinem Magen. »Und wenn nicht mehrere Herren dieses Namens bei der Service Building Management Dilsen arbeiten, ist dieser Frank Vorhaus zuständig für das Projekt ›Lorbachtal‹.«

Wir hatten unseren Parkplatz erreicht. Judith schaute mich immer noch verständnislos an.

»Frank Vorhaus ist Gemünder. Und«, ich schloss den Wagen auf und setzte mich auf den Fahrersitz, »Frank Vorhaus ist Andrea Herbstmanns Schwager.«

∗∗∗

Warum mussten sie die Eifel nur mit diesen Windrädern zuknallen?, dachte Kai Rokke, während er sein Wohnmobil auf die A1 lenkte und die kräftigen Rotorblätter beobachtete. Aber immer noch besser, sie stellen sie in die Nähe von sowieso hässlichen Autobahnen oder Industrieparks, als einfach irgendwo in die Landschaft. Er richtete den Blick wieder auf die Straße. Was ging es ihn an. Er war ja kein Eifler. Er war nur auf der Durchreise. Oder auf der Flucht. Ganz wie man es nennen wollte. Nicht dass er wirklich hätte flüchten müssen. Nein. Seine Strafe war zur Bewährung ausgesetzt worden. Er hatte sich zu den geforderten Zeiten an den geforderten Orten gemeldet und war den Rest der Zeit unterwegs gewesen.

Die Flucht war eher eine vor sich selbst. Er hatte nicht nur gehandelt mit den Amphetaminen. Er hatte sie auch selbst genommen. Jede einzelne Muskelfaser hatte er mit der gleichen Sorgfalt gehütet und gepflegt, mit der er heute seine »Lydia« behandelte. Aber es war vorbei. Schon lange. Trotzdem trieb es ihn immer weiter. Kai Rokke begegnete seinem Blick im Rückspiegel. Dann nahm er die nächste Ausfahrt und bog zweimal links ab.

Einmal musste Schluss sein mit der Flucht vor sich selbst, und jetzt war ein guter Zeitpunkt dazu. Die Vorstellung, Judith könnte ihn für immer als den »Fehler ihres Lebens« in Erinnerung behalten, verursachte ihm mehr Übelkeit als die Angst vor ihrer Reaktion, wenn sie ihn wiedersehen würde.

***

Hansen verschränkte die Arme vor der Brust und lehnte sich in seinem Stuhl nach hinten. Er schaute aus dem Fenster und machte den Eindruck, mit seinen Gedanken völlig woanders zu sein, aber ich kannte ihn mittlerweile besser.

»Die Spurenlage reicht nicht aus, um eine Mordermittlung auszulösen«, sagte er und schaute mich endlich an. »Regina Brinke ist ins Wasser gegangen und hat laut Bluttest vorher eine Menge Beruhigungsmittel geschluckt.« Er zeigte auf den Vorabbericht des Rechtsmediziners, der als Mailausdruck auf seinem Schreibtisch lag. Hansen beugte sich mit einem Ruck nach vorne und stand auf. Neben mir rutschte Judith auf ihrem Stuhl hin und her und räusperte sich.

»Ja?« Hansen wandte sich ihr zu.

»In ihrem Abschiedsbrief hat sie nichts von dem Bauprojekt oder der Genehmigung erwähnt.«

Hansen nickte langsam. »Nicht explizit. Das stimmt.«

»Und aus den Schilderungen ihrer Freunde lässt sich schließen, dass sie eigentlich wieder Mut gefasst hatte.«

»Mit wem haben Sie gesprochen, Frau Bleuler?«

Judith sah mich an.

»Das war die Aussage von Frau Herbstmann, die sie während unseres Gesprächs nach der Demonstration gemacht hat. Regina Brinke hat sich im Naturschutz engagiert, und allem Anschein nach war sie verliebt.«

»Sagt Frau Herbstmann?«

»Ja«, erwiderten Judith und ich wie aus einem Mund.

»Die Frau Herbstmann, die Gott und die Welt gegen das Projekt aufwiegelt?«

Ich sah, dass Judith genau wie ich nickte.

»Wieso sollten wir ihr glauben?«

Ich schluckte. Die Katze musste aus dem Sack, auch wenn ich dafür Prügel einstecken würde.

»Andrea Herbstmann ist meine Freundin. Sie ist die Mutter meiner Patentochter, und ich kenne sie seit Ewigkeiten.«

Es zischte, als Hansen die Luft durch seine Lippen zog.

»Ina, du …« Ich sah wie die Muskeln an seinem Kiefer mahlten. Mir war völlig klar, dass er nun alles Recht auf seiner Seite hatte, mich von der Sache abzuziehen, die nie ein richtiger Fall gewesen war und, wenn es nach Hansen ging, auch keiner werden würde. Es konnte eigentlich nicht mehr schlimmer werden.

»Die Akte ›Lorbachtal‹ ist aus dem Rathaus verschwunden und jemand hat sämtliche Dateien gelöscht«, warf Judith sachlich ein, und bevor Hansen darauf reagieren konnte, legte ich wie in einem Pokerspiel die nächste Karte auf den Tisch.

»Andrea Herbstmanns Schwager Frank Vorhaus ist der zuständige Leiter des Projekts ›Lorbachtal‹ bei der Firma des Bauträgers.«

Hansens Kopf ruckte hoch wie der eines Raubvogels, der seine Beute entdeckt hatte und gleich zustoßen würde.

»Das weißt du woher?«

»Wir waren heute Morgen in Aachen und haben der Firma einen Besuch abgestattet.«

Hansen lachte in einem hohen Ton. »Ja sicher. Ihr fahrt einfach nach Aachen und ermittelt da ein bisschen. Schon klar. Macht ja auch nichts, wenn man mal eben die Vorschriften so völlig außer Acht lässt und einen Scheiß drauf gibt, was das alles für Konsequenzen haben kann.« Er war immer lauter geworden, und die letzten Worte brüllte er in unsere Richtung. Ich sah, wie Judith neben mir blass wurde und ein Stück in ihrem Stuhl runterrutschte. Ich stand auf.

»Bernhard«, begann ich, aber er ließ mich nicht zu Wort kommen.

»Setz dich und sei still, Ina. Du musst nicht meinen, dass wir hier für dich eine Extrawurst braten. Ich hab es dir einmal im Guten gesagt. Jetzt bist du definitiv zu weit gegangen.«

»Ich bin davon überzeugt, dass hinter dieser Sache noch mehr steckt. Aber dafür brauchen wir Beweise.« Ich sah ihn an und hielt seinem wütenden Blick stand. »Was ist, wenn es doch ein Mord ist? Willst du diese Möglichkeit einfach so abtun?«

»Wir könnten uns doch wenigstens einmal in Regina Brinkes Wohnung umschauen. Vielleicht finden wir da etwas, was uns weiterhilft und die Sache klärt«, warf Judith leise ein. »Auf die eine oder andere Weise.«

Hansen kniff die Augen zusammen und nickte. »Vielleicht.« Dann fuhr er mich an: »Und sie hast du auch mit da reingeritten.«

»Ich wollte …«, setzte Judith an, aber ich unterbrach sie.

»Das stimmt. Das war ein Fehler. Sie trägt keine Verantwortung für den Einsatz in Aachen. Sie hat getan, was ich ihr gesagt habe.«

»Dein unmögliches Verhalten färbt auf sie ab. Sie macht auch schon Alleingänge.« Er musterte Judith und warf ihr böse Blicke zu, die ich nicht verstand. »Wenn ich von den Kollegen aus Aachen eine offizielle Beschwerde bekomme, sieht es schlecht aus. Dann bleibt mir keine andere Wahl.«

»Als was zu tun?« Ich konzentrierte mich wieder auf Hansen.

»Dich von dem Fall abzuziehen und stillzulegen.«

Ich kniff die Lippen zusammen, weil ich wusste, was das bedeutete, und es gefiel mir nicht. Aber ich wusste, es würde Hansen auch nicht gefallen.

»Andrea Herbstmann ist übrigens verschwunden«, ließ ich die letzte der Bomben platzen. »Seit gestern am späten Nachmittag. Ich mache mir Sorgen. Was ist, wenn ihr etwas zugestoßen ist? Wenn Regina Brinkes Tod kein Selbstmord war und der Mörder weitermacht?«

Hansen ging zu seinem Stuhl, ließ sich darauf fallen und faltete die Hände hinter seinem Kopf. Er spitzte die Lippen, drehte sich in Richtung Fenster und schwieg eine Zeit lang. Dabei verknoteten sich seine Finger immer wieder ineinander.

Ich wartete.

»Für eine Vermisstenanzeige reicht es nicht. Es ist viel zu früh«, murmelte er. »Und wir haben keine Meldungen zu Unfällen oder Ähnlichem.« Er räusperte sich. Ich konnte förmlich spüren, wie er nachdachte und mit sich rang. »Morgen werdet ihr Regina Brinkes Wohnung einen Besuch abstatten. Aber es ist keine offizielle Untersuchung!«

»Wir könnten jetzt gleich dorthin fahren. Ich habe noch genügend Zeit heute«, warf ich ein.

»Morgen. Ina. Ihr werdet das morgen erledigen. Heute wartet dein Schreibtisch auf dich und der Bericht, den du mir über die ganze Sache verfassen wirst. Und diesmal arbeitet ihr gründlicher als bisher.« Er sprach immer noch zu dem Fenster. »Ich habe vorhin einen Anruf von den Kollegen aus Euskirchen erhalten. Euer Zeuge, dieser Kai Rokke Hornbläser, habt ihr den eigentlich überprüft?«

»Wir haben seine Personalien aufgenommen.«

»Also nicht.« Er wandte sich zu mir um.

Ich schüttelte den Kopf.

»Dann interessiert es euch sicher, dass der junge Mann ein ansehnliches Vorstrafenregister aufzuweisen hat. Er hat früher mit Amphetaminen gehandelt und war dem Zeug auch selbst nicht ganz abgeneigt.«

Judith holte erschrocken Luft. Ich warf ihr einen Seitenblick zu.

»Leider hatte ich keinen Grund, ihn noch einmal hierherzubeordern. Trotzdem möchte ich, dass ihr ihn überprüft. Wenn ihr mit ihm fertig seid, und wirklich erst dann, werdet ihr Frank Vorhaus besuchen.« Er verschränkte die Arme vor der Brust. »Ebenfalls ohne den Eindruck zu erwecken, dass es sich bei der ganzen Sache um eine Ermittlung handelt, die es ja in der Tat auch nicht ist. Haben wir uns verstanden? Ina?«

Ich nickte Judith zu und bedeutete ihr, mitzukommen. An der Türschwelle blieb ich stehen und wandte mich noch einmal zu Hansen um. »Bernhard?«

»Ja?«

»Danke«, murmelte ich, zog leise die Tür hinter mir ins Schloss und folgte Judith in unser Büro.

»Kann ich für heute Schluss machen?« Judith griff nach ihrem Rucksack. Während des Gesprächs mit Hansen hatte sie einen sehr betroffenen Eindruck gemacht, wovon jetzt allerdings nichts mehr zu spüren war. Jetzt schien sie es sehr eilig zu haben wegzukommen.

»Du hast doch gehört, was Hansen von uns erwartet. Wir sollen unsere Arbeit ordentlich erledigen.« Ich zog meinen Stuhl heran und schaltete den Computer ein. »Wir haben jetzt so etwas Ähnliches wie einen Auftrag. Das ist doch das, was wir wollten.«

Judith blieb im Türrahmen stehen und sah mich abwartend an.

Ich seufzte. Dann lächelte ich und nickte. »Geh schon.

Schließlich hab ich uns die Suppe eingebrockt. Dann sollte ich sie auch auslöffeln.«

»Danke schön!«

»Ach, Judith?«

»Ja?«

»Nur eins noch: Was meinte Hansen mit ›Sie macht auch schon Alleingänge‹?«

»Keine Ahnung.« Judith winkte mir kurz zu und zog mit einem Ruck die Tür hinter sich in Schloss.

***

Mit großen Schritten kam sie auf ihn zu. »Du bist zurückgekommen.«

»Ja.« Er hatte einige Meter von der Ausfahrt der Polizeiwache geparkt und auf sie gewartet, ohne zu wissen, wann ihr Dienst zu Ende sein würde.

»Warum?«

»Weil ich nicht wollte, dass du so über mich denkst.«

Judith nickte, warf ihre Tasche auf den Beifahrersitz und stieg ein.

»Fahr los.«

»Wohin?«

»Nach Gemünd. In den Kurpark.«

»Warum bist du eingestiegen?«

»Weil ich nicht so über dich denken will.« Sie starrte durch die Windschutzscheibe auf die Straße. »Weil ich nicht so über mich denken möchte. Weil ich will, dass du mir erklärst, was Hansen mir da eben gesagt hat.« Sie fingerte am Kragen ihrer Uniformbluse herum. »Ich will nicht mit einem Junkie geschlafen haben.« Sie sah ihn an.

»Reicht es, wenn ich dir sage, dass es vorbei ist?«

»Nein.«

»Es ist vorbei, weil ich es nicht mehr wollte. Das, was es mit mir gemacht hat.«

»Warum hast du es mir nicht gesagt?«

»Wem hätte ich es sagen sollen? Der Polizistin? Und dann?«

»Wenn ich sorgfältiger gearbeitet hätte …«

»Wärst du dann zu mir gekommen?«

»Nein.« Sie wandte den Kopf und sah ihn an. »Nicht so.«

»In der Hauptsache habe ich das Zeug für mich gebraucht. Der Verkauf diente nur dazu, es zu finanzieren.«

»Warum hast du es gebraucht?«

»Es hat mir geholfen, so zu sein, wie ich sein wollte.«

»Wie wolltest du sein?«

»Anders. Nicht so, wie ich war.«

»Und jetzt bist du so, wie du sein willst?«

Kai zögerte. Dann lächelte er. »Nein. Aber ich kann besser damit leben.«

»Hast du sie wirklich nur gefunden?«

Kai brauchte einen Moment, bis er begriff, was sie meinte.

»Die Tote?«

»Regina Brinke.«

»Ja.«

Sie hatten die Kreuzung in Gemünd erreicht. Niemand beachtete sie. Kai setzte den Blinker, bog nach links ab und folgte der Straße. An der Bushaltestelle oberhalb der Dreiborner Straße hielt er an und schaltete den Motor aus.

»Wenn es dir lieber ist, dann kannst du hier aussteigen.«

»Habe ich dich verletzt mit der Frage?«

Kai lachte und lauschte erstaunt auf den fremden Klang im Inneren seines Wagens. »Nein. Du hast mich nicht verletzt. Du bist eine Polizistin. Du musst so etwas fragen.« Er zögerte. »Ich bin wegen dir zurückgekommen, Judith.«

Judiths Hand lag auf dem Türgriff. Sie holte tief Luft. Atmete. Einmal. Zweimal. »Ich vertraue dir«, sagte sie und legte ihre Hand auf den Sitz.

»Bevor ich die Polizei alarmiert habe«, Kai umklammerte den Autoschlüssel, »habe ich die Tote eine Zeit lang nur angesehen.«

Judith nickte. »Du kannst losfahren, wenn du möchtest.«

SIEBEN

»Na? Geht doch.« Hans hatte sie auf dem Nachhauseweg eingeholt und stieß sie mit dem Ellenbogen in die Seite. Sie lachte
fröhlich, aber für Erich klang es wie Häme und Spott. »Keiner
hat was gemerkt, und ich bin gerettet.«

»Ich habe eine vier bekommen.«

»Bei dir ist es doch nicht so schlimm, aber ich wäre sitzen geblieben.«

Erich schwieg.

»Danke«, sagte Hans und hakte sich bei ihr unter. »Es war
wirklich nett von dir, mir zu helfen.«

»Hat sie mit dir gelernt?« Franz rollte mit ihrem Fahrrad
dicht an die beiden heran. »Das ist nicht nur nett, Erich, das ist
eine wahre Heldentat!« Sie kicherte. »Mathe ist für Hans doch
sonst ein Buch mit sieben Siegeln. Dass sie diesmal eine Eins geschrieben hat, grenzt an ein Wunder.« Sie trat in die Pedale und
winkte. »Ein großes Wunder«, rief sie über die Schulter und fuhr
davon.

»Sie weiß es nicht? Du hast ihr nichts erzählt?« Erich blieb
stehen, zog ihren Arm aus der Verbindung und trat einen Schritt
zur Seite.

»Was hätte ich ihr erzählen sollen? Dass du meine allerbeste
Freundin bist? Dass du mir hilfst?« Hans schnappte wieder nach
ihrem Arm und umklammerte ihn. »Du bist doch meine beste
Freundin, oder?«

»Das mit der Mathearbeit.« Erich versteifte sich. Sie war
wütend. Sie war traurig. Beides zusammen. Ihre Trauer und
ihre Wut verknoteten sich in ihrer Brust und schnürten ihr die
Luft ab. Trotzdem schaffte sie es nicht, Hans wegzustoßen und
davonzulaufen, wie sie es gerne gemacht hätte. Sie hatte Angst
vor dem, was dann passieren würde. Sie spürte, wie ihr Herz
raste.

»Nein.« Hans lachte. »Vergiss sie einfach. Und jetzt lass uns

zu dir nach Hause gehen und lernen. Bei der Englischarbeit
brauche ich auch«, sie machte eine Pause und grinste, »Hilfe.«

***

Ich versuchte mich auf das, was vor mir lag, zu konzentrieren, während ich den Käfer die steilen Kurven der Dürener Straße hinaufzwang. Für einen Moment nicht an Regina, Andrea und die Rolle von Frank Vorhaus in diesem ganzen Spiel denken. Nicht an Judith.

Hansens Erlaubnis, mich in Reginas Wohnung umzusehen und mit Frank Vorhaus zu sprechen, war weit mehr, als ich hätte erwarten können. Trotzdem musste ich mich gedulden. Ein notwendiger Kompromiss.

Ich war auf dem Weg zum neuen Zuhause meines Vaters. Hinter der ersten Rechtskurve lag das Altenheim hoch über Gemünd an den Berghang gebaut wie eine dieser Alpenkliniken. Die abschüssige Einfahrt schlängelte sich von der Hauptstraße aus serpentinenartig bis vor den Haupteingang. Ich fuhr daran vorbei und parkte den Käfer auf einem der Besucherparkplätze, die direkt an die Grünanlagen des Altenheims grenzten. Ich stieg aus, lehnte mich an den Wagen und schaute mich um. Es war Ewigkeiten her, dass ich zuletzt hier oben gewesen war. Das Gebäude wirkte hell und freundlich. Trotzdem wollte ich noch nicht direkt hineingehen. Ein paar Minuten fernab von allem würden mir guttun.

Ich folgte dem schmalen Pfad um das Haus herum und wandte mich nach links, den Berg hinunter. Nach wenigen Schritten hatte ich die beiden Teiche erreicht. Eine Bank stand ganz in der Nähe. Eine ältere Dame saß mit sehr geradem Rücken darauf und bedachte mich mit einem kurzen Nicken. Ich grüßte stumm zurück und nahm neben ihr Platz. Dann schloss ich die Augen und lauschte auf die Geräusche des Wassers und des Waldes hinter mir. Ruhe. Es dauerte eine Weile, bis mir klar wurde, dass die sanften Töne, die leise im Hintergrund schwebten, von einer Flöte stammen mussten.

»Das hatten wir hier bisher noch nicht. Privatkonzerte. In diesen Genuss kommen wir erst seit Kurzem.«

Ich schreckte zusammen und schlug die Augen auf. Die Stimme der alten Dame klang wie ein Reibeisen. Heiser. Wenig benutzt. Sie räusperte sich. »Seit zwei Tagen. Jeden Morgen, jeden Mittag und auch am frühen Abend.«

»Er spielt sehr schön.« Die ersten Töne von »Alle Vögel sind schon da« suchten sich ihren Weg über das Tal.

Die alte Dame stand auf, stützte sich auf ihren Stock und machte sich an den Aufstieg.

»Soll ich Ihnen behilflich sein?« Ich erhob mich ebenfalls.

»Danke. Das muss ich noch allein schaffen.« Sie lächelte mich an. »Aber Sie können mich begleiten.«

Langsam ging ich neben ihr her.

»Besuchen Sie jemanden?«, fragte sie nach wenigen Schritten.

»Meinen Vater.«

»Das ist nett.«

»Er ist heute erst eingezogen.«

Sie lachte bitter. »Und jetzt haben Sie ein schlechtes Gewissen, weil Sie Ihren Vater abgeschoben haben?«

Ich blieb stehen, überrascht von ihrer Direktheit. »Nein. Ich habe ihn nicht abgeschoben!«

»Sondern?« Sie ging einfach weiter.

»Er hat sich selbst dazu entschlossen.«

Wieder dieses Lachen. Rauer diesmal. »Aus eigenem Entschluss?« Wir hatten den Parkplatz erreicht. »Interessanter Mensch. Den werde ich mir mal genauer ansehen, Ihren Herrn Vater.«

»Tun Sie das«, murmelte ich, überholte sie und ging mit schnellen Schritten auf den Eingang zu.

Drinnen empfing mich eine Mischung aus Hotellobby und Klinikatmosphäre. Der Empfangsbereich war in freundlichen, gediegenen Farben gehalten. Viel Holz. Zur linken Seite hin öffnete sich ein größerer Raum mit vielen Tischen, an denen allein oder in kleinen Gruppen Leute saßen. Auf der rechten Seite hatten sich hinter einer niedrigen Abtrennung mehrere Bewohner des Altenheimes in einem Kreis niedergelassen. Sie saßen auf Bänken oder in ihren Rollstühlen und blickten alle auf eine Frau, die ich von meinem Standpunkt aus nicht sehen, aber deutlich hören konnte. Auf ihre Ansage hin hoben sich Arme und Schultern, kreisten Knie und Füße. Sitzgymnastik. Ich registrierte die grauen Haare, die langsamen Bewegungen und fühlte mich vollkommen fehl am Platz. Diese Menschen waren alt. Alte Leute. Was wollte mein Vater hier? Hermann war nicht alt. Nicht so. Ich versuchte mir vorzustellen, dass er in einem dieser Stühle säße. Es ging nicht. Er gehörte nicht hierher. Ich musste ihm die Sache wieder ausreden.

Eingerahmt von einer holzummantelten Säule und Wandschränken aus dem gleichen Material saß eine Frau hinter dem Empfangstresen. Ihr Anblick erinnerte mich an die Begegnung mit dem Eisklotz in Burtscheid. Das war aber auch schon die einzige Gemeinsamkeit. Ihr Lockenkopf wippte freundlich, als ich auf sie zuging und über den Empfangstresen hinweg meine Bitte vortrug.

»Sie suchen Herrn Stein?« Wieder strahlte sie mich an. »Sie sind sicher seine Tochter.« Ich nickte.

»Durch die Tür, mit dem Fahrstuhl in den dritten Stock, dann links den Gang hinunter bis zur letzten Tür. Sie können natürlich auch die Treppe nehmen, wenn Ihnen das lieber ist.«

»Vielen Dank.« Unschlüssig blieb ich stehen.

»Ja?« Sie schaute von der Liste auf, der sie sich wieder zugewandt hatte. Ich lächelte, schüttelte den Kopf und ging durch die Tür auf der linken Seite. Ich konnte sie nicht einfach fragen, ob mein Vater problemlos wieder aus dem Vertrag rauskommen und ausziehen könnte, auch wenn ich es sehr gerne gemacht hätte.

Der Fahrstuhl surrte leise, während er mich in die dritte Etage brachte. Vor der Tür am Ende des Ganges blieb ich stehen und zögerte. Hermann Stein. Sein Name war schon unter Plexiglas gefasst. Sollte ich anklopfen? Einfach hineingehen, wie ich es zu Hause gemacht hätte? Ich lauschte, aber hinter der Tür meines Vaters war alles still. Gedämpftes Husten drang aus einem Zimmer weiter vorne. Ich hob die Hand und klopfte. Nichts.

»Pap?«, rief ich und drückte die Klinke hinunter. Die Tür war verschlossen. Ich schaute auf meine Armbanduhr. Abzüglich des Verspätungszuschlags war es ungefähr fünf Uhr am Nachmittag. Wo war Hermann? Vielleicht noch einmal in die Wohnung gefahren, um persönliche Dinge abzuholen? Ich kramte mein Handy hervor und wählte die Nummer seiner alten Wohnung. Niemand hob ab. Frustriert drehte ich mich um und ging langsam den Flur entlang. Ich hatte mich auf das Gespräch mit Hermann gefreut, auch wenn ich mir sicher war, dass wir uns wieder gestritten hätten. Es half mir, wenn ich meine Gedanken vor ihm ausbreiten, auseinandernehmen und dann wieder sortieren konnte.

Diesmal nahm ich die Treppe nach unten, öffnete mit Schwung die Tür zum Flur und wäre beinahe mit dem Mann in Weiß zusammengestoßen, der mir, in eine Akte vertieft, entgegen kam.

»Thomas!«

Er blickte auf, stutzte und strahlte mich dann an. »Ina.«

»Was machst du hier?«, setzten wir beide gleichzeitig an und verstummten wieder.

»Ich arbeite ...«

»Meinen Vater suchen ...«

Wieder sprachen wir in derselben Sekunde. Wir mussten beide lachen, und Thomas bedeutete mir mit einer Handbewegung, dass er mir den Vortritt geben würde.

»Hermann hat beschlossen, Olaf und mir nicht zur Last fallen zu wollen, und sich hier eine der betreuten Wohnungen gemietet«, beantwortete ich seine Frage. »Mir gefällt das nicht, und ich will ihn davon abbringen. Deswegen bin ich hier.« Ich schaute ihn fragend an. »Arbeitest du nicht mehr im Mechernicher Krankenhaus?«

Nachdem er mich und Hermann dort im letzten Sommer

erfolgreich behandelt hatte, war unser Kontakt wieder einge-schlafen. Thomas und ich waren ehemalige Schulkameraden und hatten uns zuvor schon einmal aus den Augen verloren. Obwohl wir einander nach unserem Wiedersehen versprochen hatten, doch auf jeden Fall mal einen Kaffee zusammen zu trin-ken, war immer wieder etwas dazwischengekommen.

Thomas verneinte und blickte auf seine Uhr. »Zeit für eine kleine Verschnaufpause?«

Ich zuckte mit den Schultern. Hermann war nicht da, und ich wusste nicht, wann er wiederkommen würde. Ich dachte an Henrike, den Kater und Steffen, die alle mehr oder weniger auf mich warteten. Mit Sorgen, mit Krankheit und, in Steffens Fall, mit einem nach wie vor nicht geklärten Streitpunkt. Eine kleine Auszeit erschien mir gerade außerordentlich verlockend. »Warum nicht? Auf zehn Minuten mehr oder weniger kommt es jetzt auch nicht mehr an.«

Ich folgte Thomas in einen kleinen Mitarbeiterraum, in des-sen Ecke eine Kaffeemaschine stand. Die Kanne war leer.

»Ist Wasser auch in Ordnung?«, fragte er, fischte eine Fla-sche aus einem Kasten und goss zwei Gläser voll.

»Ich bekomme sowieso irgendwann einen Koffeinschock, wenn ich so weitermache.« Ich grinste ihn an. Seine Haare wa-ren grauer geworden und um seine Augen hatten sich einige Falten eingeschlichen, die vor einem halben Jahr nicht da ge-wesen waren. Ich verschränkte die Arme vor meiner Brust. »Also. Was machst du hier?«

»Ich besuche einige meiner Patientinnen. Ich habe vor ein paar Monaten eine Praxis hier in Gemünd übernommen. Das ist so etwas wie ein Reihenhausbesuch.«

»Oh fein.« Ich freute mich wirklich für ihn, aber seine Re-aktion war sehr verhalten.

»Es ist anders, als ich es mir vorgestellt hatte. Dieser ganze Papierkram bringt mich noch um. Bis tief in die Nacht hänge ich über Anträgen, Formularen und anderem Mist.« Er seufz-te.

»Was meint deine Frau dazu?«

Er lachte bitter. »Ich weiß nicht, was sie aktuell dazu meint. Aber als sie mich verlassen hat, fand ich ihre Aussage sehr deutlich.«

»Puh.« Ich blies eine Haarsträhne aus meiner Stirn. »Nicht schön.«

»Nein. Nicht schön. Aber ich habe ja genug Arbeit, um mich abzulenken.« Er grinste mich mit einem schiefen Lächeln an. Einer spontanen Eingebung folgend stellte ich mein Glas ab und nahm ihn in den Arm. Als ich mich wieder von ihm löste, empfand ich so etwas wie Verlegenheit. Thomas schwieg und erwiderte stumm meinen Blick. Dann holten wir beide gleichzeitig Luft, ich schnappte mir mein Glas und trank es in einem Zug aus.

»Ich werde dann mal wieder nach Hermann suchen«, murmelte ich und wandte mich zum Gehen. »Aber wir sehen uns bestimmt!«, rief ich ihm über die Schulter hinweg zu, während ich den Flur entlangging und darüber nachdachte, warum er mich nicht nach Steffen gefragt und ich ihm nichts über Steffen erzählt hatte.

»Ihr Vater ist eben gekommen. Er sitzt dort hinten am Fenster«, erklärte mir die Empfangsdame, als ich an ihr vorbeiging, und wies in den Speisesaal. Ich folgte ihrer Geste und entdeckte Hermann an einem Tisch am hinteren Ende des Saals. Er war nicht allein. Ich glaubte, die alte Dame zu erkennen, mit der ich im Park gesprochen hatte. Und war der Mann, der mit dem Rücken zu mir saß, nicht Alfons Brinke, Reginas Vater? Es schien, als ob sie in eine rege Diskussion vertieft wären. Hermann lachte über die Bemerkung der Frau und bemerkte mich erst, als ich fast neben ihm stand.

»Ina!« Er erhob sich von seinem Stuhl und begrüßte mich. »Darf ich dir Frau Eckholz vorstellen? Sie wohnt ebenfalls hier im Haus. Alfons Brinke kennst du ja.«

Ich zog mir einen Stuhl heran. Das war einer der Vorteile des Landlebens. Für Reginas Vater war sofort ein Platz zur Verfügung gestellt worden, weil klar war, dass er sich nach dem

Tod seiner Tochter nicht selbst versorgen konnte. Hier kümmerte man sich zuerst um die Hilfe, dann um die Formalitäten.

»Wir sind uns schon begegnet, Ihre Tochter und ich«, sagte eine heisere Stimme. »Amalie Eckholz.« Sie lächelte mich an. »Da habe ich Ihren Vater ja schneller kennengelernt, als zu erwarten war.«

Ich nickte.

»Regina?« Alfons Brinke drehte sich suchend um. »Hast du Regina mitgebracht?«

Ich schwieg. Aus Hermanns Gesicht wich das Lächeln, er schaute zu mir und runzelte die Stirn.

»Das ist Ina, Herr Brinke. Nicht Regina.« Amalie Eckholz beugte sich vor und sprach automatisch ein wenig lauter.

Alfons Brinke schüttelte den Kopf, als ob er ein lästiges Insekt abschütteln wollte, und sah mich aus wässrig-blauen Augen an. »Die Kinder spielen miteinander, und Regina weiß, dass sie nicht allein, ohne die anderen Mädchen, nach Hause gehen darf. Also«, fragte er streng, »wo ist sie, Ina?«

In meinem Hals bildete sich ein Kloß. Für Alfons Brinke war ich zehn Jahre alt und die Freundin seiner Tochter. Er erinnerte sich nicht an das, was gestern und vorgestern oder in der letzten Woche geschehen war. Die Krankheit hatte sein Kurzzeitgedächtnis zerstört und fraß seine Erinnerungen rückwärts in der Zeit auf.

Fieberhaft überlegte ich, wie ich am besten reagieren konnte. Ihm zu widersprechen machte wenig Sinn, zumal er nichts von Reginas Tod wusste. In diesem Punkt hatte man ihren letzten Wunsch respektiert – auch, weil es Alfons Brinke komplett überfordert hätte, den Tod seiner Tochter zu begreifen.

»Regina ist noch mit Andrea und Birgit unterwegs. Ich musste früher gehen, weil ich es Papa versprochen hatte.« Ich legte Hermann eine Hand auf den Arm.

»Sie wird sicher bald kommen, Alfons«, sagte er mit leiser Stimme. Alfons Brinke nickte einige Male gedankenverloren, wühlte dann in einer Plastiktüte, die er neben sich auf dem Boden stehen hatte, und zog eine Flöte hervor.

»Sie haben so schön gespielt?« Jetzt war ich ehrlich überrascht.

Alfons Brinke setzte die Flöte an, legte die Finger auf die richtigen Stellen und bewegte sie im Rhythmus eines Liedes, das nur er hören konnte. Er schloss die Augen und wiegte seinen Oberkörper langsam hin und her. Stumm betrachteten wir anderen seine Bewegungen. Mitten in seinem stillen Tanz verharrte er, schlug die Augen auf und rang nach Luft. »Sie sollen aber nicht am Bach spielen!« Er stand auf, stopfte die Flöte in die Tüte zurück und ging rasch zum Ausgang. »Nicht am Bach! Ich habe es ihr verboten. Der Bach ist gefährlich. Ich muss zum Bach und sie holen!« Er hatte fast die Tür erreicht. Hermann sprang auf.

»Weiß er es?«, fragte er mich und folgte Alfons Brinke, um ihn aufzuhalten. Noch bevor ich antworten und Hermann zu Hilfe kommen konnte, war die Empfangsdame bereits bei den beiden. Sie redete beruhigend auf Alfons Brinke ein, nickte, lächelte und führte ihn zu einem der Sessel in der Nähe des Ausgangs. Dann winkte sie einen Pfleger herbei. Der junge Mann reichte Alfons Brinke den Arm, hob die Tüte mit der Flöte auf und begleitete ihn in einen Gang, der zu den Zimmern im Erdgeschoss führte.

»Jemand wird sich um ihn kümmern müssen«, hörte ich Hermann sagen, als er wieder zu mir und Amalie Eckholz zurück an den Tisch kam. »Jetzt, wo Regina nicht mehr lebt.«

»Dazu ist er ja hier, Pap. Die Pfleger wissen sicher, was zu tun ist, damit es ihm gut geht.«

Hermann spitzte die Lippen und nickte bedächtig. »Er wird einen Freund brauchen. Manchmal hat er Momente, da erscheint er mir fast klar.«

Amalie Eckholz räusperte sich. »Wäre eine weitere Unterstützung willkommen?« Ihr Lächeln wirkte auf mich trotz der vielen Falten um ihren Mund und ihre Augen wie das verschmitzte Lächeln eines jungen Mädchens. Hermann zögerte einen Augenblick und sah Amalie Eckholz nachdenklich an. Dann lächelte er ebenfalls.

»Darf ich Ihnen noch einen Tee holen, Frau Eckholz?«, fragte er mit einer leichten Verbeugung in ihre Richtung, und ich hatte das starke Gefühl, dass ich mein Vorhaben, ihn wieder nach Hause zu holen, für heute komplett würde vergessen können.

»Pap«, versuchte ich einen letzten Vorstoß, als er mit einem Tablett beladen zu uns an den Tisch zurückkam, wurde jedoch vom Klingeln meines Handys unterbrochen. Es war Steffen.

»Hat Andrea sich gemeldet?«, begrüßte ich ihn, stand auf und ging einige Schritte auf den Ausgang zu, um einen besseren Empfang zu haben.

»Nein.« Er machte eine Pause, und ich hörte, wie laute Musik eingeschaltet wurde.

»Wo bist du?«

»Zu Hause. Henrike ist bei mir. Ich habe sie und Hermann bei Birgit abgeholt.«

»Ist alles in Ordnung?«, fragte ich und spürte, wie die Angst um den Kater sich wieder wie ein dichter Nebel über alles andere ausbreitete und sich mit Macht in den Vordergrund drängte.

»So weit ja. Henrike ist nervös wegen Andrea.«

»Hast du mit Birgit gesprochen?«

»Die war nicht da, als ich kam. Sie wollte noch zum Einkaufen.«

»War Frank schon zu Hause?«

»Nein. Warum?«

»Ich muss mit den beiden sprechen. Aber erst morgen.«

»Wann kommst du nach Hause?«

Ich biss mir auf die Lippen und war froh, dass Steffen mich in diesem Moment nicht sehen konnte. Nach Hause. Was war mein Zuhause? Hermanns halb ausgeräumte Wohnung, in der sich auf einem Stuhl im Gästezimmer meine Klamottenberge türmten? Steffens drei Zimmer mit Blick auf den Wald, der sich unmittelbar an einen kahlen Hinterhof mit einer Reihe alter Garagen anschloss?

»Ich bin im Altenheim bei Hermann. Es dauert noch.«

»Okay.« Ich hörte ihn atmen. »Ina?«

»Ja.«

»Er hat etwas gefressen und es allein zum Klo geschafft.«

Ich lächelte. Zu Hause.

»Danke, Steffen.«

***

Es gibt Momente, da wünsche ich mir, dumm zu sein. Unbelastet von allen Konsequenzen, von zu Ende gedachten Gedankenwegen, ihren Möglichkeiten und dem daraus resultierenden, aufgesetzten Optimismus.

Das hier war so ein Moment. Und ich war unendlich müde.

Durch die Rollos an Steffens Schlafzimmerfenster fielen die letzten Sonnenstrahlen des Tages auf das Bett und versahen meine Beine mit einem surrealen Muster aus dunklen Schatten und flirrendem Licht. Meine Finger krochen durch das Fell des Katers. Hermann schnurrte, lehnte seinen Kopf an meinen Bauch und schloss die Augen. Er machte wirklich einen besseren Eindruck als heute Morgen. Trügerische Hoffnung. Aber er lebte. Heute. Jetzt. Ich spürte seine Wärme durch den Stoff meines T-Shirts hindurch und stellte mir vor, wie es sein würde, einfach hier liegen zu bleiben. Sich den Ansprüchen und Forderungen, die von allen Seiten auf mich einströmten, zur Abwechslung mal nicht zu stellen. Sich zu verstecken in dieser Höhle, und nicht mehr rauszukommen, bis sich alle Probleme in Luft aufgelöst hätten.

Leise Schritte näherten sich der verschlossenen Tür, verharrten und entfernten sich wieder. Henrike. Ihre Sorge um Andrea kippte in Verzweiflung um. Ich musste etwas tun, schon allein, um Henrike zu beruhigen. Es würde nichts nutzen, ihr zu erklären, dass nach einer erwachsenen Frau, die mit ihrem Wagen weggefahren war und zudem auch noch den Rucksack mitgenommen hatte, nicht so schnell eine Fahndung ausgeschrieben werden würde. Darum ging es letztendlich auch gar nicht. Henrike hatte Angst um ihre Mutter, befürchtete, dass ihr etwas passiert war und wir nur noch nichts davon wussten. Vielleicht sah sie sie in ihren Vorstellungen blutüberströmt in einem Gebüsch am Straßenrand liegen, ohne Chance darauf, entdeckt zu werden. Ich wehrte mich gegen solche Bilder. Versuchte, pragmatisch zu bleiben und mich von meiner eigenen Sorge nicht überwältigen zu lassen. Ich überlegte, ob ich den Fachdienst in Euskirchen aktivieren sollte. Wir in Schleiden waren dafür nicht zuständig. Alles, was über einfache Vergehen hinausging und als mittlere oder schwere Kriminalität angesehen wurde, landete auf den Schreibtischen der Kollegen in der Kölner Straße. Auch die Vermisstensachen. Aber mir war auch völlig klar, wie die Reaktion sein würde. Ich konnte die entsprechende Stelle beinahe auswendig, so oft hatte ich sie gelesen. Da war vom »Vollbesitz der geistigen und körperlichen Kräfte« die Rede, die ich Andrea zu keinem Zeitpunkt absprechen würde, und von dem »Recht, den Aufenthaltsort frei zu wählen«. Ich wollte Henrike nicht erklären müssen, dass erst ein »begründeter Verdacht auf Gefahr von Leib und Leben« vorliegen müsste, bevor irgendjemand auch nur einen Finger rühren würde. Die Beteuerungen der Tochter und der Freundin der Verschwundenen reichten da bei Weitem nicht aus. Auch wenn die Freundin eine Polizistin war. Der Schutz der Persönlichkeitsrechte ging erst einmal vor. Jeder erwachsene Mensch hatte theoretisch das Recht, aus seinem Leben einfach so zu verschwinden, ohne Rechenschaft darüber ablegen zu müssen. Ich schloss die Augen und lauschte auf Hermanns gleichmäßigen Atem, der meine Gedanken begleitete und mich zur Ruhe kommen ließ, als es klopfte.

»Ja?«, sagte ich halblaut, um den Kater nicht zu erschrecken, und setzte mich auf.

»Gibt es etwas Neues?« Steffen wies mit einem Kopfnicken

auf mein Handy, das neben mir und Hermann auf der Bettdecke lag.

»Nein.«

»Hast du mit Hansen über Regina gesprochen?«

»Ja, kurz.«

»Und, was hat er gesagt?«

»Nicht viel.«

Steffen zog die Augenbraue hoch und musterte mich. »Keine Lust zu reden?«

Ich erwiderte seinen Blick. Nein, ich hatte keine Lust. Ich wollte allein mit Hermann in meiner Höhle hocken und meinen Gedanken nachhängen. Aber das konnte ich weder sagen, geschweige denn es einfordern, ohne als Egoistin dazustehen. Ich holte tief Luft.

»Die Akten zum Lorbachtal sind aus dem Rathaus verschwunden, Frank Vorhaus arbeitet für die ausführende Baufirma als Projektleiter in der Sache, und es sieht ganz so aus, als ob bei der Erteilung der Genehmigung nicht alles mit rechten Dingen zuging.«

»Was meinst du damit?«

»Der Bürgermeister hat die Sache nicht abgesegnet. Trotzdem hat Regina die Genehmigung erteilt.«

»Die ganze Sache stinkt gewaltig.« Steffen setzte sich neben mich auf das Bett und stützte sich mit einer Hand ab. »Ich habe mich heute ebenfalls mal erkundigt. Die Nationalparkverwaltung muss die Sache durchwinken, weil das Grundstück mitten im Nationalpark liegt.«

»Und, haben sie?«

»Nein!«, wehrte Steffen ab. »Im Gegenteil. Sie sagen, dass die Zeitungsmeldung eine Ente sein muss. Niemand weiß von einer Genehmigung.«

»Glaubst du das? Immerhin haben wir eine Kopie, auch wenn die Originalakten verschwunden sind. Vielleicht haben sie es, aus welchem Grund auch immer, doch gemacht und behaupten jetzt etwas anderes?«

»Warum sollten sie?«

emons: verlag **Tel. 0221- 56977- 0 · info@emons-verlag.de**

Bitte senden Sie mir das aktuelle Verlagsprogramm zu

Ich möchte den Newsletter von emons: per E-Mail erhalten

Ich habe Interesse an Krimis aus folgender Region:

Besuchen Sie uns auch auf **www.facebook.com/EmonsVerlag**

Name

Straße

PLZ/Ort

E-Mail

emons: verlag
Cäcilienstraße 48

50667 Köln

Ich zuckte mit den Schultern. »Dann hat vielleicht einer ohne offizielle Zustimmung den Stempel draufgesetzt? Nach entsprechender Zahlung, versteht sich.«

»Wir machen keinen Schmu.«

»Irgendwer muss aber Schmu gemacht haben, sonst gäbe es die Kopie ja nicht.«

»Du glaubst doch nicht allen Ernstes, die Nationalparkverwaltung hätte es nötig –«, begann Steffen in scharfem Ton, wurde aber vom Klingeln meines Handys unterbrochen. Ich griff danach und sah auf das Display. Erleichterung machte sich in mir breit. Andrea.

»Hallo! Wo bist du?«, rief ich aufgeregt. Es knackte. »Hallo? Andrea?«

Rauschen und dahinter einzelne Wortfetzen.

»Ina, du musst …«, verstand ich, dann knirschte und knackte es wieder. Mir wurde kalt. In den wenigen Worten lag eine Dringlichkeit, die mir Angst machte.

»Andrea!«, rief ich und presste das Handy an mein Ohr. »Wo bist du?«

»Mama?« Henrike stürmte ins Zimmer. »Ist da Mama? Gib sie mir!« Sie streckte die Hand aus, aber ich schüttelte den Kopf und lauschte angestrengt, ob ich noch etwas verstehen konnte.

»… konnte es nicht zulassen und …«, schälte es sich aus dem Äther.

»Was, Andrea? Was konntest du nicht zulassen? Wo bist du?«

»… es war nicht richtig. Regina …«

Es knackte, und dann war die Leitung tot.

»Sie muss in einem Funkloch sein«, murmelte ich, bemüht, Henrike meine Unruhe nicht merken zu lassen, und drückte die Rückruftaste. Nichts geschah. Keine Verbindung. Was das anging, hasste ich die Eifel.

»Was hat sie gesagt, Ina? Kommt sie bald nach Hause? Geht es ihr gut? Warum ist sie weg?« Henrike bestürmte mich mit ihren Fragen.

»Wir werden versuchen, sie wieder zu erreichen, Henrike. Sie hat sich gemeldet. Das ist gut.«

»Das heißt, sie hatte keinen Unfall. Alles ist in Ordnung.« Henrike wirkte erleichtert. Ich wollte ihre Hoffnung nicht zerstören, obwohl mich der Anruf mehr beunruhigte als Andreas Schweigen zuvor. Etwas war ganz und gar nicht in Ordnung. Andrea hatte mir etwas mitteilen, etwas erklären wollen, aber ich konnte mir auf die wenigen Wortfetzen keinen Reim machen.

Der Kater maunzte leise, als ich ihn auf die Decke legte und aufstand.

»Ich werde mir jetzt Reginas Wohnung ansehen. Vielleicht finde ich einen Hinweis, der uns weiterhelfen kann.«

»Ohne Durchsuchungsbefehl?«

»Es ist kein Mordfall, Steffen. Die Wohnung ist nicht versiegelt.«

»Ich begleite dich.«

»Warum?«

»Möchtest du nicht, dass ich mitkomme?«

»Doch. Nein.« Ich sah auf Henrike und den Kater. Steffen folgte meinem Blick.

»Die brauchen keinen Babysitter.«

»Wenn du meinst.«

Henrike kam zu mir und legte eine Hand auf meinen Arm. »Wenn ihr was entdeckt, was uns hilft, Mama zu finden, ruft mich bitte sofort an.«

Ich nickte, streichelte kurz über ihre Finger und unterdrückte den Impuls, sie in den Arm zu nehmen, weil ich Angst hatte, damit die Nähe zu zerstören, die sie gerade zwischen uns geschaffen hatte.

»Was machst du, wenn wir etwas finden, was die Forstverwaltung in ein schlechtes Licht stellt?« Ich sah Steffen nicht an, sondern hielt meinen Blick unverwandt auf die Straße gerichtet.

»Das entscheide ich, wenn es so weit ist.« Er machte eine

Pause. »Wie kommen wir in die Wohnung?«, fragte er dann übergangslos. Thema beendet. Vorerst.

**

»Ina! Gut, dass du da bist. Alfons ist weg!« Hermann stand völlig aufgelöst vor mir. »Und mein Auto auch! Warum hab ich nur nicht besser aufgepasst? Das ist alles meine Schuld.«

»Was ist alles deine Schuld?« Ich legte ihm beide Hände auf die Schultern, drehte ihn sanft in Richtung der Bank vor dem Haupteingang des Altenheims und bedeutete ihm mit einem Nicken, sich zu setzen. Ich ließ mich neben ihm auf die Bank fallen und seufzte. Das fehlte gerade noch. Reginas persönliche Sachen waren bereits freigegeben worden und hätten Alfons Brinke übergeben werden sollen. Da der aber gar nicht über den Tod seiner Tochter in Kenntnis gesetzt worden war, hatte die Wohnheimleitung die Sachen in Verwahrung genommen. Eigentlich hatten wir nur vorgehabt, den Schlüssel zu Reginas Wohnung zu holen, doch der kleine Umweg würde nun offenbar etwas länger dauern.

Steffen nahm ebenfalls Platz. »Was genau ist passiert, Hermann?«, fragte er meinen Vater mit ruhiger Stimme.

Der lehnte sich zurück, sah abwechselnd von mir zu Steffen und rang die Hände. »Alfons war mit mir oben in meiner Wohnung. Ich wollte mit ihm Karten spielen. Das kann er immer noch sehr gut, und es beruhigt ihn, sagen die Pflegerinnen.« Er zog die Schultern hoch und ließ sie in einer Geste der Resignation wieder fallen. »Er wollte dann aber mit einem Mal unbedingt, dass ich ihn nach Hause fahre.«

»Woher wusste er, dass du ein Auto hast?«, warf Steffen ein.

»Ich habe es ihm gezeigt, bevor wir in meine Wohnung gegangen sind.«

»Warum?«

»Ach, was weiß ich, weil ich ein dummer alter Mann bin und dachte, ihn so ablenken zu können.«

»Wovon ablenken? Fragt er immer noch nach Regina?« Ich runzelte die Stirn.

»Nein.« Hermann senkte den Kopf. »Aber er weiß nicht, was er tut, und das, was er tut, ist nicht unbedingt das, was man von einem netten alten Herrn erwartet.«

Ich zog eine Augenbraue hoch und wartete darauf, dass Hermann fortfuhr. Er räusperte sich.

»Er grapscht und ist – wie soll ich sagen – enthemmt.« Hermann starrte auf seine Finger. »Er hat sich Frau Eckholz gegenüber sehr schlecht verhalten.« Er machte eine Pause. »Und auch einigen Pflegerinnen gegenüber.«

»Gehört das zu seiner Krankheit?«, fragte Steffen, und Hermann nickte eindringlich.

»Er kann nichts dafür. Aber trotzdem ist es nicht schön, wenn er so ausfällig wird und sich völlig vergisst.«

»Aber er ist doch nicht immer so, oder?«

»Nein. Und deshalb möchte ich ihm ja auch helfen.« Hermann ließ die Schultern noch mehr hängen und sah nun aus wie ein Häuflein Elend. »Wenn man ihn beschäftigt, ist es nicht so schlimm. Deswegen wollte ich mit ihm Karten spielen, und deswegen habe ich ihm mein Auto gezeigt.«

»Und was ist dann passiert?«

»Ich weiß es nicht genau. Er muss die Wagenschlüssel an sich genommen haben, als ich kurz auf der Toilette war. Es ist mir nicht direkt aufgefallen, weil sie hinter der Gardine auf der Fensterbank lagen.«

»Er war also noch da, als du wieder zurückkamst? Und hat weiter mit dir Karten gespielt?«

Hermann nickte und rieb dann mit den Handflächen über seine Augen. »Wenn ihm was passiert, verzeihe ich mir das nie, Ina.«

»Ist die Polizei schon informiert?«

»Sicher. Deine Kollegen waren hier, und jetzt suchen sie ihn.«

»Weit kann er nicht kommen, Pap. Sie werden ihn schon finden.« Ich sah ihn an. »Weißt du, ob schon jemand in seiner und Reginas Wohnung nachgeschaut hat?«

»Nein.«

Ich stand auf und ging auf die Glasschiebetüren des Haupteingangs zu. Sie öffneten sich mit einem leisen Surren, und ich betrat den Empfangsbereich. Statt mit einem strahlenden Lächeln begrüßte mich die Dame hinter dem Tresen jetzt mit steilen Sorgenfalten auf der Stirn.

»Ach, Frau Weinz. Gut, dass Sie da sind. Ihr Vater …«

»Ich habe schon mit ihm gesprochen. Er macht sich große Sorgen um Alfons Brinke. Und Vorwürfe.«

Sie stand auf und trat hinter dem Tresen hervor. »Sie müssen mir glauben. So etwas ist hier noch nie passiert. Das ist hier kein Gefängnis. Die persönliche Freiheit ist uns sehr wichtig. Trotzdem achten wir natürlich immer auf unsere Bewohner. Auf alle, und auf einige ganz besonders. Herr Brinke sollte morgen einen Platz im geschützten Wohnbereich bekommen.«

»Wie lange ist Herr Brinke denn schon verschwunden?«

»Bemerkt haben wir es vor ungefähr einer Stunde.«

»Dann kann er nicht weit sein.«

»Aber er ist doch mit dem Auto unterwegs.«

»Trotzdem. Die Kollegen haben sicher schon alles in die Wege geleitet.«

Sie verschwand wieder hinter dem Tresen. »Das war auch zu viel Verantwortung für Ihren Vater. Daran hätten wir denken müssen, als er sich so hilfsbereit gezeigt hat.«

»Mein Vater kann sehr gut selbst entscheiden, wie viel Verantwortung er übernehmen will«, erwiderte ich, und an ihrem erschrockenen Gesichtsausdruck erkannte ich, dass ich es wohl genauso scharf gesagt hatte, wie ich es empfand. Hermann war weder entmündigt noch unter Verwahrsam gestellt. Er war aus freien Stücken hier eingezogen. »Hat bereits jemand in Herrn Brinkes alter Wohnung nachgeschaut?«

»Nein. Ich habe den Polizisten die Adresse gegeben, und sie wollten die Umgebung dort nach ihm absuchen. Aber die Wohnung selbst ist ja verschlossen. Wir haben den Schlüssel hier in Verwahrung.« Sie zog eine Schublade auf und blickte hinein. »Ja, hier ist er noch. Herr Brinke kann also nicht dort sein.«

»Würden Sie mir den Schlüssel geben?«, fragte ich und beruhigte sie: »Deswegen bin ich überhaupt noch mal hergekommen. Ich möchte mich nach dem Tod seiner Tochter um alles kümmern, bis eine endgültige Lösung gefunden wird.« Das war zwar nur ein Teil der Wahrheit, aber sie musste genügen. »Wenn Herr Brinke doch irgendwo in der Nähe der Wohnung ist, finde ich ihn bestimmt. Dann melde ich mich natürlich umgehend bei Ihnen.«

»Behalten Sie ihn, solange Sie ihn brauchen, Frau Weinz.« Sie händigte mir den Schlüssel aus.

»Danke.« Ich wandte mich ab und ging auf den Ausgang zu. Auf halbem Weg blieb ich stehen. »Ach«, ich drehte mich wieder zu ihr um und lächelte, »ich bin mir übrigens sicher, dass Sie alle hier Ihr Bestes geben.«

**

»Und wie gehen wir nun vor?« Steffen stand in Reginas Wohnzimmer, zog sich die Gummihandschuhe, die ich ihm gegeben hatte, über und schaute sich um. Ich wusste, dass uns die Kollegen von der Spurensicherung den Kopf abreißen würden, wenn das hier irgendwann ein richtiger Fall würde und wir in der Zwischenzeit unsere eigenen Spuren hinterlassen und andere verwischt hätten. Aber solange es für die Spusi keine Veranlassung gab, würden sie hier nicht tätig werden. Und diesen Anlass musste ich Ihnen zunächst geben. Darum waren wir hier.

Ich trat neben Steffen, ließ meine Handschuhe flitschen und wandte mich ihm zu. »Warum machst du das hier eigentlich alles?«

»Was?«

»Das hier.« Ich hob die Hände und umfasste den Raum mit einer Geste. »Du weißt, dass mich das in große Schwierigkeiten bringen kann. Und dich auch.«

»Damit ich auf dich aufpassen und darauf achten kann, dass du nicht zu großen Bockmist baust?« Ich hörte den leisen Spott in seiner Stimme. Obwohl es nicht ernst gemeint war, machte es mich wütend.

»Ich hatte meinen Bockmist, wie du es nennst, bisher immer ganz gut im Griff. Und wenn nicht, habe ich auch immer die Konsequenzen getragen.«

»Oh, verdammt. Bin ich der Frau Kommissarin etwa schon wieder zu nahe getreten? Das tut mir leid!« Er zerrte an seinem Handschuh, stoppte aber dann mitten in der Bewegung. »Soll ich dir mal was sagen, Ina? Auch wenn es dir vielleicht schwerfällt, dir vorzustellen, dass es noch andere Motive für mich geben könnte, als wie ein Hündchen hinter dir herzutraben und deinen Gefolgsmann abzugeben – ich habe in der Tat ein ureigenes persönliches Interesse, Licht in diese Angelegenheit zu bringen.«

»Und das wäre?«

Steffen verzog genervt das Gesicht. »Willst du nicht, oder kannst du nicht?«

»Willst du Ruf und Ehre deines Nationalparks schützen?«

»Wolltest du das nicht, wenn es nötig wäre?«

»Ich will die Wahrheit herausfinden. Egal wem ich damit auf die Füße trete.«

»Dann haben wir ja wieder etwas gemeinsam.« Er sah mich an. Ich erwiderte seinen Blick. »Wir sind doch ein Team, oder?«

»Ein Team.« Ich räusperte mich. »Ja. Das sind wir.«

»Okay.« Steffen nickte und sah sich im Raum um, als ob wir gerade erst angekommen wären. »Es sieht aus, als ob sie nur kurz weggegangen wäre und gleich wiederkommen würde. Meinst du nicht, sie hätte die Wohnung aufgeräumter hinterlassen, wenn sie vorgehabt hätte, sich umzubringen?«

»Wahrscheinlich.« Ich ließ mich auf den friedlichen Ton ein und konzentrierte meine Gedanken auf die Sache, wegen der wir hier waren.

Ich kannte Regina als ordentlichen Menschen und hatte sie

mehr als einmal um ihr strukturiertes Leben beneidet. Im Flur standen die Schuhe in Reih und Glied, ihre und die ihres Vaters. An einem Paar Herrenschuhe klebte trockener Matsch. Regina hatte mir irgendwann erzählt, dass ihr Vater eine sogenannte »Weglauftendenz« hatte, und sie ihn dann an den unmöglichsten Stellen wiederfand. Das war nicht unüblich bei seiner Form der Demenz, aber ungeheuer anstrengend für die Angehörigen.

»Es muss Hinweise geben. Wenn sie die Unterlagen aus der Stadtverwaltung mitgenommen hat, finden wir sie vielleicht hier.« Ich ging zum Schreibtisch.

Steffen ging die Bücherregale entlang, zog mit einem Griff einige Bände heraus und fasste mit der anderen Hand in den Leerraum zwischen der Regalrückwand und den Büchern.

»Ach, sieh an.« Er zog eine Plastiktüte hervor, trat an den Wohnzimmertisch und legte den Beutel darauf ab. »Bitte.« Mit einer knappen Geste ließ er mir den Vortritt.

Ich nahm die Tüte und schaute hinein. »Heißa!«

»Was?«

Wortlos hielt ich Steffen die Tüte hin.

Er zog eine Augenbraue hoch. »Das erklärt einiges.«

»Es ist eine ganze Menge«, murmelte ich und schüttete die Geldscheine auf den Tisch. »Lass es uns zählen.«

»Es sind ganz genau fünftausend Euro.« Ich legte den letzten Schein auf den Stapel. In den vergangenen zehn Minuten hatten wir das Geld zweimal gezählt und waren beide Male zum gleichen Ergebnis gekommen.

»Kannst du dir erklären, wie sie an das Geld gekommen ist?«

»Nein.« Ich sah auf die Scheine und tippte mit den Fingerspitzen auf die einzelnen Stapel. Da lagen Zwanziger, Zehner und eine Menge Fünfziger sorgfältig gestapelt vor uns. »Und selbst wenn ich es wüsste, könnte ich mir nicht erklären, warum sie es in einer Plastiktüte hinter ihren Büchern versteckt.«

»Weil es kein legales Geld ist und sie es nicht auf die Bank bringen konnte«, vermutete Steffen.

Ich biss mir auf die Lippe. »Also ist sie doch bestochen worden. Aber von wem?« Ich stand auf. »Wir müssen die Akten finden, oder was auch immer uns weiterhilft.«

Steffen nickte, und wir machten uns stumm an die Arbeit.

Nach einer Stunde hatten wir jeden Raum systematisch durchkämmt. Schränke, Kommoden, Schubladen durchsucht. Ohne Erfolg.

»Wenn du etwas verstecken wolltest, wo würdest du das tun?«, fragte er, ohne mich anzusehen, stellte sich auf die Zehenspitzen und fuhr mit den Fingerspitzen über die obersten Bretter des Bücherregals. Staub wirbelte auf, und er musste niesen.

»In Köln habe ich meine beiden Goldketten immer zwischen den Modeschmuck an meinem Badezimmerspiegel gehängt«, murmelte ich, stand auf und ging ins Badezimmer, um nachzudenken. Das Licht tauchte den Raum in einen bläulichen Schimmer. Das Badezimmer hätte eine Renovierung dringend nötig gehabt. Das Hellblau der Kacheln war vor fünfzig Jahren modern gewesen, und die Größe und die Form der Wanne machten jeden Wasserspargedanken zu einem Witz, wenn man vorhatte, bis zum Hals im Wasser zu liegen. Regina hatte versucht, den Raum nach ihrem Geschmack wohnlich zu machen. Ein kleines weißes Regal, weiße Handtücher und ein großer Spiegelschrank, der wie ein Garderobenspiegel am Theater auf jeder Seite eine Leiste mit runden Lichtern hatte, lenkten von den alten Armaturen und den altmodischen Fliesen ab.

»Ganz schön edel«, meinte Steffen und griff über meine Schulter hinweg nach der Rasierwasserflasche, die auf der rechten Seite der Ablage neben einer unscheinbaren Cremedose stand. »So ein teures Tröpfchen hätte ich dem alten Herrn gar nicht zugetraut.« Er schraubte den Deckel auf und hielt mir den Duft unter die Nase. Sofort zog der Geruch nach Wald, Erde und frischer Morgenluft durch den kleinen Raum, vermischt mit einer Note, die mich an Männer in schwarzen Anzügen in Spielcasinos denken ließ. Ich runzelte die Stirn.

»Was kostet das?«

»Den Preis kannst du in Bruchteilen von Monatsgehältern ausdrücken. Je nachdem, welches Gehalt du bekommst, läuft das unter unerschwinglich bis finanziell ruinös.«

»Und so ein Rasierwasser benutzt Reginas Vater?«

»Vielleicht wollte sie ihm etwas besonders Gutes tun und hat es ihm von dem Geld gekauft.« Steffen wies mit dem Kopf kurz in Richtung Wohnzimmer.

»Nein.« Ich fuhr mir mit den Fingern über die Lippen und knabberte am Gummihandschuh. »Das ist nicht Alfons Brinkes Rasierwasser.«

»Wessen sonst?«

»Das weiß ich nicht. Aber es ist nicht seines.« Ich starrte weiterhin auf die Ablage. Dann öffnete ich die Türen des Spiegelschrankes und nickte. »Hier.« Ich nahm eine andere Flasche Rasierwasser in die Hand. Sie war weiß und trug vorne die Abbildung eines Segelschiffes. »Das ist Alfons' Rasierwasser. Und das daneben«, ich stellte den Flakon wieder an seinen Platz, »sind seine Medikamente, sein Haarwasser, Zahnseide und ein Kamm. Zumindest das, was die Mitarbeiter des Altenheims übrig gelassen haben, als sie seine Sachen gepackt haben.« Ich sah Steffen an. »Alle seine Sachen stehen oder standen in der rechten Hälfte des Schrankes. Reginas Sachen stehen in der linken Hälfte.«

»Du meinst, Regina hat das Rasierwasser als Parfüm benutzt?«

»Nein. Das denke ich nicht. Ich denke«, ich zog einen Becher mit zwei Zahnbürsten aus Reginas Hälfte des Schranks, »dass Andrea recht hat und Regina einen Freund hatte.«

»Wer?«

Ich zuckte mit den Schultern, schloss die Türen und sah im Spiegel Steffen hinter mir stehen. So könnte es aussehen, wenn wir zusammenziehen würden. Morgens nach dem Aufstehen, abends vor dem Zubettgehen. Steffen rührte sich nicht. Dachte er dasselbe? Ich räusperte mich, löste den Blick und senkte den Kopf. »Lass uns weitermachen. Wir müssen die Akte finden.«

»Nichts.« Ich lehnte mich an das alte Büfett in Reginas Wohnzimmer. Wir hatten alle Aktenordner durchgesehen, in alle Schubladen geschaut und die Matratzen hochgehoben. »Hier ist nichts.«

»Und wenn es wirklich nur noch die Kopien gibt?«, dachte Steffen laut.

»Du meinst, jemand hat die Akte vernichtet?«

»Möglich.«

»Jemand mit einem Interesse daran, dass bestimmte Informationen verschwinden.« Ich stieß mich ab und bemerkte zu spät, wie hinter mir ein Stapel Fotoalben ins Rutschen kam. Ich versuchte, sie aufzufangen, scheiterte aber gnadenlos. »Mist.«

Ich bückte mich und sammelte die Alben wieder ein. Das unterste lag aufgeschlagen auf dem Boden. Es musste Alfons gehört haben. Liebevoll beschriftete Fotos zeigten Momentaufnahmen einer lange vergangenen Zeit. »Am Stausee 1931«, daneben eine sorgfältig geschriebene Liste mit Namen, die sich den Menschen auf den Fotos zuordnen ließen. Alte Gemünder Familiennamen. In den ernsten Gesichtern erkannte ich die Gesichter ihrer Nachfahren, denen ich heute im Ort begegnete. Ein Bild fehlte. Ich klappte das Album zu und zögerte. Was hatte neben der Lücke mit den gräulich weißen Klebstoffresten gestanden? »Hotel Lorbachtal mit Zugang zum alten Schatzstollen.« Der alte Stoffbezug knisterte unter meinen Händen, als ich die Stelle suchte und abwechselnd schwarzes Fotopapier und transparente Seiten mit angedeuteten Spinnwebenmustern umblätterte. Als ich es fand, hielt ich es Steffen hin. Er lachte.

»Ach ja, das.«

»Was?«

Er grinste immer noch. »Es gibt diese wunderbare Theorie

zu einer verborgenen Kammer auf oder in der Nähe der Ordensburg Vogelsang. Angeblich haben die Nazis da irgendwo einen Schatz vergraben.«

»Aha.« Ich runzelte die Stirn. »Und – ist da was dran?«

»Ich denke nicht.«

»Was ist mit dem Stollen?«

»Ein Scherz.«

»Sicher?«

»Hör mal, Ina.« Steffen verschränkte die Arme. »Wenn es schon in einem alten Fotoalbum steht. Meinst du nicht, jemand hätte es einmal überprüft? Es gibt keine geheimen Stollen und keine Schatzkammer.«

»Aber findest du es nicht seltsam, dass wir in Regina Brinkes Wohnung ein Fotoalbum mit einem Hinweis auf das alte Hotel ›Lorbachtal‹ finden?«

Steffen presste die Lippen aufeinander.

»Selbst wenn es nicht wahr ist. Was ist, wenn jemand anderes daran geglaubt hat?«

»Das ist doch absurd.«

»Frank Vorhaus ist der Mitarbeiter der Firma, die sich aktiv um den Wiederaufbau bemüht. Offiziell tritt er zumindest hier in der Gegend als selbstständiger Immobilienmakler auf, und seine Frau tut so, als ob sie von nichts weiß, obwohl ihre Schwester Sturm gegen das Projekt läuft.«

»Vielleicht weiß sie wirklich nichts.«

Ich legte das Album auf den Tisch. Behutsam blätterte ich weiter, fand aber nichts, was mich ähnlich angesprungen hätte, wie die Erwähnung des Hotels. Wie es aussah, wusste Steffen mehr als ich über diese ganze Angelegenheit. »Wir sollten mit Frank Vorhaus sprechen. Jetzt gleich.« Wieder ein Punkt auf Bernhard Hansens Ina-Weinz-benimmt-sich-daneben-Liste.

Steffen zuckte mit den Schultern. »Wenn du meinst.«

ACHT

Ihre Beine taten weh und sie schwitzte. Erich trat fester in die Pedale und achtete nicht auf das Ziehen in den Oberschenkeln. Sie fuhr nicht oft mit dem Fahrrad, höchstens den kurzen Weg bis zum Bahnhof, morgens, wenn sie mit dem Zug in die Schule nach Schleiden fuhr. Ihre Angst, Mama würde sie im neuen Schuljahr immer noch begleiten, war mittlerweile einem Gefühl der Bequemlichkeit gewichen. Mit dem Wagen bis vor die Schule gefahren zu werden, war letztendlich das kleinere Übel. Das bedeutete auf jeden Fall, zwanzig Minuten länger schlafen zu können. Und es bedeutete, zwanzig Minuten weniger den Hänseleien der anderen Mädchen ausgesetzt zu sein, die sie zu dick, zu dumm und zu hässlich fanden und ihr das so oft unter die Nase rieben, bis sie selber angefangen hatte, es zu glauben.

Obwohl heute Sonntag war, roch sie den Duft von Puddingteilchen und frischen Brötchen, der wie eine Wolke vor der Treppe zur Bäckerei auf der Schleidener Straße stand, und das Wasser lief ihr im Mund zusammen. Erich hielt die Luft an, hob sich aus dem Sattel und beschleunigte. Sie wollte es hinter sich bringen. So schnell wie möglich. Es musste einfach sein. Sie hatte lange überlegt, wie sie es Hans am besten sagen könnte, ohne dass die einen ihrer Wutausbrüche bekam.

Sie hatte ihr im letzten Jahr immer wieder bei ihren Klassenarbeiten »geholfen«. Dafür beschützte Hans sie vor den anderen Mädchen, indem sie ein bisschen von ihrem Glanz auf sie abfärben ließ. Hans war beliebt, trug coole Klamotten und brachte außerdem noch gute Noten nach Hause, von denen auf dem Gymnasium niemand ahnte, wie sie zustande kamen. Und das sollte auch so bleiben. Dieses Geheimnis zwischen ihr und Hans war zu einer solchen Selbstverständlichkeit geworden, dass sie das andere Geheimnis dahinter manchmal vergaß. So lange, bis sie nachts wach wurde und den Geruch von faulen Eiern, nassem Dreck und totem Fisch nicht mehr loswurde.

Aber jetzt musste sie mit ihr reden. Nach dem Sommer würden sie neben Englisch eine neue Sprache lernen, und Erich hatte sich schon in den Osterferien für Französisch entschieden. Ihre Mutter hatte in einem Kreuzworträtsel eine kurze Reise nach Amsterdam gewonnen, und sie waren zum ersten Mal gemeinsam in Urlaub gefahren. Erich war begeistert von den alten Häusern, den vielen Menschen und dem leckeren Essen gewesen. Am meisten allerdings hatte sie der Fremdenführer auf dem Boot fasziniert. Mühelos wechselte er während der Fahrt durch die Grachten durch vier Sprachen, ohne nur ein einziges Mal zu zögern oder zu stottern. Das wollte sie auch können und später als Reiseführerin durch die Welt kommen. Hans wollte das nicht. Hans wollte Latein wählen, weil es ihr leichter erschien und nicht so mühsam. »Das schaffen wir beide schon«, hatte sie gemeint und Erich angegrinst. Aber Erich wollte kein Latein lernen. Das musste Hans einsehen. Deswegen war sie auf dem Weg zu ihr.

Die Kirchturmuhr schlug Viertel nach neun. In einer halben Stunde fing die Sonntagsmesse an. Hans' Familie ging jeden Sonntag zur Kirche. Ihre Mutter teilte sogar die Kommunion mit aus. Erich hatte es sich genau überlegt. Sie wollte bei Hans sein, kurz bevor sie in die Kirche gehen musste. So hätte sie zwar nur wenig Zeit, um zu sagen, was sie sagen wollte, aber, und das war viel wichtiger, Hans hätte nur wenig Zeit, sich darüber aufzuregen. Sie sah auf. Hinter der nächsten Kurve kam die Straße, in der Hans mit ihrer Familie wohnte. Sie fuhr langsamer, bog um die Ecke und schloss ihr Fahrrad mit klopfendem Herzen am Zaun vor dem Haus an.

»Es ist Sonntag.« Hans' Mutter bedachte Erich mit einem strengen Blick, als sie ihr die Tür öffnete.

»Tut mir leid.« Erich nahm all ihren Mut zusammen. »Es geht um die Schule. Es ist wichtig.«

»Zehn Minuten. Nicht mehr. Wir müssen gleich los.«

Erich nickte, huschte die Treppe zu Hans' Zimmer hinauf und klopfte gegen die Tür.

»Was?«

»Ich bin es.« Sie drückte die Klinke herunter. »Ich muss dir was sagen.« Das Holz der Tür schabte über den Teppichboden.

»Ach du.« Hans ließ sich wieder auf ihr Bett plumpsen. Sie trug schon ihren, wie sie es nannte, Kirchenrock. Dunkelblau und die Knie bedeckend. »Was willst du? Ich hab nicht viel Zeit.«

»Ich weiß.« Erich schloss die Tür hinter sich und lehnte sich an das Türblatt. »Ich mache Französisch nach den Ferien«, platzte sie heraus, ohne an die Sachen zu denken, die sie sich zurechtgelegt hatte. Hans hob den Blick, musterte sie und schüttelte dann den Kopf.

»Das geht nicht.«

Erich schwieg. Sie sog das Innere ihrer Wange zwischen die Zähne und biss fest zu.

»Das geht nicht«, wiederholte Hans. »Ich mache schon so viele Fehler, wenn ich in Deutsch schreibe. In Französisch würde ich das nie hinbekommen!«

»Du musst ja auch kein Französisch machen. Du kannst Latein machen.«

Hans stand auf, ging zu ihrem Kleiderschrank und holte eine weiße, steif gebügelte Bluse heraus. Sie zog sie an und begann, sie zuzuknöpfen. Erst langsam, dann immer heftiger und schneller. Den untersten Knopf riss sie einfach ab, stopfte die Bluse in den Rock und atmete tief ein.

»Das ist so scheiße von dir. Ich dachte, du wärst meine Freundin und wir würden uns helfen«, schrie sie und trat gegen die Schranktür. »Aber das war ja klar, dass du mich im Stich lässt, du blöde Kuh!«

»Ich lasse dich nicht im Stich. Es ist doch nur in dem einen Fach. Und Franz ...«

»Vergiss Franz! Die ist doch genauso eine blöde Kuh wie du.« Sie schlug mit der flachen Hand gegen die Wand. »Ihr seid einfach ...«

»Was geht denn hier vor?« Hans' Mutter stand in der geöffneten Tür und runzelte die Stirn. »Ich habe Streit und Geschrei gehört.«

Hans erstarrte in der Bewegung, fiel in sich zusammen und ließ die Arme sinken.

Hans' Mutter sah Erich an. Ihre Stimme klang ruhig. »Wir schreien nicht. In diesem Haus gibt es keinen Streit. Bei uns ist man nicht aggressiv.« *Erich öffnete den Mund, kam aber nicht zu einer Antwort.* »Seid ihr fertig mit eurem Gespräch? Die Kirche wartet.« *Sie nickte und ging durch den Flur zur Treppe, ohne die Tür zu schließen.*

»Ja, Mama.« *Hans ballte die Fäuste und senkte den Kopf.* »Jetzt ist sie sauer«, *zischte sie, als ihre Mutter außer Hörweite war.* »Ich mache es ihr eh nie recht. Und dann kommst auch noch du am Sonntag und machst hier den Aufstand.« *Sie bückte sich nach ihren Schuhen.*

»Es tut mir leid, wenn du wegen mir Ärger bekommst.«

Hans brummte etwas Unverständliches, während sie ihren Schnürsenkel zuband.

»Ich kann ja noch mal darüber nachdenken«, *sagte Erich leise.*

»Das würdest du für mich tun?« *Hans strahlte sie an.* »Du bist die beste Freundin, die ich habe!« *Sie umarmte Erich.* »Ich hab doch gesagt, das schaffen wir beide schon.«

***

Die Türglocke schallte durch den Hausflur. Ich trat einen Schritt zurück und wartete. Nichts tat sich. Steffen schaute sich um.

»Kennst du die?«

Eine Frau mit einer dunklen Umhängetasche hatte sich genähert, blieb in einiger Entfernung stehen und beobachtete uns.

Ich nickte, stieg wieder die beiden Treppenstufen hoch und klingelte erneut. Noch immer blieb im Inneren des Hauses alles still.

»Presse.« Ich legte meinen Kopf in den Nacken und versuchte, in den Fenstern der oberen Stockwerke etwas zu erkennen.

»Was will sie hier?«

»Frag sie.«

Steffen schnaubte und klopfte energisch gegen die Haustür. »So lange geht doch kein Mensch einkaufen.« Er schob den Ärmel seines Jacketts hoch und drehte das Ziffernblatt seiner Uhr nach oben. »Es ist schon nach acht.«

Die Reporterin trat näher. Sie hatte die blonden Haare zu einem losen Pferdeschwanz zusammengebunden und trug ihr Lächeln wie eine freundliche Einladung vor sich her.

»Hallo, Frau Weinz.« Sie streckte mir die Hand entgegen. Mit der anderen hielt sie den Gurt ihrer Tasche fest. »Wollen Sie zu Vorhaus?«

»Und Sie?«, antwortete ich mir einer Gegenfrage und bemerkte, wie sich ein besorgter Ausdruck in ihre Miene schlich. Ich kannte sie. Als Journalistin der Lokalredaktion war sie immer auf der Suche nach Neuigkeiten, Interessantem und all dem, was das Leben in einer Kleinstadt bunter werden ließ. Einige ihrer Artikel waren mir in guter Erinnerung geblieben. Sie schien mir nicht der Typ Journalistin zu sein, der um jeden Preis einer Sensation hinterherhechtete. »Was wollen Sie denn von den beiden?«

»Ich will nachsehen, ob das hier«, sie hielt mir einen Zettel hin, »stimmen kann.« Sie öffnete ihre Tasche, holte einen Fotoapparat heraus und machte ihn startklar.

»Was ist das?« Steffen schaute über meine Schulter auf das Blatt Papier in meinen Händen. Ich hörte, wie er leise pfiff, bevor er sich wieder an die Reporterin wandte. »Woher haben Sie das?«

»Es lag im Redaktionsbriefkasten.« Sie hob den Fotoapparat und richtete ihn auf das Haus. »Wir schauen mehrmals am Tag hinein. Bei der letzten Leerung haben wir das hier gefunden.« Sie nahm mir das Blatt wieder aus der Hand.

»Wann war das ungefähr?«, fragte ich sie und überlegte fieberhaft, wie ich nun weiter vorgehen sollte.

»Ist nicht so lange her. Ich bin sofort hergekommen, um es zu überprüfen, bevor ich die Polizei informiere. In der letzten Zeit häufen sich schlechte Scherze wie dieser.« Sie zuckte mit den Schultern. »Ich weiß nicht, was die Leute daran witzig finden. Deswegen sind wir dazu übergegangen, erst einmal selbst nachzusehen, bevor wir die Pferde scheu machen.« Sie ging die beiden Stufen hinauf und klingelte lang und anhaltend.

»Sie sind nicht da. Das ist sicher. Wenn es stimmt«, ich wies mit dem Kinn auf den Zettel und kramte in meiner Tasche nach dem Handy, »dann müssen wir jetzt sehr schnell etwas unternehmen.« Ich tippte eine Kurzwahl und wartete auf die Verbindung. »Hallo, Bernhard, ruf die Kollegen in Bonn an und frag, ob sie uns Sauerbier schicken können«, sagte ich zu der Stimme am anderen Ende der Leitung. »So wie es aussieht, wurden Birgit und Frank Vorhaus entführt.«

**

»Es wird noch dauern, bis wir etwas von Sauerbier hören.« Hansen lehnte sich an die Hauswand und verschränkte die Arme. »Er muss offiziell von Bonn aus beauftragt werden und ist noch dort im Präsidium. Ein bis zwei Stunden wird er brauchen.«

Ich nickte und las zum x-ten Mal den Erpresserbrief. Er steckte mittlerweile in einer Plastikhülle. Trotzdem hatten Steffen und die Reporterin ihre Fingerabdrücke abgeben müssen, um diese von vornherein ausschließen zu können. Vermutlich würde die Spurensicherung zwar in dieser Hinsicht nichts bringen, aber man wusste ja nie.

»Er war übrigens nicht gerade begeistert, als er hörte, dass du in den Fall verwickelt bist.«

»Hmm.« Ich hörte ihm nicht richtig zu. »Wir fordern eine Million Euro und den sofortigen Stopp des Projektes ›Lorbachtal‹«, las ich stumm und runzelte die Stirn. Was machte das für einen Sinn? Wo war hier der Zusammenhang?

»Ich hatte den Eindruck, als ob ihr beide ein recht gespaltenes Verhältnis habt«, redete er weiter, »stimmt das?«

»Was?« Ich fuhr aus meinen Gedanken auf und versuchte, mich an Hansens letzte Worte zu erinnern. »Er mag mich nicht. Denke ich.« Ich lächelte zaghaft. »Er hat Schwierigkeiten mit meiner Art zu arbeiten.« Im letzten Sommer waren Horst Sauerbier und ich aneinandergeraten, als es darum ging, den Mord an einem Professor aufzuklären. Sauerbier war davon überzeugt gewesen, mit Steffen den richtigen Verdächtigen erwischt zu haben. Ich nicht.

»Da ist er nicht der Einzige.« Hansen stieß sich von der Wand ab und kam auf mich zu. »Du bist nicht im Dienst, Ina. Was also um alles in der Welt hattest du hier zu suchen?« Kurz vor mir blieb er stehen. »Hatte ich mich heute Nachmittag nicht deutlich genug ausgedrückt? Morgen!« Er schlug mit der flachen Hand gegen den Putz. »Morgen solltest du mit Frank Vorhaus sprechen. Nicht heute.«

»So wie es aussieht, war es ja nicht schlecht, dass Ina sich nicht an das gehalten hat, was Sie ihr gesagt haben.« Steffen stand plötzlich hinter mir.

»Und Sie haben hier schon mal gar nichts verloren, Herr Ettelscheid«, sagte Hansen heiser, räusperte sich und rieb seine Hand. »Das ist eine polizeiliche Ermittlung. Ich muss Sie nun bitten zu gehen.«

Steffen rührte sich nicht. Ich spürte, dass er auf eine Äußerung von mir wartete.

»Du kannst direkt mit ihm gehen, Ina. Du hast keinen Dienst und ich habe dich nicht extra angefordert. Wir sehen uns morgen in der Dienststelle.« Er wies mit der Hand zur Tür. »Guten Abend.«

»So ein Idiot!« Steffen ging mit großen Schritten neben mir durch die Dreiborner Straße auf den Parkplatz zu, auf dem wir den Wagen abgestellt hatten. »Ohne dich säße er doch jetzt noch in seiner Dienststelle und würde ...«

»Ich bin mir sicher, dass die Reporterin ihn früher oder später informiert hätte.«

Er blieb stehen, hob die Hände und sah mich an. »Ja, Ina. Das hätte sie wohl.« Er ging weiter. »Was hast du jetzt vor?«

»Ins Altenheim fahren und nachhören, ob Alfons Brinke mittlerweile wieder aufgetaucht ist. Wenn Hansen mich schon nicht bei dem Entführungsfall dabeihaben will, kann ich mich ja wenigstens da nützlich machen.« Steffens Handy unterbrach unsere Unterhaltung.

»Ja?« Er nahm ab, ohne nachzusehen, wer ihn anrief. »Sofort?«, fragte er gereizt, nachdem er eine Weile gelauscht und nur durch einige »Hmms« seinem Gesprächspartner seine Anwesenheit bestätigt hatte. Als er auflegte, wirkte er angespannt.

»Helga?«, fragte ich. Wir waren am Käfer angekommen und ich legte meine Hände auf das Wagendach und wartete auf Steffens Reaktion.

»Kannst du mich nach Hause bringen? Ich brauche mein eigenes Auto.«

»Was wollte sie denn?«

»Irgendwas mit ihrem Fernseher stimmt nicht, und allein schafft sie es nicht.«

»Kann sie nicht einen der Nachbarn fragen? Da springen doch genug Jungs rum, die gerne einen schnell verdienten Euro mitnehmen.«

Steffen schüttelte den Kopf. »Das ist es nicht.« Er seufzte. »Es geht ihr nicht um den Fernseher oder um die Antenne oder was auch immer. Es geht ihr darum, mir klarzumachen, wie viel einfacher es wäre, wenn wir bei ihr wohnen würden.«

»Wäre es das denn für dich? Einfacher?« Ich spielte mit meinem Autoschlüssel.

Steffen sah mich über das Wagendach hinweg an. »Es gibt gerade nur eine Frau, mit der ich gerne zusammenwohnen würde.« Er öffnete die Beifahrertür. »Und das ist nicht meine Mutter.«

***

»Bringst du Nachrichten?« Hermann klappte das Buch zu, in dem er gerade gelesen hatte, stand aus dem Sessel in der Nähe des Eingangs auf und kam mir eilig entgegen. Automatisch las ich den Titel und musste grinsen. Zengeler, »Gestorben wird später«. Die roten Gläser auf dem Titelbild sahen aus wie Friedhofslämpchen. Was für eine passende Lektüre in einem Altenheim.

Amalie Eckholz war ebenfalls aufgestanden und folgte Hermann. Die beiden wirkten müde und angespannt. Amalie hatte dunkle Ringe unter den Augen, und Hermanns Falten traten so deutlich hervor, dass er mit einem Schlag Jahre älter aussah. Die Sorge um Alfons Brinke zehrte an ihnen.

»Nein, Pap. Tut mir leid.« Ich sah mich um. »War denn noch niemand von den Kollegen wieder hier?«

»Sie suchen wohl noch«, mischte sich Amalie ein. »Ich denke, wenn sie ihn gefunden hätten, wüssten wir es.«

»Habt ihr keine Hundestaffel oder so was? Diese Tiere finden doch viel besser die Spur eines Vermissten als Menschen.«

Gegen meinen Willen musste ich lächeln. Hermann ließ keine Möglichkeit außer Acht. »Stimmt«, bestätigte ich. »Aber zum einen ist Alfons mit dem Wagen weggefahren, da versagt die beste Hundenase, und zum anderen müsste der Hund extra angefordert werden. Es ist ja nicht so, dass jeder Polizist einen Suchhund hat.«

»Aber es muss doch noch mehr getan werden können!« Hermann rang die Hände und lief vor der Eingangstür auf und ab, die durch seine Bewegung ständig mit einem leisen Zischen auf und zu glitt.

»Jetzt, wo Sie da sind, Ina, können wir uns auch selbst auf die Suche machen.« Amalie legte meinem Vater eine Hand auf den Unterarm und strich beruhigend darüber. »Deine Tochter ist mit dem Auto hier.«

Hermann sah sie an, neigte sich ein wenig zu ihr hinüber und legte seine Hand auf ihre. Erstaunt registrierte ich die Vertrautheit, die sich zwischen den beiden innerhalb der kurzen Zeit, in der sie sich kannten, ergeben hatte. Amalie wirkte beruhigend auf Hermann ein, ohne seinen Elan zu bremsen. Und Hermann? Trotz der Sorge um Alfons Brinke war er so ausgeglichen, wie ich ihn seit Langem nicht mehr erlebt hatte.

»Die Kollegen haben sicher schon alle Stellen überprüft, an denen man ihn zuerst vermuten könnte.« Ich wandte mich an die Empfangsdame. »Wissen Sie, wo schon überall gesucht wurde?«

»Hier auf dem Gelände und im Haus selbstverständlich. In den Zimmern. Ein Pfleger hat auch in dem Bereich unterhalb des Altenheimes nachgesehen, dort, wo gerade die Baustelle am Bach ist.« Sie hob bedauernd die Schultern. »Bisher ohne Erfolg.«

»Wissen Sie, wo meine Kollegen ihn suchen wollten? Haben die etwas gesagt?«, fragte ich und überlegte kurz, selbst auf der Wache anzurufen und um den Stand der Dinge zu bitten. Aber wenn Hansen erfuhr, dass ich mich, kaum dass er mich aus der einen Sache rausgekickt hatte, in eine andere einmischte, würde das meine Situation beim nächsten Dienstgespräch nicht gerade vereinfachen.

»Sie haben mir nicht direkt gesagt, wo sie überall hinwollten. Dass sie bei der Wohnung nachsehen wollten, wissen sie ja schon.« Sie sah mich auffordernd an. Es dauerte einen Moment, bis ich begriff, dass sie den Schlüssel zu Alfons Brinkes Wohnung wiederhaben wollte.

»Dann ziehen sie das übliche Programm durch«, murmelte ich, legte den Schlüsselbund auf den Tresen und bedankte mich bei ihr. Sie nickte und verstaute den Schlüssel wieder in der Schublade »Sie suchen auf allen Wegen, die von hier aus zur Wohnung führen und bei Freunden. Verwandte hatte Alfons außer Regina ja keine mehr.«

»Und die Anzahl der Freunde ist in unserem Alter ja auch überschaubar«, ergänzte Hermann mit bitterem Unterton und brachte mich damit auf eine Idee.

»Wir sollten auf dem Friedhof nachsehen gehen. Vielleicht ist er zum Grab seiner Frau gefahren.«

»Die Praxen seiner Ärzte«, warf Amalie ein.

»Seine Stammkneipen.« Hermann zuckte mit den Schultern, als Amalie und ich ihn ansahen. »Was? Er ging nun mal gerne einen trinken. Warum auch nicht?«

»Gut.« Ich nahm meinen Autoschlüssel aus der Handtasche. Dann ging ich noch einmal zu der Empfangsdame, bat um Stift und Papier und notierte meine Handynummer. »Bitte geben Sie uns Bescheid, sobald sich etwas Neues ergibt.«

***

Der Gemünder Friedhof lag im Schatten zwischen dem Berg, an dessen Fuß er sich schmiegte, und der Olef, die ihn an der gegenüberliegenden Seite einfasste. Wir parkten vor der Friedhofsmauer, öffneten das schmiedeeiserne Tor und wandten uns nach rechts. Die Totenhalle war geschlossen, aber auf der Bank davor saßen zwei Besucher in ein Gespräch vertieft. Sie sahen kurz auf, nickten grüßend und sprachen dann weiter.

»Pap, weißt du, wo Reginas Mutter liegt?«

Hermann nickte. »Hinten, im alten Teil. Sie haben da ein Familiengrab.«

Wir gingen über den Hauptweg. Der Belag knirschte unter meinen Füßen, und ich erinnerte mich an die Beerdigungen, an denen ich hier teilgenommen hatte. Mir fiel die kühle Frische wieder auf, die hier auch im Sommer herrschte. Vermutlich lag es an der Nähe des Baches. Trauer ließ sich besser aushalten, wenn man nicht noch schwitzen musste. Das war der Gedanke gewesen, der mich bei der Beerdigung meiner Mutter aufrecht gehalten und von dem bohrenden Schmerz abgelenkt hatte, so absurd es mir heute auch erschien.

»Am besten ist es, wenn wir uns aufteilen«, sagte ich, blieb stehen und konzentrierte mich wieder auf die Situation. »Es kann ja sein, dass er vor einem der Gräber kniet oder vielleicht sogar gestürzt ist.« Ich zeigte auf einen der Wege, die vom Hauptgang abzweigten und nickte Amalie zu. »Nehmen Sie diesen hier, Hermann den nächsten und ich gehe bis hinten durch.«

Während ich weiter auf das hintere Ende des Friedhofs zuging, behielt ich Hermann und Amalie im Auge. Ihre Schultern und Köpfe schienen über den Grabsteinen zu schweben, als sie die Wege abschritten. Amalie langsam und in ihrem ganz eigenen Tempo, Hermann mit ausholenden, langen Schritten. Ab und zu blickten wir uns an, schüttelnden den Kopf und gingen weiter. Nichts.

Ein frischer Blumenschmuck auf einem der alten Gräber fiel mir auf. Davor lag ein Matchboxauto, dessen Lack vergilbt war und abblätterte. Ich runzelte die Stirn, als ich die in den Stein gemeißelten Daten las. Der Junge musste bald vierzig Jahre tot sein. Sein Name kam mir bekannt vor. Es dauerte einen Moment, dann fiel mir ein, warum. Er war beim Spielen in der Urft ertrunken. Ein schrecklicher Unfall. Ich erinnerte mich, dass wir damals alle Reifenverbot bekamen und nur noch im Schwimmbad ins Wasser gehen durften.

Nach fünfzehn Minuten hatten wir den alten Teil des Friedhofs, nach zwanzig weiteren den neuen Teil durchkämmt. Beides ohne Erfolg.

»Wohin jetzt?«, fragte Hermann, als wir am Eingangstor wieder aufeinandertrafen.

»Die Praxen«, schlug Amalie vor. »Dabei können wir uns ein wenig ausruhen. So viel bin ich schon lange nicht mehr gelaufen.« Sie öffnete den Verschluss ihrer Handtasche, nahm eine Packung Frischetücher, öffnete eines davon und wischte sich die Stirn damit ab. »Ich brauche dringend eine Pause.«

Ich nickte. Die Praxen konnten wir anfahren. Ich würde aussteigen und in der Umgebung nachsehen, und Hermann und Amalie könnten im Wagen warten.

Aber meine Befürchtung, auch hier keinen Erfolg bei der Suche zu haben, erwies sich leider als genauso wahr wie bei den Stammkneipen und den Cafés, in die Alfons in der Vergangenheit gerne eingekehrt war.

Frustriert fuhren wir zurück zum Altenheim.

»Ich könnte mich …«, fluchte Hermann, wurde aber sofort von Amalie unterbrochen. Sie drehte sich auf dem Beifahrersitz um und hob abwehrend die Hand.

»Nein, Hermann. Das ist nicht deine Schuld. Es ist niemandes Schuld. Alfons ist nicht Herr seiner Sinne. Er erinnert sich an Altes und vergisst vieles von dem, was für ihn neu ist.

Das ist bedauerlich, aber es ist so. Aber du bist nicht sein Kindermädchen. Du bist sein Freund. Und das ist nicht dasselbe«, ergänzte sie mit erhobenem Zeigefinger, als Hermann ihr ins Wort fallen wollte.

Hermann nickte, und im Rückspiegel sah ich, wie er die Schultern hängen ließ. Dann blickte er auf und seine Augen strahlten.

»Du bist genial, Amalie!« Er warf ihr eine Kusshand zu. »Das ist vielleicht die Lösung!«

Ich wurde hellhörig. »Was ist die Lösung?«

»Er erinnert sich an das Alte und vergisst das Neue.« Hermann rutschte auf dem Rücksitz ein Stück nach vorne und hielt sich an den Kopfstützen fest. »Das Alte haben wir abgesucht. Was ist, wenn er sich einfach nicht erinnert, wie er wieder zurückkommt? Wenn er sich schlicht und ergreifend verfahren hat?«

Amalie stöhnte. »Dann ist es ja völlig aussichtslos, ihn zu finden.«

»Oder auch nicht.« Hermann klopfte mir auf die Schulter und wies nach rechts, auf die Straße, die der Abzweigung zum Altenheim gegenüberlag. »Vielleicht hat er nur die falsche Ausfahrt genommen. Fahr zum Heldenfriedhof hoch, Ina. Fahr da rein.«

Ich setzte den Blinker, bog nach rechts ab und quälte den Käfer den steilen Anstieg über die Batterie zur, wie es offiziell hieß, Kriegsgräberstätte hinauf. Hier ruhten seit 1951 die Gebeine der Gefallenen der Schlacht im Hürtgenwald.

»Da steht mein Auto!«, rief Hermann, nachdem wir die zweite enge Kurve hinter uns gebracht hatten und vor uns die mächtige Friedhofsmauer aus Grauwacke zu sehen war. Kurz vor dem Eingang bremste ich, sprang aus dem Käfer und lief zu Hermanns Wagen. Alfons Brinke saß auf dem Vordersitz und starrte vor sich auf das Lenkrad.

»Herr Brinke?« Ich öffnete die Tür und legte ihm eine Hand auf die Schulter. »Geht es Ihnen gut?« Er wandte den Kopf.

»Ina«, sagte er dann leise und stieg aus.

»Pap, ruf im Altenheim an und sag ihnen, wir haben ihn gefunden! Mein Handy ist in der Handtasche.«

»Geht es ihm gut?« Amalie war ebenfalls ausgestiegen und kam mit vorsichtigen Schritten auf uns zu.

»Die Mädchen sind unmöglich. Sie hätte es mir früher erzählen müssen. Jetzt kann ich nichts mehr daran ändern!«, schimpfte Alfons Brinke los. »Jetzt will sie Hilfe haben. Jetzt, wo es zu spät ist.«

»Was hätten sie Ihnen erzählen sollen, Herr Brinke?« Ich beugte mich zu ihm und sah ihm direkt in die Augen.

»Sie will, dass ich die Tür aufmache, aber sie dürfen nicht am Bach spielen. Das erlaube ich ihr nicht. Auch wenn sie noch so schreit und weint.«

»Wer schreit?«, versuchte ich es erneut.

»Ach, Ina!« Er sah mich an, als ob er mich heute zum ersten Mal sehen würde. »Ist denn deine Schule schon aus?«

»Komm, Alfons.« Hermann half ihm aus dem Sitz, hakte ihn unter, führte ihn langsam um den Wagen herum und setzte ihn auf den Beifahrersitz seines Autos. »Ich bringe dich nach Hause, und dann spielen wir beide noch eine Runde Karten. Was hältst du davon?«

***

»Hast du jemals eine Mutter gehört, die ihr Baby als krank bezeichnet, nur weil sie es pflegen muss?« Thomas lehnte sich gegen die Platte der weißen Küchenzeile im Pausenraum und klappte Alfons Brinkes Akte zu. Er hatte ihn sofort nach unserer Rückkehr ins Altenheim untersucht und außer einigen Kratzern auf den Handrücken und einem abgebrochenen Nagel keine Verletzungen feststellen können. Danach hatte er mich zu einem Kaffee eingeladen, und ich hatte ihm erzählt, wie wir Alfons Brinke gefunden hatten.

Ich schüttelte den Kopf, antwortete aber nicht, weil ich ahnte, was jetzt kam.

»Aber am Ende des Lebens ist es so, und niemand nimmt

daran Anstoß. Dabei frage ich mich manchmal«, er legte die Akte weg, »wer kränker ist. Wir, die wir jeder Minute hinterherhetzen, nur unsere Terminkalender im Kopf haben und nichts und niemanden vergessen, aber darüber hinaus keine Zeit für unsere Mitmenschen, unsere Freunde und unsere Familien haben? Oder die, deren Zeit keine Struktur mehr hat, die aber dafür die Liebe derer spüren, die sich um sie kümmern?«

»Ich hätte Angst davor, die Kontrolle über mein Leben zu verlieren und von anderen abhängig zu sein«, erwiderte ich leise.

Thomas lachte. Es klang bitter.

»Machen wir uns doch nichts vor, Ina. Ich will auf keinen Fall behaupten, dass Demenz ein Zuckerschlecken ist. Weder für die Betroffenen noch für die Angehörigen. Für die erst recht nicht.« Er trank einen Schluck, verzog das Gesicht und stellte die Tasse weg. »Aber kannst du ernsthaft von dir behaupten, unabhängig zu sein? Keine Hilfe zu benötigen?«

»Ich kann allein essen, mich anziehen und waschen.«

»Das meine ich nicht.«

»Aber das sind die existenziellen Dinge.«

»Wirklich?« Er ging zur Tür, ohne auf meine Antwort zu warten. »Ich habe jetzt Feierabend. Nach einem Tag voller Termine, Arbeit und Anstrengung. Aber selbst darin kann ich nicht frei entscheiden«, ergänzte er und kontrollierte sein Handy. »Rufbereitschaft.«

Ich folgte ihm auf den Gang hinaus. Unschlüssig blieb ich stehen. Sollte ich noch einmal zu Hermann gehen? Ich seufzte. Das war einer dieser vollgepackten Tage, die einfach kein Ende nehmen wollten, und so langsam spürte ich ihn in den Knochen.

»Warte, ich gehe mit dir runter«, entschied ich mich und beschloss, gleich morgen früh vor Dienstbeginn hierherzukommen und mit Hermann zu frühstücken.

Schweigend gingen wir nebeneinander durch das Treppenhaus, den Eingangsbereich und auf den Parkplatz hinaus. Ich winkte Thomas zum Abschied zu und stieg in meinen Käfer.

Nach dem achten vergeblichen Versuch, den Motor zu starten, klopfte es an meine Scheibe.

»Komm, ich fahr dich.« Thomas stand neben meinem Wagen.

Ich lehnte meinen Kopf an die Scheibe, schloss die Augen und war einen Moment lang versucht, der bleiernen Müdigkeit nachzugeben, die in meine Muskeln kroch.

»Jetzt komm, Ina. Dein Auto lassen wir morgen abschleppen.«

Ich zog den Schlüssel ab und öffnete die Tür. »Was soll's«, murmelte ich, stieg aus und folgte Thomas zu seinem Wagen, ohne mir die Mühe zu machen, den Käfer abzuschließen.

»Bist du so müde, wie du aussiehst?« Thomas sah mich von der Fahrerseite aus an. Ich grinste.

»Na, das ist aber ein tolles Kompliment.«

»Ich hatte auch nicht vor, dir ein Kompliment zu machen. Ich wollte wissen, wie es dir geht.«

»Als mein Arzt?«

»Auch. Aber auch als dein Freund.« Er sah vor sich auf die Straße.

»Als Arzt – ich glaube, ich habe mir einen Virus eingefangen, von dem meine Praktikantin meint, es wären die Wechseljahre, weil sie es bei ihrer Mutter so gesehen hat.« Ich verdrehte die Augen. »Als Freund? Nein, es geht mir nicht gut. Mein Vater zieht freiwillig ins Altenheim, eine Frau, die ich gut kenne und um die ich mich zu wenig gekümmert habe, soll Selbstmord begangen haben, was ich nicht glaube. Mein Chef wird langsam sauer, weil ich mich bei den Ermittlungen und auch sonst nicht an die Regeln halten kann, meine Patentochter wohnt bei mir, weil ihre Mutter, die meine beste Freundin ist, spurlos verschwunden ist, und mein Kater stirbt.« Ich holte tief Luft, sah ihn an und schluckte. »Reicht das?«

»Was hältst du von Pizza, alkoholfreiem Bier und reden?«

»Sehr viel.« Ich kramte in meiner Tasche nach dem Handy, um Steffen Bescheid zu sagen und verharrte mitten in der Bewegung. Nein. Ich war ihm keine Rechenschaft schuldig.

»Die Pizzeria hat zu.« Thomas wies im Vorbeifahren auf die erloschene Neonreklame. »Tut es auch eine Tiefkühlpizza aus dem Discounter?«

Eine Stunde später saßen wir mit gekreuzten Beinen vor Thomas' Sofa. Vor uns zwei leere Teller und hinter uns eine Stunde, in der wir über alles und jeden geredet hatten, nur nicht über die Sachen, die mich so in Anspruch nahmen. Es hatte mir gutgetan, und zweimal hatte ich so herzhaft lachen müssen, dass ich Thomas nun das Geld für die Entfernung der Tomatenflecken von seinem Teppich schuldete.

»Ich danke dir.« Ich lächelte ihn an. »Für die Pizza und die Zeit und für das Lachen.« Ich stellte mein Glas auf den Tisch, entknotete meine Beine und stand auf. Thomas erhob sich ebenfalls. »Dann mache ich mich jetzt auf den Heimweg.«

»Soll ich dich fahren?«

»Nein. Lass mal. Die paar Schritte kann ich auch gehen.« Bis zu Steffens Wohnung waren es höchstens zehn Minuten Fußweg.

»Okay.« Er begleitete mich zur Haustür. »Gute Nacht, Ina.«

»Gute Nacht«, erwiderte ich und beugte mich vor, um ihm einen Kuss auf die Wange zu geben. Er nahm mich in den Arm und zog mich an sich. Als er mich küsste, überlegte ich kurz, ob es Absicht, Plan oder Zufall gewesen war. Dann überlegte ich nicht mehr. Seine Hände strichen über mein Gesicht, meine Haut, meinen Hals. Ich erwiderte seine Küsse. Irgendwann waren wir nackt und fanden das Bett. Ich vergaß zu denken und erkundete seinen Körper. Wir tanzten miteinander, ineinander. Zu einer Musik, deren Rhythmus immer schneller, immer härter wurde, und die nur wir beide hören konnten.

Ich hätte ein schlechtes Gewissen haben müssen, aber ich hatte keines. Keine Schuldgefühle. Die Urftseestraße erstreckte sich vor mir im Halbdämmerlicht der Laternen, als ich am Gebäude des Finanzamtes vorbeiging und dem Geräusch meiner eigenen Schritte lauschte. Kein schlechtes Gewissen, aber den

Wunsch, Steffen nicht zu verletzen, bei dem, was nun kommen würde. Was nun unweigerlich kommen musste, weil die Dinge an die richtige Stelle gerückt worden waren. Ob ich mit Thomas eine Beziehung haben wollte, ob er das wollte und ob es überhaupt einen Sinn machen würde – darüber dachte ich nicht nach. Das war Zukunftsmusik. Aber meine ewige Unentschlossenheit in Bezug auf das Zusammenleben mit Steffen hatte einen Grund, den ich mir selbst erst jetzt eingestehen konnte. Oder mir erst jetzt eingestehen wollte? Ich war mir meiner Gefühle Steffen gegenüber nicht sicher. Nicht so, dass es für die Dauer reichen würde. Und nun? Brauchte ich die Aussicht auf eine neue Beziehung, um die alte beenden zu können? Ich wollte ihn nicht verletzen, aber das würde unweigerlich geschehen. Ich hatte Angst, damit auch mich selbst zu verletzen.

Auf den Stufen zu Steffens Haustür hielt ich inne. Am liebsten wäre ich in Hermanns Wohnung gegangen, auch wenn sie leer und halb ausgeräumt war. Aber das ging nicht. Bei Steffen warteten auch Henrike und der Kater auf mich. Meine Mundwinkel zuckten. Eine Fastfamilie. War ich wirklich bereit, das alles aufzugeben? Ich öffnete leise die Tür, schloss die Augen und atmete tief durch. Ja. Ich musste. Alles andere wäre eine Lüge gewesen und nicht fair. Niemandem gegenüber.

Henrike schlief auf dem Sofa, die Kiste mit dem Kater neben sich auf dem Boden. Ich strich ihr über die Stirn, kniete mich vor die Kiste und schaute hinein. Hermann blinzelte, hob den Kopf und maunzte stumm. Ich nahm ihn auf den Arm. Sofort fing er an zu schnurren. Mit der freien Hand angelte ich die Decke vom Sessel, der hinter mir stand, legte mich auf den Teppich und deckte mich und den Kater zu. Ich wollte allein sein. Mit mir und meinen Gedanken und dem Kater.

»Ich muss mich verabschieden, Hermann. Von dir. Und von so vielem.« Ich spürte, wie Tränen hinter meinen Lidern brannten, und schloss die Augen.

NEUN

Es war nicht abgeschlossen. Die Schlüssel hingen zwar an dem dünnen braunen Bändchen, das sie sich aus Wollresten selbst gedreht und mit einer Schleife am Tagebuch befestigt hatte, aber das Schloss war geöffnet. Erich atmete mit fest verschlossenen Lippen heftig durch die Nase ein und unterdrückte das Stöhnen, das tief in ihrer Brust entstand, wuchs und mit Macht nach außen wollte. Sie schloss das Buch immer zu. Immer. Versteckte es in der Holztäfelung hinter ihrem Bett. Die Ritze zwischen Nut und Feder des dritten Brettes war breit genug, um ihre Geheimnisse aufzunehmen. Jemand hatte es gefunden. Geöffnet. Gelesen. Sie biss sich auf die Unterlippe. Die Empörung und die Angst suchten immer noch einen Weg durch ihre Kehle. Jemand konnte nur eine sein. Mama. Hatte sie sie deswegen über die Suppe hinweg so angesehen? Die Stirn gerunzelt und so laut geschwiegen? Jetzt verstand sie die Frage, ob sie ihr etwas erzählen wolle. Mama kannte jetzt ihre Geheimnisse. Die Schatten auf ihrer Seele, die sie für immer wegsperren wollte.

Sie ließ sich auf ihr Bett fallen und spürte, wie ihr Herz schlug. Schnell und laut und hart. Sie starrte an die Decke. Sie war fünfzehn Jahre alt und schaffte es manchmal, es zu vergessen. Für Stunden, Tage. Einmal hatte sie sogar über eine Woche nicht daran gedacht. Aber das war selten. Es hatte sich in ihre Erinnerung gefressen wie ein Geschwür, wie eine Pflanze, die ihre Nahrung aus dem Blut des Baumes saugte, auf dem sie sich eingenistet hatte. Niemand kam und schlug sie ab. Und wenn sie es Mama erzählen würde? Wenn sie alles sagen würde? Jetzt, wo sie ohnehin alles wusste? Ihre Gedanken, ihre Angst und ihre Verzweiflung gelesen hatte? Vielleicht würde Mama ihr helfen, das Geschwür abschlagen, und sie müsste nicht mehr tun, was Hans von ihr wollte. Nie mehr. Es klopfte. Sie richtete sich auf.

»Ja?«

»Kann ich reinkommen?«

»Ja.« Sie schwang die Beine über den Bettrand. Mama mochte es nicht, wenn sie am helllichten Tage auf ihrem Bett lag.

Ihre Mutter blieb in der geöffneten Tür stehen, lehnte sich gegen den Türrahmen und verschränkte die Arme.

»Ich muss mit dir reden.« Ihr Ton ließ keinen Rückschluss zu.

»Ja.« Sie schluckte. »Worüber?«

»Darüber.« Mama zeigte mit ausgestrecktem Finger auf das Tagebuch.

»Du hast es gelesen, obwohl es mein geheimes Tagebuch ist und ich es versteckt hatte.« Automatisch zog sie den Kopf ein, sobald sie das gesagt hatte. Die Bemerkung war ihr einfach so herausgerutscht, getrieben und mit Schwung versehen von der aufgestauten Wut.

»Wir haben keine Geheimnisse voreinander, Kind.« Ihre Mutter kam näher und blieb vor dem Bett stehen. »Wir sind eine Familie.«

Erich blieb reglos sitzen, starrte auf ihre Zehenspitzen in den roten Socken und folgte mit den Augen den Mustern des Teppichs, die sich wie Straßen durch ihr Zimmer zogen. Winzige Straßen, die geradeaus liefen, rechts und links abbogen und am Ende doch nirgendwo anders hinführten als an ihren Ausgangspunkt zurück. Immer wieder. Egal wohin sie sich auch wandte.

»Wir sind eine Familie, Kind«, wiederholte ihre Mutter, setzte sich neben sie und legte eine Hand auf ihren Rücken.

Für einen Moment lehnte Erich sich an sie an, hoffte, jetzt Trost und Hilfe zu finden. Einen Plan. Eine Idee, wie sie ihr Problem lösen und sich von der Schuld befreien konnte. Es war ein Fehler gewesen, ihren Eltern nichts von allem zu erzählen. Ihre Mutter strich sanft über ihren Kopf, und sie schloss die Augen, fühlte sich beinahe erleichtert.

»Und weil wir eine Familie sind, ist es wichtig, dass alle Familienmitglieder auf den guten Ruf achten. Wenn einer Schuld auf sich lädt, fällt sie auf alle zurück.« Die Hand ihrer Mutter glitt Erichs Rücken hinunter, verharrte und löste sich dann. Sie *beugte sich ein Stück nach hinten.* »Verstehst du, was ich meine?«

Sie sah sie an. Verständnislos. Wollte nicht verstehen. »Nein, Mama.«

»*Deine Schuld, die du auf dich geladen hast, muss unser Geheimnis bleiben. Unter allen Umständen. Niemand darf erfahren, welche Rolle du bei dem Tod des Jungen gespielt hast. Es würde auf mich und auf deinen Vater zurückfallen, die Leute ...«*
Sie rang die Hände, rieb sie über ihre Oberschenkel, als ob sie sich etwas Ekelhaftes abwischen wollte, und stand schließlich wieder auf.

Erich spürte, wie ihr die Tränen in die Augen schossen. Allein. Allein. Allein. Sie war allein.

»*Und was ist mit«, sie zögerte, »mit Hans?«*

»*Sie wird es irgendwann vergessen. So lange wirst du ihr beim Lernen helfen. Es ist ja auch eine christliche Tat, jemandem, der schwächer ist, beizustehen.« Sie ging zur Tür. »Ich weiß noch nicht, ob ich es Papa erzählen werde. Vielleicht später.« Es klackte leise, als sie die Tür hinter sich ins Schloss zog.*

✳✳✳

»Ina?« Eine Hand an meiner Schulter. »Warum schläfst du auf dem Boden?« Henrike saß auf dem Sofa, die Haare wirr vom Kopf abstehend, und betrachtete mich wie ein seltsames Insekt.

»Ich wollte niemanden wecken heute Nacht«, murmelte ich und hoffte, dass sie die Antwort ohne weitere Nachfragen schlucken würde.

»War's spät?«

»Ja. Es war spät. Ich bin erst nach eins wieder da gewesen.«

»Habt ihr sie gefunden?«

Ich runzelte die Stirn und brauchte zwei Sekunden, bis ich verstand, wen sie mit »sie« meinte.

»Nein.« Ich sah zu ihr hoch. »Es tut mir leid. Hat sie sich noch einmal gemeldet?«

Henrike schüttelte den Kopf und biss sich auf die Lippen.

»Ich habe Angst, dass ihr was passiert ist, Ina.«

Am liebsten hätte ich ihr zugestimmt, sie in den Arm genommen und getröstet. Aber ich wollte sie nicht noch mehr beunruhigen. Ich lächelte sie an.

»Ist denn Reginas Vater wieder aufgetaucht? Steffen hat mir davon erzählt.« Ihre Stimme hatte den ängstlichen Unterton verloren. Ablenkung. Ihre Art der Verdrängung.

»Oh, ja. Klar. Es hat etwas gedauert, aber er ist wieder da.«

»Was war mit ihm?«

»Er hatte sich verfahren und wusste nicht mehr, wie er zurückkommen sollte. Vermutlich wusste er noch nicht einmal genau, wohin er zurücksollte, und ist einfach nicht mehr weitergefahren.«

»War er die ganze Zeit da, wo ihr ihn gefunden habt?« Sie wickelte sich ihr Plumeau um den Leib und ging in Richtung Küche.

»Wo sollte er sonst gewesen sein?« Ich nahm den Kater hoch und legte ihn in seine Kiste. Er schlief sofort wieder ein. Ich folgte Henrike in die Küche, öffnete den Kühlschrank und nahm die Milch heraus. Bevor sie nach der Packung greifen und sie an den Mund setzen konnte, reichte ich ihr eine Tasse und goss ihr die Milch ein.

»Aber er muss ja irgendwoher gekommen sein, als er sich verfahren hat.«

»Keine schlechte Idee, Henrike. Ich werde die Kollegen fragen, ob sie auch über die Batterie gefahren sind, um nach Alfons Brinke zu suchen.«

»Schon auf, die Damen?« Steffen lächelte uns fröhlich an. Hatte er bemerkt, dass ich gar nicht im Bett geschlafen hatte? Wenn ja, ließ er es sich nicht anmerken. Er beugte sich zu mir und gab mir einen Kuss. »Guten Morgen, Ina.«

»Guten Morgen, Steffen«, erwiderte ich, stellte die Milchtüte wieder zurück in den Kühlschrank und sah auf die Küchenuhr. »Ich muss mich beeilen«, murmelte ich und verschwand Richtung Badezimmer. Auch wenn ich mit Steffen sprechen musste, bestimmt war jetzt der vollkommen falsche Zeitpunkt dafür.

»Kannst du mich mit zur Schule nehmen, wenn du nach Schleiden fährst?«, rief Henrike mir hinterher. »Ich kann nicht hier sitzen und darauf warten, was mit Mama ist.«

Ich steckte den Kopf aus der Badezimmertür.

»Willst du das wirklich?«

»Ja. Noch einen Tag zu Birgit will ich auf keinen Fall.«

Ich nickte. Steffen hatte Henrike also nichts von den weiteren Ereignissen erzählt. Ich dachte kurz nach.

»Okay. Ich bringe dich hin. Aber nimm dein Handy mit und lass es ausnahmsweise an, damit ich dich erreichen kann, wenn ich etwas Neues höre.« Ich griff nach der Zahnbürste, drehte den Wasserhahn auf und beugte mich vor. »Ach, Mist. Ich habe ja komplett vergessen, dass mein Käfer mal wieder den Geist aufgegeben hat. Das muss ich auch noch regeln«, fluchte ich verhalten.

»Wie bist du denn nach Hause gekommen?«, fragte Steffen, als ich angezogen und einigermaßen wach in die Küche kam, »dein Auto steht nicht vor der Tür.«

»Der Käfer streikt schon wieder. Thomas hat mich ein Stück mitgenommen. Den Rest bin ich gelaufen. Hat mir gutgetan.« Nicht jetzt. Er nickte.

»Ich bringe dich hin, und wir versuchen, den Wagen wieder in Gang zu bringen. Ich wollte dir sowieso noch etwas zeigen.«

»Jetzt?«

»Ja, jetzt. Es liegt auf dem Weg.«

»Dann fahre ich doch mit dem Bus«, warf Henrike ein, hängte ihre Tasche über die Schulter und hob die Hand. »Versprichst du, dich zu melden, Ina?«

»Sicher.«

»So. Hier ist es.« Steffen bremste mitten auf der Straße, schaltete den Wagen ab und stieg aus. »Am Kreuzberg«, verkündete er mir, als ob ich nicht wüsste, wie die Straße hieß.

Ich sah mich um. Die Häuser der kleinen Gasse drängten sich an der rechten Seite dicht an den Berghang. Vor uns machte die Straße eine Kurve und folgte dem Bachlauf der Urft. Die Straße lag in Hör- und Sichtweite der Kirche. Mitten in Gemünd. Eine wunderbare Lage.

»Was ist hier?«

»Ich wollte es dir eigentlich zu einem passenderen Zeitpunkt zeigen, aber wenn ich darauf warte, geht es bei deinem Job wohl nie.« Steffen grinste, strich sich eine Haarsträhne aus dem Gesicht und räusperte sich. »Also, Ina.« Er zeigte auf das Haus direkt neben seinem Wagen. »Das ist es. Ich habe es gekauft.«

Ich sah ihn an. Er erwiderte meinen Blick. Ich erkannte die Erwartung darin, die Freude, und mein Magen verknotete sich. Ich drehte mich Richtung des Hauses. Zeit schinden. Überlegen. Ich wollte ihm nicht wehtun!

»Aber … das Haus deiner Mutter. Was ist denn damit?«, stammelte ich und lehnte mich an den Wagen.

»Du hast ziemlich deutlich gesagt, dass es für dich nicht in Frage kommt, mit meiner Mutter in einem Haus zusammenzuwohnen. Und ich möchte das auch nicht.« Er ging auf das Haus zu und zog einen Schlüssel aus der Tasche. »Willst du es dir mal ansehen?«

»Steffen, ich …«, setzte ich an, brach ab und versuchte es erneut. Jetzt. Ich musste es ihm jetzt sagen. »Steffen …« Mein Handy klingelte. »Verdammt!«, fluchte ich und war im gleichen Augenblick froh über den Aufschub. Es war Hansen. »Ja?«

Seine Stimme kratzte durch den Äther. »Wir haben eine Leiche gefunden. An der Stelle, an der das Hotel gebaut werden soll. Diesmal ist es mit Sicherheit kein Selbstmord.«

***

»So sieht man sich wieder, Frau Weinz. So sieht man sich wieder.« Horst Sauerbier kam mit ausgestreckter Rechter auf mich zu. Ich drehte mich kurz um und nickte Steffen zum Abschied zu. Er hatte mich hierhergebracht und versprochen, den Kater zu Hermann zu bringen und sich um den Wagen zu kümmern, ohne weiter auf eine Reaktion zum Hauskauf zu drängen. Sein Verständnis für meine Arbeit und seine Bereitschaft, darauf Rücksicht zu nehmen, machten es mir nicht leichter. »Bonn wird heute wohl auf mich verzichten müssen, was?« Er sah sich um. »Es hat halt doch Vorteile, wenn man vor Ort wohnt, aber wem sage ich das?«

»Guten Morgen, Herr Sauerbier«, erwiderte ich seinen Gruß, schüttelte seine Hand und beobachtete, wie seine Schnurrbartenden zuckten. Sauerbier lebte in Schleiden und arbeitete im Bonner Polizeipräsidium. Die Stunde Fahrtzeit jeden Morgen nahm er gern in Kauf, solange er nur in seiner geliebten Eifel wohnen konnte. Natürlich wurde er bevorzugt auf die lokalen Fälle angesetzt, und ich hatte mal wieder den Eindruck, dass er sich über den »Mord vor Ort« freute.

»Kommen wir direkt zur Sache, Frau Weinz. Die örtliche Presse hat gestern, wie Sie wissen, ein Erpresserschreiben zugespielt bekommen, in dem neben einer stattlichen Summe Lösegeld der sofortige Stopp des Projektes hier«, er schwenkte seinen Arm im großen Bogen, als ob er die Landschaft einpacken wollte, »gefordert wurde. Heute Morgen fanden zwei Wanderer die Leiche und ...«

»Wer ist es?«, unterbrach ich seinen Redeschwall und bemühte mich darum, ruhig zu bleiben. Einige Meter weiter arbeiteten die Kollegen der Spurensicherung am und um den Fundort der Leiche. Hier, im Außengelände, würde es einige Zeit dauern, bis alles erledigt war. Ich entdeckte den dunklen Kombi des Bestatters am Rand des abgesteckten Feldes. Die Leiche lag also noch am Fundort.

»Bitte?«

»Konnten Sie schon die Identität der Leiche feststellen?«

»Es tut mir leid, Ina, aber ...«, warf Hansen ein, der die ganze Zeit daneben gestanden und unserem Gespräch zugehört hatte.

»Nicht Andrea, oder?«, flüsterte ich und spürte, wie meine Knie weich wurden.

»Die Tote trug einen Ausweis, ausgestellt auf den Namen Birgit Vorhaus, bei sich.« Sauerbiers Ton blieb sachlich, auch wenn ihm meine Reaktion nicht entgangen sein konnte. »Der Kollege Hansen hat sie nach Augenschein identifiziert. Näheres wird die Leichenschau ergeben.«

»Birgit?« Ich spürte, wie meine Knie weich wurden. Nicht Andrea. Es war nicht Andrea. Ich schwankte. In meinem Kopf wiederholte ich die Worte wie ein Mantra. Ich spürte eine wilde Erleichterung und gleichzeitig eine tiefe Trauer. Wegen Birgit und weil mir klar wurde, wie sich die Situation jetzt darstellte. Die für die Bauerlaubnis bestochene Stadtangestellte Regina Brinke begeht Selbstmord, die fanatische Projektgegnerin Andrea Herbstmann verschwindet spurlos, es taucht ein Erpresserschreiben mit der Forderung nach einem sofortigen Baustopp auf, und dann wird die Frau des Projektleiters entführt und tot aufgefunden. Ich rang um Fassung.

»Alles in Ordnung, Ina?«, fragte Hansen.

»Ja.« Ich nickte. »Es wird gehen.«

»Nach Sachlage ergibt sich ein dringender Tatverdacht gegen die Schwester der Toten, Andrea Herbstmann«, sprach Sauerbier meinen Gedankengang aus, »und das bedeutet, dass ...«

»... ich raus bin aus der Sache«, murmelte ich und erwiderte Sauerbiers erstaunten Blick. »Andrea Herbstmann ist meine Freundin, und ihre Tochter wohnt zurzeit bei mir.« Ich wandte mich an Hansen. »Nimm Judith Bleuler an meiner Stelle in dein Team, Bernhard. Sie kann was.«

»Wir schreiben Andrea Herbstmann umgehend zur Fahndung aus.« Sauerbier musterte mich mit taxierendem Blick. »Schade, Frau Weinz. Wirklich schade. Aber Sie haben natürlich recht. Dabei hätte ich sehr gerne offiziell mit Ihnen zusammengearbeitet.« Er hob eine Hand und zwirbelte seinen Schnurbart mit Daumen und Zeigefinger. »Wie ich eben gesehen habe, sind Sie nicht mit einem eigenen Fahrzeug da. Sie können also noch so lange bleiben, bis sich eine Gelegenheit zur Rückfahrt ergibt.« Er reckte das Kinn vor. »Sie wissen ja, wo Sie nicht im Weg rumstehen.«

Ich nickte, ging zu einem der parkenden Polizeiwagen und lehnte mich dagegen. Birgit. Birgit war tot. Erst jetzt kroch der Gedanke so richtig in meinen Verstand und über diesen Umweg auch in meine Seele. Ich biss mir auf die Lippen. Ich wollte nicht weinen. Nicht hier. Regina und Birgit. Es gab einen Zusammenhang. Musste einen geben. Aber vielleicht war es auch meine Schuld, dass Birgit jetzt tot war. Ich hatte mich nicht an das gehalten, was Hansen von mir verlangt hatte. Hatte meine Kompetenzen überschritten, Regeln gebrochen und eigenmächtig Dinge entschieden. Was hatte ich getan, um den Mörder erneut auf den Plan zu rufen? War es wieder mein Eigensinn, der mich letztendlich hierher geführt hatte? Ich hob den Kopf, beobachtete die Szenerie und kam mir vor wie ein Außerirdischer auf dem Planeten Erde. Jeder hier vor Ort wusste, was zu tun war. Alles gehorchte den Regeln und folgte den Abläufen, die ich vor gefühlten hundert Jahren einmal gelernt hatte und nachts im Schlaf runterbeten konnte. Fotografieren, beschreiben, skizzieren, asservieren. Aber es änderte nichts an der Tatsache, dass wenige Meter von mir entfernt ein Mensch lag, dessen Leben gewaltsam beendet worden war, und dass keine dieser Betriebsamkeiten das ungeschehen machen konnte.

Ich verschränkte die Arme vor der Brust. Wo war meine professionelle Schranke? Ich ließ die Sache zu nah an mich heran. Die Distanz zum Fall, zu den Toten, die es uns erst ermöglichte, mit Ruhe und der notwendigen Sorgfalt zu handeln. Obwohl ein kühler Wind wehte, lief eine Hitzewelle über meine Brust, breitete sich über den Hals aus und erfasste meinen gesamten Oberkörper. Aus allen Poren brach mir der Schweiß aus, und ich schnappte nach Luft. Ich stieß mich vom Wagen ab und ging ein paar Schritte. Die Bewegung half, die Welle ebbte ab, und ich bekam wieder Luft. Nur das klebrige Gefühl auf meiner Haut blieb und weckte in mir das dringende Bedürfnis nach einer Dusche.

»Ina?« Diesmal war es Judith, die mit besorgter Miene vor mir stand und mich fragte, wie es mir ging. Sie hielt ein Klemmbrett in der einen und einen Stift in der anderen Hand.

Ich nickte und winkte ab.

»Sauerbier hat mir den Tatortbefundbericht aufs Auge gedrückt.« Sie zuckte mit den Schultern und hob in gespielter Verzweiflung Brett und Kugelschreiber hoch.

Das Funkgerät im Dienstwagen hinter mir dudelte los. Niemand von den Umstehenden reagierte, also ging ich zur Tür, griff durch das offene Seitenfenster und bestätigte die Verbindung.

»Ina Weinz«, kürzte ich das Prozedere ab, da ich wusste, dass am anderen Ende nur einer meiner Kollegen aus der Schleidener Wache sein konnte.

»Ist Hansen in der Nähe?« Die Stimme des Kollegen war gut zu verstehen. Ich sah mich um, konnte Hansen aber nirgendwo entdecken.

»Soll ich ihn holen gehen?«

»Nein. Aber du kannst ihm etwas ausrichten. Das Labor hat neue Ergebnisse zum Selbstmord von Regina Brinke durchgegeben. An einem Ast, der in der Nähe des Tatortes sichergestellt wurde, befanden sich Faserspuren von der Kleidung der Toten, die DNA eines unbekannten Mannes und Blut von dem angeblichen Zeugen, diesem Hornbläser. Wir hatten ihn in der Kartei. Er ist wohl kein Unbekannter.«

»In Ordnung. Danke. Ich sorge dafür, dass Hansen die Info bekommt.« Ich beendete die Verbindung und wandte mich Judith zu. »Du hast es gehört. Geh zu ihm und bring ihm die Nachricht. Ich habe ihm gesagt, er soll dich einbinden.« Ich lächelte. »Ich habe ihm auch gesagt, du seist eine gute Polizistin. Also los.« Ich nickte mit dem Kopf in Richtung des polizeilichen Ameisenhaufens. »Mach was draus.«

Judith starrte mich an. Aus ihrem Gesicht war alle Farbe gewichen. Sie schwankte.

»Hab ich dich mit meinem Virus angesteckt? Judith?« Ich trat zu ihr und fasste sie am Arm. Sie lehnte sich an mich, fing sich aber rasch wieder und drückte den Rücken durch.

»Nein, Ina. Ich bin keine gute Polizistin. Ich würde sehr gerne eine sehr gute Polizistin sein.« Sie zog die Ärmel ihrer Uniformjacke gerade. »Aber ich bin es nicht.«

»Red keinen Unsinn. Das ist deine Chance. Jetzt mach schon und geh.«

»Ich habe mit Kai Hornbläser geschlafen.« Ihre Stimme klang heiser. »Schlimmer. Ich habe mich in ihn verliebt.« Sie öffnete die Wagentür und setzte sich auf den Beifahrersitz. »Er ist vorbestraft und jetzt finden sich seine Blutspuren auf einem möglichen Tatwerkzeug. Nein, Ina. Ich bin keine gute Polizistin.«

Ich ging um den Wagen herum. Langsam, um Zeit zu gewinnen. Als ich die andere Seite erreicht hatte, setzte ich mich, ließ aber meine Füße draußen stehen. Sie wartete auf meine Antwort. Auf mein Urteil. Was sollte ich ihr sagen? Dass sie nicht die Erste war, der so etwas passierte? Dass es mir passiert war, vor nicht allzu langer Zeit? Dass das der Grund war, warum ich nach Gemünd gekommen war, hier saß und mit meinem Leben immer noch nicht im Reinen war? Konnte ich ihr ein bisschen von dem Schmerz und dem Selbstzweifel ersparen? Vermutlich nicht. Und vermutlich wäre es auch nicht gut, es zu versuchen. Ich tat es trotzdem.

»Doch, Judith. Das bist du.« Ich drehte mich zu ihr um. »Du bist ein Mensch mit Gefühlen, mit Ängsten und mit dem Wunsch nach Nähe. Und genau deshalb bist du eine gute Polizistin. Das eine ohne das andere kannst du nicht sein. Niemals, auch wenn es holprig wird.« Judith zuckte zusammen, als ich ihr meine Hand auf die Schulter legte. »Und jetzt geh, bring Hansen die Info und kümmere dich darum, dass die Sache geklärt wird. So oder so.«

***

»Und dann hat er dich kaltgestellt?« Hermann rückte seinen Stuhl zurecht, rührte in seinem Kaffee und runzelte die Stirn. Ein gnädiger Kollege der Spurensicherung hatte mich nach Hause gefahren, und ich hatte mich sofort auf den Weg zu Hermann gemacht. Den kurzen Überblick, den ich ihm und Amalie gegeben hatte, quittierten sie mit besorgten Mienen. Amalie räusperte sich.

»Trauen Sie Ihrer Freundin denn einen Mord zu?« Erschrocken legte sie die Hand auf ihren Mund, so, als ob sie etwas Unaussprechliches ausgesprochen und damit als Tatsache in die Welt entlassen hätte.

»Auf den ersten Blick spricht alles dafür, dass sie es getan hat«, wich ich ihrer Frage aus. »Andrea hatte eine Stinkwut auf Birgit. Und sie war besessen davon, den Bau dieses Hotels zu verhindern.«

»Wie passt dann Regina ins Bild?«, wollte Hermann wissen. »Hast du nicht gesagt, Andrea wäre der absoluten Überzeugung gewesen, dass Regina keinen Selbstmord begangen hat?«

Ich nickte. »Es ergibt keinen Sinn, sie des Mordes an Regina zu verdächtigen.« Ich umklammerte meine leere Tasse mit beiden Händen. »Es wäre doch viel bequemer für sie gewesen, Reginas Tod als Selbstmord abzuhaken, anstatt mich förmlich mit der Nase draufzustoßen, dass da was faul ist.« Ich starrte in meine Tasse. »Und warum sollte sie Birgit töten wollen, wenn sie nicht für Reginas Tod verantwortlich ist?«

»Was also glaubst du?« Hermann beugte sich vor.

»Es muss eine Verbindung zwischen den beiden Todesfällen geben.«

»Frank Vorhaus«, schlug Hermann vor. »Was ist mit dem? Er hatte ein faustdickes Motiv, Regina umzubringen. Wenn wirklich Bestechung im Spiel war, hatte sie das Wissen und die Macht, seinen dicken Deal platzen zu lassen. Das lässt manche Leute nicht unbedingt ruhig schlafen.«

»Du meinst, für genügend Geld geht man schon mal über Leichen? Das stimmt. Aber auch über die der eigenen Frau?« Ich stellte die Tasse weg und sah aus dem Fenster. Draußen auf der Bank saß Alfons Brinke. Er hielt seine Flöte in der Hand, spielte aber nicht.

»Er könnte die Entführung vorgetäuscht und das Erpresserschreiben fingiert haben und dann mit Birgit verschwunden sein«, überlegte Hermann laut.

»Aber warum?«

»Weil er wusste, dass die Sache auf jeden Fall auffliegen würde, und er deshalb versuchte, wenigstens noch Geld aus der Sache zu schlagen?«

»Das er aber mit niemandem teilen wollte. Auch nicht mit Birgit. Vielleicht war für ihn das Scheitern des Projekts gleichbedeutend mit dem Scheitern seines ganzen Lebens.« Mir fielen die Kontoauszüge ein, die mir in Birgits Küche in die Hände gefallen waren. Vielleicht war er schlicht und ergreifend pleite und sah nun seine letzte Möglichkeit, zu Geld zu kommen, schwinden?

Hermann zuckte mit den Schultern. »Unter Gottes schönem Himmel ist vieles möglich.« Er verstummte, fuhr sich mit der Hand über die Wangen, und ich bemerkte seine Unzufriedenheit mit meiner Habgier-Theorie. Unvermittelt brachte er eine weitere Möglichkeit auf den Tisch. »Was ist, wenn es doch dieser Hornbläser war?«

»Das halte ich für nicht sehr wahrscheinlich.«

»Wegen deiner Praktikantin?«

»Nein. Nicht wegen Judith, sondern weil er kein Motiv gehabt hätte. Er kannte weder Regina noch Birgit.«

»Was ist, wenn er ein Serienmörder ist?« Amalie war blass geworden.

»Serienmörder sind sehr selten. Auch wenn uns die heutigen Krimis oft etwas anderes weismachen möchten«, beruhigte ich sie. »Nein. In den meisten Fällen gibt es nachvollziehbare und in einem gewissen Maß logische Beweggründe, die einen Menschen zum Mörder werden lassen.« Ich lächelte meinen Vater an. »Ich glaube, die Richtung, in die wir gerade denken, ist nicht die Verkehrteste. So viele Spieler sind nicht mehr im Rennen. Und wenn wir davon ausgehen, dass nicht

Andrea, sondern, wie du sagst, Frank Vorhaus der Mörder ist, bedeutet es, dass sie vielleicht in Gefahr ist.«

»Aber?«

»Aber was?«

Hermann grinste. »Jedes Mal, wenn du mir zustimmst, kommt ein ›Aber‹ hintendran. Wie bei Radio Eriwan. Im Prinzip ja. Aber.«

»Nein. Ausnahmsweise kein Aber.« Ich beobachtete wieder Alfons Brinke. Er war aufgestanden, hatte seine Flöte eingepackt und stand unschlüssig da. Als er uns durch die Fensterscheibe erkannte, winkte er uns freundlich zu und setzte sich in Bewegung.

»Wir müssen herausfinden, wo sie ist, Pap. So schnell wie möglich.« Ich erwiderte Alfons' Winken und klopfte aufmunternd auf den leeren Stuhl neben mir. Er lächelte und hielt die Flöte hoch.

»Guten Tag, Amalie«, grüßte er höflich, als er schließlich an unserem Tisch angelangt war. »Guten Tag, Hermann, guten Tag, Ina.« Er zog sich einen freien Stuhl heran und setzte sich zu uns. Das Instrument legte er in die Mitte des Tisches.

»Sie haben gar nicht gespielt, Herr Brinke.« Amalie beugte sich zu ihm und tätschelte seine Hand.

»Heute spiele ich nicht. Ich habe gestern gespielt. Für Andrea.«

Amalie seufzte und strich über seinen Handrücken.

Mir fiel Henrikes Frage ein. Wo war Alfons gewesen, bevor wir ihn an der Gedenkstätte gefunden hatten? Was war, wenn er wirklich Andrea getroffen hatte? Was hatte er gestern zu mir gesagt? »Jetzt will sie Hilfe haben. Jetzt wo es zu spät ist. Sie will, dass ich die Tür aufmache, aber sie dürfen nicht am Bach spielen. Das erlaube ich ihr nicht. Auch wenn sie so schreit und weint.«

»Herr Brinke, können Sie sich erinnern, was Sie gestern gemacht haben? Wo Sie gestern waren?«

Er sah mich an und runzelte die Stirn.

»Warte, Ina.« Hermann war meinen Gedanken offenbar gefolgt und wandte sich nun Alfons Brinke zu. »Alfons«, sprach er ihn direkt an und legte seine Hand auf die Schulter des anderen. »Es ist so schönes Wetter. Wie früher.«

»Ja. Wie früher.« Alfons Brinke strahlte über das ganze Gesicht.

»Möchtest du etwas unternehmen?«

»Ja.« Alfons stand auf, packte die Flöte ein und machte Anstalten wegzugehen. Hermann schob seinen Stuhl zurück und bedeutete mir und Amalie mit einem Kopfnicken, es ihm gleichzutun. »Wenn du ihn direkt fragst, verwirrst du ihn nur«, raunte er mir zu. »Er kann sich nicht an Fakten erinnern, aber an Gefühle. Wie gestern.«

»Ja.« Alfons Brinke nickte. »Ich mache einen Ausflug.«

»In Ordnung, Alfons. Wir begleiten dich.«

»Gut.« Er lächelte Amalie an und bot ihr seinen Arm, den sie mit einer leichten Verbeugung annahm. Langsam gingen wir nach draußen, Alfons und Amalie vorneweg, Hermann und ich drei Schritte hinter den beiden.

»Meinst du, das funktioniert?«, flüsterte ich Hermann zu und hakte mich ebenfalls bei ihm ein. »Gestern ist er mit deinem Wagen gefahren.«

»Das können wir heute auch, wenn er es will.« Hermann hielt den Autoschlüssel hoch, aber Alfons Brinke ging über den Parkplatz des Altenheims, ohne den Anschein zu erwecken, in ein Auto steigen zu wollen. Stattdessen wandte er sich in Richtung Kurpark.

»Gehst du wandern, Alfons?«

»Ja. Zur Hütte.«

»Ist es weit bis zur Hütte?«

»Weit. Ja. Es dauert lange.« Er krempelte die Ärmel hoch.

»Alfons.« Hermann fasste ihn behutsam an der Schulter. »Wenn es so weit ist, sollen wir dann nicht lieber auch Proviant mitnehmen?«

»Etwas zu essen und zu trinken. Das ist eine gute Idee.« Alfons Brinke drehte sich abrupt um und ging den Weg wieder zurück. Wir folgten ihm.

Ich war mir nicht sicher, ob die Aktion damit schon beendet war. »Hat uns das jetzt weitergebracht? Kannst du damit etwas anfangen?«, fragte ich Hermann.

Er blinzelte in die Sonne, die sich ihren Weg durch die Blätter der Bäume bis zu uns bahnte. »Seine Familie hatte vor Jahren einmal eine kleine Jagdhütte, oben auf der Hirschley. Da, wo sie jetzt diesen neuen Wanderpfad angelegt haben, den ›Wilden Kermeter‹. Aber ich weiß nicht, ob diese Hütte überhaupt noch da ist. Ich war seit Ewigkeiten nicht mehr oben im Kermeter.«

»Von der Richtung her könnte es passen, wenn er gestern die Dürener Straße hinaufgefahren ist. In der anderen Richtung, im Ort, wäre er sicher schnell entdeckt worden.«

»Willst du einen deiner Kollegen informieren?«

»Sauerbier und Hansen würden mir vermutlich liebend gern den Hals umdrehen, wenn sie wüssten, was ich hier schon wieder treibe.«

»Aber Sie sollten auf keinen Fall allein gehen, Ina. Wenn wirklich jemand der Drahtzieher von alldem ist und er bereits zwei Menschen auf dem Gewissen hat, wird er vor einem dritten Mord auch nicht zurückschrecken«, mischte sich Amalie Eckhaus ein. Ich bemerkte ihre echte Besorgnis um mich.

Ich erwiderte Amalies Blick. »Wenn Frank Vorhaus wirklich unser Mann ist, glaube ich kaum, dass er sich noch dort versteckt hält. Das hieße ja, er hätte seine Frau getötet, in den Nationalpark gebracht und wäre dann wieder zurückgefahren. Ich habe aber heute Morgen mitbekommen, dass der Fundort nicht der Tatort ist.« Die Art, wie Amalie Eckhaus mich ansah, das zugewandte Lächeln und die Wärme in ihrer Stimme erinnerten mich an meine Mutter, und ich stellte mir vor, wie sie wohl heute aussehen würde. »In der Hütte könnte es Hinweise geben, die uns weiterhelfen. Aber in erster Linie geht es jetzt darum, Andrea zu finden.« Ich widerstand dem Drang, ihr über den Handrücken zu streichen.

»Trotzdem. Ruf Steffen an«, schlug Hermann vor. »Er kennt sich bestens aus da oben.«

»Er musste zu seiner Mutter, und außerdem will ich ihn nicht immer um Hilfe bitten.«

Hermann zog eine Augenbraue hoch.

»Alles in Ordnung zwischen dir und Steffen?«

»Später.«

Hermann seufzte. »Also nicht.«

»Nicht jetzt.«

»Kennst du dich im Wilden Kermeter aus?«, lenkte er ein.

»Ich weiß nur das, was Steffen mir erzählt hat. Zu meiner Schande muss ich gestehen, dass ich bisher noch nicht da gewesen bin.«

»Ist das nicht die Route, auf der man auch die alten Köhlerplätze sehen kann?«

Ich nickte. »In der Zeitung stand, dass es jetzt ein behindertengerechter Wanderweg ist. Für Alfons dürfte es also kein Problem gewesen sein, seine Hütte zu finden.«

»Dann stimmt es. Ich erinnere mich, ganz früher einmal mit ihm dort gewesen zu sein. Das ist lange her. Da lebte seine Frau noch, und ich glaube, ihr wart noch nicht geboren.« Hermann lächelte seiner Erinnerung hinterher. »Wir sind abends in den Wald gegangen. Eine gute Flasche Wein, nette Freunde und dann dieser wirklich phantastische Ausblick auf den Rursee.«

»Weißt du, wo genau die Hütte steht?«

Hermann runzelte die Stirn. »Wenn ich mich recht erinnere, war es an einer Waldkreuzung in der Nähe der Landstraße, etwas abseits vom Weg. Das dürfte nicht schwer zu finden sein.«

»Gibst du mir deinen Autoschlüssel?«, fragte ich und hielt die Hand auf. »Ich will nicht riskieren, mit dem Käfer liegen zu bleiben.«

»Und ich will nicht riskieren, dass dir etwas geschieht.« Hermann verschränkte die Arme vor seiner Brust. »Also, Fräulein. Du wirst nicht allein dort hinaufgehen.«

»Pap. Ich bin …« Ich verstummte. Er hatte recht. Es wäre totaler Leichtsinn, die Sache allein durchzuziehen. Ich wusste nicht einmal ansatzweise, was mich dort erwartete. Von der einsam gelegenen, verlassenen Waldhütte bis zum wenig zimperlichen zweifachen Mörder. Alles war denkbar. »Ich werde Judith bitten, mit mir zu kommen«, beschloss ich und zog mein Handy aus der Tasche, in der Hoffnung, dass sie zum einen mit ihrer Arbeit vielleicht schon fertig war und zum anderen überhaupt Empfang hatte. Ausnahmsweise hatte ich Glück, und Judith versprach, so schnell wie möglich zu mir zu kommen.

* * *

»Es war also noch niemand bei dir?« Judith steckte das Telefon ein und setzte sich wieder.

»Wie meinst du das? Jemand bei mir?« Kai Rokke kam zurück ins Innere seines Wohnmobils. »Ich war gar nicht da. Ich war einkaufen. Zu Fuß.« Er lächelte sie an. »Setz dich doch. Ich wollte etwas für uns kochen.«

Judith schwieg und schob das kleine Glas mit den Wiesenblumen, die er für sie gepflückt und in die Mitte des Tisches gestellt hatte, hin und her.

»Was ist los?«

»Hast du mich belogen, Kai?« Judiths Stimme klang fest, aber in ihrer Körperhaltung erkannte er eine Anspannung, die er sich nicht erklären konnte.

»Nein.« Er hatte ihr noch vieles nicht erzählt. Das stimmte. Aus seiner Vergangenheit und warum es so gekommen war, wie es gekommen war. Aber er wollte es tun. Immer ein Stückchen mehr. Erzählen von seinem Leben und von seinem Hunger, den er nicht zulassen durfte. »Nein. Ich habe dich nicht belogen, Judith.«

Er setzte sich ihr gegenüber, legte seine Hände neben ihre auf die Tischplatte und wartete. Judith strich über seine Handrücken und drehte die Innenflächen nach oben. Sie lächelte, und auf Kai machte es den Eindruck, als sei sie erleichtert, als sie den langen Kratzer in seiner rechten Hand entdeckte. Mit ihrem Nagel kratzte sie langsam darüber. Ein Stück Kruste löste sich, und ein winziger Tropfen Blut quoll hervor. Es tat ein bisschen weh, aber er zog die Hand nicht weg.

»Woher hast du den?«

»Warum fragst du mich das?«

»Sag es mir einfach.«

»Und wenn ich es dir sage, dann habe ich nicht gelogen?«

»Wenn du mir die Wahrheit sagst, hast du nicht gelogen.« Judith hielt immer noch seine Finger in ihrer Hand. Er spürte die Wärme ihrer Haut. »Wenn du es mir sagst, weiß ich, ob ich eine gute Polizistin bin oder nicht.«

»Wegen eines Kratzers?«

»Ja.« Sie hob den Kopf und sah ihn an. Sie wartete.

»Ich hatte gedacht, du vertraust mir.«

»Ich sitze hier.«

»Und das würdest du nicht, wenn du mir nicht vertrauen würdest?«

»Nicht allein.«

Kai löste seine Hand aus ihrer und stand auf. Er lehnte sich an die Spüle, wollte Abstand zwischen sich und die Frau bringen, von der er sich wünschte, sie würde ihn lieben.

»Was ist es jetzt? Was hast du jetzt über mich herausgefunden, was dir Angst macht?«

»Gibt es denn etwas, was mir Angst machen müsste?«

Er ließ die Arme sinken, ging einen Schritt auf sie zu und drückte sich wieder in die schmale Spalte zwischen Tisch und Banklehne.

»Nein, Judith. Es gibt nichts.«

»Dann sag mir jetzt, was mit dem Kratzer ist.«

Kai hob seine Hand, drehte sie vor seinen Augen hin und her wie eine Ware, die er begutachtete.

»Ich habe mich verletzt, bei dem Versuch, die ›Lydia‹ aus dem Wasser zu ziehen.«

»Wie hast du dich verletzt?«

»Herrgott, was ist das? Ein Verhör?« Er ballte die Hände zu Fäusten und wischte damit über das Resopal.

»Ja.« Judith folgte mit den Blicken seinen Bewegungen.

»Die ›Lydia‹ lag zu weit weg vom Ufer. Da habe ich mir einen Ast genommen und damit nach ihr gefischt.«

»Wo lag der Ast?«

»Keine Ahnung. Da war ein Gebüsch. In einem Gebüsch liegen Äste.«

Judith setzte sich aufrecht hin, rückte die Manschetten ihrer Uniformbluse gerade und wartete. So wie sie dasaß, erinnerte ihn nichts an die Frau, die in der Nacht mit ihm das Wohnmobil mit Lachen und Liebe gefüllt hatte.

Er würde sich erinnern müssen, damit sie die Gewissheit bekam, ihm Vertrauen zu können.

»Ich stand auf dem Metallsteg und erkannte, dass ich sie so nicht erreichen würde.« Er schloss die Augen und hörte in Gedanken wieder das Rauschen des Wassers. »Dann bin ich runter vom Steg und habe nach etwas gesucht, was ich brauchen konnte. Da lag dann der Ast.«

»War es in der Nähe des späteren Fundorts?«

»Ich denke schon.« Als er ihren unzufriedenen Blick sah, korrigierte er sich. »Ja. Kann man so sagen.«

»Gut.« Judith entspannte sich. »Dann ist es gut.« Sie öffnete den obersten Knopf ihrer Bluse. »Komm.« Sie stand auf. »Ich habe Ina versprochen, so schnell wie möglich bei ihr zu sein.«

»Warum wolltest du das nun alles wissen?«

Judith zögerte, ihr Kopf ruckte hoch. Es sah aus, als ob ihr innerlicher Ruck bis nach außen vorgedrungen war.

»An einem Ast, an dem Fasern der Kleidung der Toten hafteten, waren auch Spuren deines Blutes. Das legt den Verdacht nahe, dass du mit dem Tod dieser Frau mehr zu tun hast, als sie nur gefunden zu haben.«

»Das dürftest du mir eigentlich nicht sagen, richtig?«

»Nein, das dürfte ich nicht.« Judith schlang ihre Arme um ihren Oberkörper und schaute ihn an. Kai trat dicht vor sie, legte sein Kinn auf ihren Scheitel, löste ihre Hände und umarmte sie.

»Ina. Deine Chefin?«

»Ja.« Ihre Stimme klang gedämpft aus der Kuhle an seiner Kehle. »Ich habe ihr versprochen, so schnell wie möglich bei ihr zu sein.«

»Warum möchtest du, dass ich mitkomme?«

»Weil ich will, dass du das, was du mir eben gesagt hast, auch ihr sagst.« Sie löste sich von ihm und ging zur Tür des Wohnmobils.

***

»Hältst du das für eine gute Idee, ihn mitzubringen?« Ich erhob mich aus dem Sessel im Eingangsbereich, in dem ich auf Judith gewartet hatte, und ging ihr und Kai Rokke Hornbläser entgegen, der sich sichtlich unwohl fühlte. Er fingerte in seiner Manteltasche herum, zog eine Packung Tabak heraus und drehte sich eine Zigarette, ohne sie anzuzünden.

»Es gibt eine Erklärung für die Spuren an dem Ast, und ich wollte, dass du sie hörst.«

»Warum? Ich bin offiziell raus aus allem. Das hast du doch mitbekommen.«

»Und weshalb sollte ich dann hier erscheinen, um dich bei weiteren Ermittlungen zu begleiten?«

»Das ist etwas anderes.«

»Nein, Ina. Das ist es nicht. Keinesfalls.« Judith machte eine abwehrende Handbewegung. »Seit ich bei dir bin, sehe ich, wie du die Regeln beugst, dich nicht an das hältst, was vereinbart wurde, und immer wieder dein eigenes Ding durchziehst. Ich sehe, wie du damit nicht nur durchkommst, sondern auch noch Ergebnisse erzielst. Du widersprichst allem, was ich bisher im Polizeidienst gelernt habe, von dem ich dachte, es wäre gut und richtig und würde mir nützen. Du bist meine Tutorin, ich soll von dir lernen. Und das habe ich.« Sie sah mich an und grinste zaghaft. »Ich unterstütze dich in deinem unkonventionellen Vorgehen, und du unterstützt mich«, sie fasste nach Kai Rokke Hornbläsers Hand, »bei meinem Anliegen.«

Ich war beeindruckt. Judith vertraute ihrem Instinkt, was Hornbläsers Unschuld anging. Und sie vertraute der Sachlage. Beides zeichnete sie als die gute Polizistin aus, für die ich sie hielt. Ich nickte.

»Also gut. Das hört sich alles sehr plausibel an«, bestätigte ich, nachdem Kai Rokke Hornbläser seine Erklärung abgegeben hatte. »Trotzdem muss das noch aufgenommen und offiziell bestätigt werden.« Judith lächelte.

Ich betrachtete sie nachdenklich. Sie hatte recht. Alles, was sie da eben über mich gesagt hatte, stimmte, auch wenn ich es mir so extrem gebündelt noch nie klargemacht hatte. Aber jetzt war keine Zeit mehr für tiefschürfende Gedanken und Disziplinfragen.

»Begleitest du deine unmögliche Tutorin denn auch bei ihrem nächsten Regelverstoß?«

***

»Wenn es da ist, wo du sagst, dann müssen wir zum Kermeter-Parkplatz.« Judith setzte den Blinker, bog von der Dürener Straße in Richtung Wolfgarten ab und folgte dem Weg. »Aber mit dem Wagen dürfen wir nicht auf die Wanderwege.«

»Ich kann mich nicht erinnern, dort je eine Hütte gesehen zu haben.«

»Dein Vater meinte, das Häuschen stand nicht allzu weit vom Weg entfernt.« Judith ging leise murrend vom Gas. Vor uns fuhr ein Wagen mit auswärtigem Kennzeichen betont vorschriftsmäßig über die Landstraße.

»Wie schätzt du die Sache ein?«, fragte ich, um ihre Ungeduld zu bremsen.

»Mit Vorhaus?«

Ich nickte.

»Es wäre so«, sie bedachte mich mit einem raschen Seitenblick, »so offensichtlich.«

»Manchmal sind Dinge so.«

»Glaubst du das, oder möchtest du es glauben, weil sonst nur noch deine Freundin Andrea als Verdächtige übrig bleibt?«

»Da ist es!« Ich hatte einige Meter vor uns die Einfahrt zum Parkplatz entdeckt, und Judith lenkte den Wagen nach links. Hier, mitten im Wald, lag ein großer Busparkplatz, von dem aus eine schmalere Straße weiter geradeaus führte. Die Kennzeichen der Fahrzeuge in den Parktaschen zeigten die Herkunft ihrer Besitzer. Wesel, Köln, Koblenz und eines sogar aus Dresden. Die Menschen selbst waren nicht zu sehen. Sie waren vermutlich auf dem Wanderweg unterwegs.

Wir parkten, stiegen aus und gingen zu der Holzstele, die wie ein Totempfahl den Beginn des Wanderweges kennzeichnete. Allerdings war in diesem Fall kein Indianergesicht und auch keine Bärenfratze aus dem Holz geschnitzt worden. Hier thronte ein Rangerhut in luftiger Höhe und bewachte den Eingang. Mein schlechtes Gewissen rührte sich, als mich der Hinweis auf dem Schild an Steffen erinnerte. »Kostenlose Rangerführung jeden Sonntag um dreizehn Uhr dreißig«. Wie oft hatte er schon versucht, mich zu dieser Wanderung zu überreden, und wie oft hatte ich unter fadenscheinigen Begründungen abgelehnt. Ich holte tief Luft und konzentrierte mich auf unser Vorhaben. »Sie muss hier irgendwo sein.« Ich wandte mich nach links und spähte in die Büsche. Judith war bereits auf dem breiten Pfad vorangegangen.

»Da ist sie!«, rief sie leise und ging schneller. Einige Meter vor uns, versteckt zwischen den Bäumen, stand die Hütte in zehn Metern Entfernung. Wenn man sie nicht suchte, fiel sie gar nicht auf.

Das Holzhaus wirkte unbewohnt. Alle Fensterläden waren geschlossen, der Riegel vor der Eingangstür vorgeschoben und mit einem Vorhängeschloss gesichert. Wir blieben hinter den Baumstämmen in Deckung und näherten uns langsam. Alles blieb still. Ich wünschte, ich hätte meine Waffe dabeigehabt, aber die lag sicher verwahrt, seit ich mich vor meinem Besuch im Altenheim umgezogen hatte. Judith war zwar in

Uniform und bewaffnet, aber das Risiko, sie zu gefährden, war zu groß.

»Was machen Sie denn da?« Ich zuckte zusammen und fuhr herum. Judith erstarrte einige Meter von mir entfernt in ihrer Bewegung. Ein Wanderer hatte sich breitbeinig am Wegesrand positioniert und drohte uns mit seinem Wanderstock. »Das Verlassen der Wege ist streng untersagt!«

Ich überlegte nur kurz, drehte mich um und ging auf ihn zu. Ihn zu ignorieren hätte keinen Sinn gemacht, er würde weiter darauf bestehen, uns zur Ordnung zu rufen. Ich kannte solche Leute zu Genüge.

»Polizei«, begrüßte ich ihn knapp und mit leiser Stimme. »Bitte gehen Sie weiter, und gefährden Sie unseren Einsatz nicht.«

»Werden Sie mal nicht unverschämt hier, junge Frau! Polizei, dass ich nicht lache. So sehen Sie aber gar nicht aus.« Er musterte mich, und ich erkannte an seiner Miene, dass meine alte Jeans und das T-Shirt mit dem Logo der Eifelpunkband »JupiterJones«, das ich achtlos aus meinem Wäschehaufen gefischt hatte, keinen respekteinflößenden Eindruck auf ihn machten.

»Die Kollegin hat Sie aufgefordert weiterzugehen.« Judith trat auf den Weg und zupfte ihre Uniform gerade. Sofort veränderte sich die Haltung des Mannes. Von der Überheblichkeit, die er mir gegenüber an den Tag gelegt hatte, blieb nichts übrig. Obwohl Judith jünger war als ich und seine Enkelin hätte sein können, reagierte er auf die Uniform. Er nickte und ging weiter, drehte sich auf dem Weg aber immer wieder um.

»Dank ihm ist jeder, egal wer es auch sein mag, gewarnt, dass wir kommen«, seufzte Judith.

»Trotzdem müssen wir vorsichtig sein.« Ich ging mit großen Schritten auf die Hütte zu, als Judith mich einholte und auf die Tür zeigte.

»Das Vorhängeschloss ist offen. Siehst du das?«

Ich blinzelte, konnte aber auf die Entfernung nicht erkennen, ob sie recht hatte.

»Sollen wir doch Verstärkung anfordern?«

»Nein. Bleib du hier, Judith. Ich gehe jetzt zur Hütte und sehe nach. Vorsichtig«, betonte ich, als ich ihren zweifelnden Blick sah, und grinste.

Langsam arbeitete ich mich in der spärlichen Deckung der Bäume bis zur Hütte vor. Außer den krakeelenden Vögeln und dem Rauschen der Buchenblätter über mir blieb alles still.

Die Tür war verschlossen, aber Judith hatte richtig gesehen. Das Vorhängeschloss hing offen vor dem Türriegel. Jemand musste es von außen angebracht und nicht richtig geschlossen haben. Oder war bei dem Versuch, es zu öffnen, unterbrochen worden. Wie auch immer. Das Schloss war von außen angebracht. Nicht von innen. Kein Versteck. Ein Gefängnis. Und der Wärter nicht da. Ich löste das Schloss, schob den Riegel zurück und öffnete die Tür. Ein Geruch nach Schweiß, Angst, Blut und etwas, das ich nicht zuordnen konnte, stand vor mir wie eine Mauer. Im ersten Moment erkannte ich nichts im dunklen Inneren der Hütte. Dann brüllte ich nach Judith und zerrte mein Handy hervor.

ZEHN

Sie hatte gedacht, es wäre vorbei. Hatte es vergessen und sich nur manchmal erinnert, wenn sie nachts wach wurde und der Geruch den Raum füllte. Aber diese Nächte waren seltener geworden, nachdem Hans in die Stadt gezogen war und angefangen hatte zu studieren. Beinahe ganz aufgehört hatten sie, als Frank in ihr Leben und in ihr Bett gekommen war und sie eine Ahnung davon bekam, was Glück für sie bedeuten konnte. Sie hatte gedacht, es wäre vorbei, und sich auf ihr Leben konzentriert, eine Ausbildung gemacht, eine Wohnung gesucht, gelebt.

»Wie man sich doch täuschen kann«, murmelte sie, während der Raum um sie herum mehr und mehr nach faulen Eiern, nassem Dreck und nach Fisch roch und Hans mit langsam schwingenden Hüften auf sie zukam. Sie griff nach Franks Hand und drückte sie. Die Musik wummerte in ihren Ohren, machte sie taub. Ihr Herz stolperte.

***

Der Krankenwagen in der Mitte des Weges schickte sein stummes Blaulicht in die Wipfel der Bäume, während die Sanitäter die Trage durch die Böschung balancierten.

Horst Sauerbier stand am Rande des Geschehens in eine heftige Diskussion mit Bernhard Hansen verwickelt, deren Gesten und wütende Blicke in meine Richtung ich zwar sehen, nicht aber die einzelnen Worte verstehen konnte. Judith war mit einem Kollegen losgefahren, um Kai Rokke Hornbläser bei Hermann abzuholen und auf die Wache nach Schleiden zu bringen. Für ihn würde sich die Sache vermutlich leichter klären lassen als für Judith. Ganz zu schweigen von mir. Erstaunlicherweise beunruhigte mich die Vorstellung, nun endgültig suspendiert zu werden, nicht. Ganz im Gegenteil. Je mehr ich darüber nachdachte, umso verlockender erschien mir der Gedanke, den Polizeidienst an den Nagel zu hängen. Ich war allem Anschein nicht dafür geschaffen. Oder besser: Nicht *mehr* dafür geschaffen. Je älter ich wurde, desto weniger Lust hatte ich, mich Regeln zu unterwerfen, deren Sinn ich nicht verstand. Mich Autoritäten zu beugen, deren Rang nicht auf Kompetenz beruhte, und Dinge zu tun, von denen ich nicht überzeugt war.

»Er hat Glück gehabt, dass Sie ihn rechtzeitig gefunden haben, Frau Weinz«, sagte der Notarzt in meine Gedanken hinein. »Die Verletzung sieht nicht gut aus. Wir werden sehen, welche Folgeschäden es gibt, wenn er erwacht.«

Die Sanitäter schoben die Trage, auf der der bewusstlose Frank Vorhaus lag, in den Krankenwagen, schlossen die Türen und fuhren los. Die Räder knirschten auf dem Kies. Ich wandte mich ab. Im ersten Augenblick, als ich ihn auf dem Boden der Hütte hatte liegen sehen, hatte ich geglaubt, die dritte Leiche in diesem Mordfall gefunden zu haben. Aber er atmete noch, wenn auch nur schwach. Seine Haare waren blutverklebt und um die Wunde an seinem Hinterkopf schwirrten Fliegen.

»Frau Weinz«, rief Sauerbier über den Parkplatz und winkte mich zu sich, während hinter mir die Kollegen der Spurensicherung in ihren weißen Overalls wie Termiten über die Hütte herfielen. »Es gibt da noch einiges zu klären«, empfing er mich mit einem Gesicht, das keinen Rückschluss auf seine Stimmung zuließ, ganz im Gegensatz zum Mienenspiel meines Vorgesetzten Bernhard Hansen. Bei ihm hatte ich keinerlei Zweifel.

»Heute Abend hast du meine Kündigung auf dem Tisch«, sagte ich zu ihm, bevor er auch nur einen Satz sagen konnte. »Dafür ersparst du mir jetzt bitte sämtliche Vorträge, in Ordnung?«

»Frau Weinz.« Sauerbier tat so, als ob er meine Bemerkung nicht gehört hätte, und bremste Hansen mit einer Handbewegung aus. »So wie die Sachlage sich nun darstellt, erhärtet sich der Verdacht gegen Andrea Herbstmann. Können Sie etwas zu dem Aufenthaltsort Ihrer Bekannten sagen?«

»Nein.« Ich drehte mich zur Hütte um. »Ich hatte gehofft, sie hier zu finden.« Als Opfer. Nicht als Täterin. Ich brachte es nicht über mich, das auszusprechen. Denn jetzt blieb keine Alternative mehr. Ich musste der Wahrheit ins Gesicht sehen. Aber was hatte Judith gesagt? Es wäre zu einfach? »Ich glaube nach wie vor nicht, dass Andrea die Täterin ist. Es passt nicht zusammen.«

»Und was passt Ihrer Meinung nach zusammen?«

Ich schüttelte ratlos den Kopf. »Ich weiß es nicht.«

»Decken Sie Ihre Freundin, Frau Weinz?« Sauerbier bedachte mich mit einem stechenden Blick.

»Natürlich nicht. Wenn ich wüsste, wo sie wäre …«

»Wärst du mit Sicherheit schon da und würdest die Sache auf deine Art regeln, was?«, knurrte Hansen.

Mein Handy klingelte. »Nein, Bernhard, ich würde …«, murmelte ich und hob nach einem Blick auf das Display ab. »Ja?«

Ich lauschte. Der Empfang war schlecht, und Henrikes Stimme knisterte. Trotzdem verstand ich, was sie mir sagte.

»In Ordnung. Ich komme sofort. Wartet unbedingt auf mich.«

Die Verbindung wurde unterbrochen, und ich steckte das Telefon wieder ein.

»Ich würde dich natürlich sofort informieren, wenn ich wüsste, wo sie sein könnte«, sagte ich zu Hansen, drehte mich um und ging zu dem Wagen, mit dem Judith und ich hergekommen waren. »Das war mein Patenkind Henrike. Sie hat sich von der Schule aus gemeldet«, rief ich über meine Schulter zurück. »Ihre Mutter hat sie angerufen und will gleich bei ihr sein, um sie abzuholen.«

Ich öffnete die Fahrertür und wandte mich noch einmal um. Sauerbier und Hansen starrten mich verblüfft an. »Was ist, meine Herren? Sie wollten doch wissen, wo Andrea Herbstmann zu finden ist.« Ich setzte mich und ließ den Wagen an.

»Das ist jetzt keine Sache mehr, in die du dich einmischen wirst, Ina.« Hansen hatte nach einem kurzen Sprint die Beifahrertür aufgerissen und hinderte mich so am Wegfahren.

»Ich mische mich nicht ein. Meine Patentochter hat mich angerufen und mich informiert. Nicht dich. Sie hat nicht die Polizei angerufen. Wenn sie jetzt mitbekommt, dass ich euch informiert habe, wird sie mir nicht mehr trauen. Willst du das?«

»Darum geht es hier jetzt überhaupt nicht.«

»Sondern?«

»Es geht darum, eine Mordverdächtige festzusetzen.«

»Richtig.«

»Wir übernehmen das. Ende der Diskussion.«

»Es gibt zwei Möglichkeiten, auf die wir uns gefasst machen sollten«, ignorierte ich seinen Einwand, »entweder ist Andrea verantwortlich für die Morde, dann wird sie fliehen wollen und ihre Tochter mitnehmen. Oder sie ist es nicht. In beiden Fällen wird ein massives Polizeiaufgebot die Situation nur unnötig verschärfen.« Ich machte eine Pause und wartete auf seinen Einwand, aber er schwieg und ließ mich weiterreden. »Wenn ich mitkomme und mit Andrea spreche, kann ich die Angelegenheit vielleicht klären. Selbst wenn sich der Verdacht erhärten würde, wird sie mit mir am ehesten reden.«

»Du wirst das nicht allein durchziehen. Wir werden dabei sein und uns im Hintergrund bereithalten.« Er setzte sich auf den Beifahrersitz. »Wo will Andrea Henrike treffen?«

»An ihrer Schule.«

»Mist.« Er schlug mit beiden Händen auf das Armaturenbrett. »Dann müssen wir den Direktor informieren. Es darf niemand gefährdet werden.«

»Sie wird nicht reingehen. Der Unterricht läuft noch. Henrike soll einfach rauskommen, auch wenn die Stunde noch nicht zu Ende ist.«

»Das gibt uns ein wenig Luft. Trotzdem muss ich ihn warnen.«

»Dann mach das. Aber viel Zeit bleibt uns nicht mehr. In

vierzig Minuten soll Henrike draußen sein. Wir sollten losfahren, wenn wir nicht zu spät kommen wollen.«

Hansen nickte. »Ich kläre das mit Sauerbier und stelle ein kleines Team zusammen.« Er stieg aus. »Auf welche Schule geht Henrike?«

»Auf das Clara-Fey-Gymnasium in Schleiden.«

»Gut. Dadurch, dass es auf dem Hügel liegt, wird es einfacher werden. Wir können uns unterhalb der Schule in den Seitenstraßen positionieren und die Fluchtwege kontrollieren.«

»Was ist mit der Zufahrt für die Notarztwagen des Krankenhauses am Ende der Straße?«

»Das werden wir vor Ort entscheiden«, sagte Sauerbier, der Hansen gefolgt war und unserem Gespräch schweigend gelauscht hatte. »Frau Weinz hat recht. Wir sollten uns beeilen.«

***

Wo konnte ich ansetzen? Was sollte ich zu Andrea sagen, wenn ich ihr gegenüberstand? Deeskalation, Entspannung der Lage. Aber wie? Bei unserem letzten Zusammentreffen hatte ich gesehen, wie fanatisch sie sein konnte. Aber für die Sache einen Mord begehen?

Ich raste durch das Schleidener Tal, dicht gefolgt von Sauerbier und Hansen. Wir hatten vereinbart, dass ich den Weg durch Schleiden, an der Stadtverwaltung vorbei und über die Straße »Am Hähnchen« nehmen würde, damit alles so normal wie möglich wirkte. Sauerbier und Hansen waren bereits in Olef abgebogen und näherten sich über Schleichwege, sodass sie aus der anderen Richtung kommen und sich in den Seitenstraßen verstecken konnten.

Die Schule lag auf einem Hügel hoch über dem Schleidener Tal. Von der Hauptstraße, über die man auch zum Krankenhaus gelangen konnte, ging eine kleine Stichstraße steil den Hügel hinauf und führte zunächst an einer Tür vorbei, die bis in die achtziger Jahre hinein der Eingang gewesen war. Nachdem die Schule aus allen Nähten geplatzt und ein neuer Trakt errichtet worden war, hatte man den Haupteingang weiter nach oben auf den Hügel verlagert. Wer hier zur Schule ging oder Unterricht gab, brauchte kein Fitnessstudio. Die vielen Treppen genügten vollkommen.

»Zu einfach.« Judiths Worte tanzten durch meinen Kopf. Aber wie ich es auch drehte und wendete. Es ergab alles keinen Sinn. Ich mahnte mich selbst zur Ruhe. Es war zu spät, um sinnlosen Hirngespinsten und vagen Gefühlen nachzujagen. Ich hatte die Schule erreicht, rollte langsam an der Auffahrt vorbei, wendete und parkte den Wagen genau gegenüber. Sauerbier und Hansen waren bereits angekommen. Ich entdeckte sie und einige andere Kollegen in den Seitenstraßen, als ich ausstieg und auf die Schule zuging.

Andreas Wagen parkte vor dem alten Eingang. Sie selbst stand gegen die Motorhaube gelehnt daneben und wandte mir den Rücken zu. Sie hatte mich bisher nicht gesehen. Ich überlegte noch, ob ich sie schon von Weitem ansprechen sollte, als Henrike aus der Tür trat und unsicher auf der obersten Stufe der Treppe stehen blieb, als sie uns beide entdeckte. Ihre Blicke wanderten zwischen mir und Andrea hin und her. Andrea drehte sich um und bemerkte mich.

»Hallo.« Ich blieb stehen. Uns trennten zehn Meter. »Henrike hat mich angerufen und mir gesagt, dass du hier sein würdest.«

Andrea zuckte mit den Schultern, beugte sich vor und nahm ihre Tasche aus dem Wagen. Sie hatte abgenommen und sah schlecht aus. Die Jeans und das T-Shirt schlotterten lose an ihr, Haarsträhnen verdeckten ihr Gesicht.

»Mama?« Henrike blieb wie festgewachsen auf der Treppe stehen. Andrea reagierte nicht. Stattdessen sah sie mich unverwandt an. Sie lächelte, ohne dass das Lachen in ihren Augen ankam.

»Ich bin hier, um mit dir zu reden.«

»Worüber?«

»Über Regina.« Ich machte eine Pause. »Und über Birgit.«

Wieder dieses stumme Lächeln.

»Und über Frank.«

Andrea sah zu Henrike hinauf. »Jetzt komm. Ich hab nicht ewig Zeit.«

»Andrea, bevor du fährst, müssten wir ein paar Sachen klären.«

»Da gibt es nichts zu klären.« Ihr Ton war sachlich. »Frank hat es nicht anders verdient.«

Mir blieb für einen Moment die Luft weg, als mir klar wurde, was das bedeutete. Sie wusste, dass Frank Vorhaus etwas geschehen war, weil sie es gewesen war, die ihm das angetan hatte. Dachte sie, er sei auch tot?

»Die Ärzte sagen, er wird durchkommen«, bluffte ich. Meine Gedanken rasten. Aber statt einer Antwort stürmte Andrea zu Henrike, fasste sie am Arm und zerrte sie die Treppe hinunter.

»Es reicht jetzt. Komm.«

»Nein!« Henrike versuchte sich loszureißen, wand sich und trat nach Andrea. »Ina, das ist nicht …« Ihre Worte gingen im lauten Heulen eines Martinshorns unter. Unterhalb der Stichstraße raste ein Krankenwagen vorbei. Der Ton schmerzte in den Ohren, und ich spürte ihn bis in meine Knochen hinein.

Andrea stand reglos, wie versteinert, bis der Krankenwagen vorbeigefahren war. Sie zitterte und rang nach Luft. Ihre Finger krallten sich in Henrikes Oberarm. Es dauerte einen Moment, bis ich begriff. Diese Reaktion auf den Lärm.

Die Frau vor mir war nicht Andrea. Es war Birgit. In Andreas Kleidung, mit ihrem Wagen. Sie sah mich an. Lachte heiser. Verstand, dass ich verstanden hatte.

»Du willst sicher nicht, dass unserem Schätzchen hier was passiert, oder?«, zischte sie. Henrike versteifte sich. »Du wirst mich jetzt mit ihr in den Wagen steigen lassen, Ina.«

Ich trat einen Schritt zurück. Ich konnte nicht erkennen, ob Birgit eine Waffe hatte, aber in Henrikes weit aufgerissenen Augen stand die nackte Panik. Wo waren Sauerbier und

Hansen? Ich wollte mich nicht umdrehen, um Birgit nicht den geringsten Anlass für eine Kurzschlusshandlung zu geben.

»Lass Henrike los, Birgit«, bat ich leise und streckte meine Hand aus. Mein Herz raste.

Henrike weinte. Tränen liefen über ihr Gesicht. Ihre schmalen Schultern zuckten. Ich atmete. Tief. Langsam. Eine Hitzewelle überrollte mich. Von einem Punkt über meinem Herzen ausgehend, breitete sich die Wärme aus, kroch meinen Hals entlang, in meine Haare, über meine Arme. Ich schwitzte und roch meine eigene Angst. Aber da war noch etwas. Eine Erinnerung. Ein Puzzlestück rückte an die richtige Stelle. Ein Teil des Bildes wurde klar. Der Geruch in der Hütte. Schweiß und Angst. Blut und etwas, was ich nicht hatte zuordnen können. Holz und Leder. Das Rasierwasser. Frank Vorhaus gehörte das Rasierwasser, das wir in Regina Brinkes Badezimmerschrank gefunden hatten.

»Frank hat es verdient, weil er dich betrogen hat.« Eine Feststellung. Keine Frage. Birgit sah durch mich hindurch und nickte. »Mit Regina.«

»Sie hat mir alles wegnehmen wollen. Alles. Den Erfolg. Den Mann. Mein Leben.« Birgits Finger um Henrikes Arm lockerten sich ein wenig. Ihr Blick fand meinen. »Das konnte ich doch nicht zulassen.«

Henrike schluchzte auf. Birgit schrak zusammen, umklammerte erneut ihren Arm und machte mit der freien Hand eine ruckartige Bewegung hinter Henrikes Rücken. Henrike bog sich unter ihrem Griff.

»Birgit.« Ich atmete tief ein und ließ die Luft langsam wieder entweichen. Mir war schwindelig. »Lass Henrike los.« Aus den Augenwinkeln sah ich eine Bewegung am unteren Ende der Stichstraße. Hansen. Zwischen uns lagen zwanzig Meter. Zwanzig Meter ohne Deckung, ohne Schutz. Ohne eine Möglichkeit, sich unbemerkt anzuschleichen und mir und Henrike zu Hilfe zu kommen.

Birgit schüttelte den Kopf, näherte sich dem Wagen und schob Henrike zur Beifahrertür. Ich folgte ihr wie ein Tänzer,

Schritt für Schritt. Sie öffnete die Tür, drängte Henrike hinein und schlug die Tür zu. Dabei gab sie den Blick auf die Hand frei, die sie die ganze Zeit hinter Henrikes Rücken versteckt gehalten hatte. Ein verrostetes Jagdmesser. Aus der Hütte? Die Klinge sah stumpf aus, aber mit der Spitze konnte sie eine Menge Unheil anrichten.

»In einem leeren Haselstrauch, da sitzen drei Spatzen, Bauch an Bauch. Der Erich rechts und links der Franz und mittendrin der freche Hans. Sie haben die Augen zu, ganz zu, und obendrüber, da schneit es, hu!«, rezitierte Birgit und lächelte, während sie auf mich zukam und die Klinge gegen mich richtete. »Weißt du, wie es weitergeht, das Gedicht? Mein Lieblingsgedicht.«

Ich schüttelte langsam den Kopf und ließ dabei ihre Hand mit dem Messer nicht aus den Augen. Hinter ihr arbeitete sich Hansen den Hügel hoch. Sie durfte sich nicht umdrehen, sonst würde sie ihn entdecken.

»Sie rücken zusammen dicht an dicht, so warm wie Hans hat's niemand nicht. – Ich war der Hans. Immer schon«, sagte sie mit einer Kleinmädchenstimme.

»Und Regina?«

Birgit runzelte die Stirn. »Regina?« Sie strich sich die Haare aus dem Gesicht. »Regina hat immer getan, was ich wollte. Bisher.«

»Und jetzt?«

Birgit blinzelte, als ob sie aus einem Traum erwachen würde. Ihr Blick klärte sich, sie streckte den Rücken durch und strahlte eine ungeheure Selbstsicherheit aus. »Hättest du zulassen können, dass dein Leben zerplatzt wie eine Seifenblase, Ina? Sie wollte die Baugenehmigung zurückziehen, damit hätte sie uns in den Ruin getrieben. Frank hatte Schulden, auch wenn er versucht hat, das vor mir zu verbergen. Und wenn er sich hätte scheiden lassen, hätte ich nichts bekommen. Nichts.«

»Andrea hatte also recht. Regina hat sich nicht umgebracht.«

Birgit lachte erneut, und diesmal klang es wie Eisklumpen in einem Whiskeyglas. »Doch. Das hat sie. Nur nicht zu dem

Zeitpunkt, an dem sie es ursprünglich geplant hatte. Ich dumme Kuh habe sie damals gerettet, als es ihr so schlecht ging. Auf sie eingeredet, sie getröstet und gestützt in ihrer Verzweiflung über das, was vorgab, ihr Leben zu sein. Ihr den Brief weggenommen und versucht, ihr Mut zu machen. Ich brauchte sie doch!« Trauer klang für einen winzigen Moment in ihrer Stimme mit, bevor die Wut wieder Überhand nahm. »Und was macht sie? Fängt ein Verhältnis mit meinem Mann an und ruiniert mir das Geschäft.«

»Und dann hast du ...«

»Ihr geholfen, ihren ursprünglichen Plan doch noch in die Tat umzusetzen. Du glaubst ja nicht, was die richtigen Medikamente in einem hübschen bunten Drink alles bewirken können. Sie ist mir gefolgt wie ein Lämmchen zur Schlachtbank. Der Rest war kein Problem. Ihren Abschiedsbrief hatte ich ja noch.«

Ich schickte einen schnellen Blick über ihre Schulter. Hansen hatte uns beinahe erreicht. Birgit wurde misstrauisch und sah über ihre Schulter nach hinten. Hansen und ich sprangen gleichzeitig los, griffen nach ihren Armen. Sie schrie. Ich schlug nach dem Messer. Dann kam der Schmerz. Er packte mich und schleuderte mich umher. Ich stolperte und krümmte mich. Dann wurde mir schlecht, und Dunkelheit fiel vor meinen Augen nieder wie ein Vorhang.

Der Bach floss um sie herum, bettete sie und nahm sie auf als einen Teil von sich. Sie öffnete die Augen, und sofort fraß sich die nasse Kälte in ihre Haut, als ob erst das Sehen diese Empfindung möglich gemacht hätte. Wieso war sie hier? Sie erinnerte sich nicht. Über der Oberfläche des Wassers erkannte sie ein Gewirr aus Blättern, Ästen und Schlingpflanzen. Und darüber die Dämmerung, die aus ihrem Kopf, aus ihren Gedanken zu fließen schien und sich damit verband. Ihr Inneres mit dem Draußen verknüpfte. In ein paar Stunden würde es Tag sein. Dann würde die Sonne hoch über dem Bachlauf stehen und Kinder mit ihren Schwimmreifen über sie hinweggleiten.

Sie runzelte die Stirn. Die Vorstellung gefiel ihr nicht. Es war nicht gut, wenn Kinder allzu früh mit dem Tod konfrontiert wurden. Diesmal wäre es wirklich ihre Schuld. Nicht so wie damals, als sie gedacht, so viel gedacht und sich schuldig gefühlt hatte. Sie hatte die Schuld auf sich genommen und ein ganzes Leben lang mit sich herumgeschleppt. Aber erst, als sie erkannt hatte, wo die wirkliche Schuld lag und wer sie trug, musste sie die Rechnung bezahlen. Es war zu spät.

Das Wasser verschloss ihre Lippen. Sperrte ihre Worte ein. Trennte das Außen vom Innen.

Ihre Lungen brannten, und der Zwang, nach der Luft zu schnappen, die wenige Zentimeter über ihrem Gesicht flirrte, wurde übermächtig. Ihr Körper reagierte schneller als ihr Geist. Die Muskeln in ihren Armen zuckten. Sonst geschah nichts. Sie war gelähmt.

Erinnerungsfetzen wirbelten durch ihre Gedanken. An das Gefühl von feuchtem Gras unter ihren nackten Füßen, als sie vorhin schwankend über die Wiese gegangen war, die Schuhe in der Hand.

Und davor? Sie hatte getrunken. Sie hatte geweint.

»Ich helfe dir bei dem, was du tun willst, Regina.« Die Stim-

me war wie ein Nachhall in ihrem Kopf. Die Ahnung einer Hand an ihrem Oberarm. Fest. Bestimmend. Die sie immer weiter über die Wiese zerrte. Sie hatte sich gewehrt. Hatte versucht, gegen die lähmende Müdigkeit anzukämpfen. Vergeblich. Ihr Denken flirrte wie das Wasser über ihr. War gestürzt und wieder aufgerichtet worden.

»Jeder wird dich verstehen.«

Das Metall des Geländers. Die Äste in ihrem Gesicht, als sie an dem kurzen Abhang stand. Sie hörte das Rauschen über dem Wehr, roch die modrigen Uferstellen.

»Geh, Spätzlein.«

Sie hatte gezögert, weil etwas nicht stimmte. Hatte über die Schulter gesehen und die Fragen, die sie selbst nicht verstand, gestellt. Sie konnte es nicht greifen. Sie wollte gehen. Sie wollte … Nein, sie wollte nicht gehen. Sie hatte mit der Hand über ihre Stirn gestrichen, ihre Gedanken eingesammelt und sie miteinander verbunden. Da war Liebe anstelle der Einsamkeit. Da war Vertrauen anstelle der Schuld. Da war endlich wieder Hoffnung anstelle der Verzweiflung gewesen.

Nein.

Dann der Stoß. Im Fallen hatte sie sich gedreht und nach Halt gesucht. Aber da war nichts, an dem sie sich hätte festhalten können. Nur Dunkelheit.

Und nun war sie hier. Gelähmt. Panik wallte in ihr auf.

Das Gewicht auf ihrer Brust verstärkte sich. Das stumpfe Ende eines Astes hielt sie unter Wasser, drückte sie immer tiefer. Sie wand sich. Ihre Angst löste die Starre. Nur ein Gedanke. Luft! Ihre Arme gehorchten wieder, und sie schlug um sich. Schrie auf. Wasser drang in ihren Mund. Es schmeckte sauber und nach der Erde, über die es geflossen war. Sie hustete, und ihre Kehle krampfte. Das Wasser war jetzt überall. Sie schluckte, ihr Magen rebellierte, und sie erbrach sich. Gleichzeitig rang sie nach Luft, und ihre Lungen füllten sich mit Wasser und dem eigenen Erbrochenen. Ihr Herz raste, als ihre Hände den Ast zu fassen bekamen, der sie unter der Oberfläche hielt. Sie stemmte sich dagegen, kam ein Stück nach oben. Hoffnung. Als sie wieder zurückgesto-

ßen wurde, erschlaffte sie. Hatte keine Kraft mehr. Gab auf und starrte in das lächelnde vertraute Gesicht am Ufer.

* * *

»Geht es wieder, Ina?« Hansen beugte sich über mich, sein Gesicht nah an meinem, und rüttelte an meiner Schulter. Ich blinzelte. Unter meinem Rücken und meinen Händen fühlte ich Asphalt. Ich richtete mich auf, und sofort biss sich ein heftiger Schmerz in meinem Bein fest.

»Scheiße!«, fluchte ich, ignorierte das Ziehen und Zerren und setzte mich auf. In meiner Hose klaffte ein Schnitt, der Stoff war blutdurchtränkt.

»Ich habe gedacht, sie hätte dich schlimmer erwischt.« Hansen wirkte erleichtert. »Du bist einfach umgefallen.«

»Was ist mit Birgit?«

»In Sauerbiers Obhut. Er bringt sie auf die Wache. Wir müssen einwandfrei feststellen, wer sie nun ist, Andrea Herbstmann oder Birgit Vorhaus.«

Ich biss mir auf die Lippen. Auch wenn ich wusste, dass es Birgit war, war ich mir nicht sicher, was mir lieber gewesen wäre. Eine lebende Freundin, die eine Mörderin war? Oder eine tote, unschuldige Freundin? Was für eine Frage!

»Wo ist Henrike?«

»Im Wagen. Sie lässt keinen an sich ran. Wir haben einen Arzt gerufen. Für sie. Und für dich.« Er zeigte auf mein Bein. »Das muss gemacht werden.«

»Ja.« Ich nickte. »Hilf mir auf und bring mich zu ihr.«

»Meinst du wirklich, du kannst aufstehen?«

Statt einer Antwort versuchte ich, selbst aufzustehen. Die Wunde am Bein brannte und blutete, aber ich spürte, dass sie nicht so schlimm war, wie es aussah. Schwein gehabt.

Hansen legte meinen Arm um seine Schulter und stützte mich, bis ich um das Auto herumgehumpelt war und mich auf dem Fahrersitz niedergelassen hatte. Ich streckte meine Hand nach Henrike aus und strich ihr langsam über den Arm. Suchte nach Worten und fand keine, weil es keine gab für das Leid, dass sie wie ein Kokon umgab. Keinen Trost. Keine Hoffnung in diesem Moment. Sie rührte sich nicht, starrte weiter geradeaus. Ich streichelte weiter ihren Arm, fühlte ihr Zittern, ihr Beben bei jedem Atemzug. Da sein. Einfach nur da sein. Das war alles, was ich tun konnte.

**

»Sie schläft jetzt.« Ich setzte mich vorsichtig auf das Sofa in Hermanns halb ausgeräumten Wohnzimmer, drückte den Hörer ans Ohr und lauschte Hansens Ausführungen. Mein Bein schmerzte noch, aber die Tabletten, die der freundliche Mediziner im Schleidener Krankenhaus mir gegeben hatte, entfalteten langsam ihre Wirkung. Aus dem Ziehen und Brennen war ein leises Pochen geworden. Die Wunde war nur oberflächlich gewesen. Viel Blut, aber keine großen Folgen. Das Fleisch würde heilen.

Steffen saß mir im Sessel gegenüber, vorgebeugt, die Arme auf den Beinen abgestützt. Er beobachtete geduldig mein Nicken, meine Fragen und mein Schweigen im Gespräch mit Hansen, bis ich aufgelegt hatte.

»Die Ergebnisse der Obduktion müssen noch abgewartet werden«, erklärte ich leise, ohne ihn anzusehen. Stattdessen hob ich behutsam den Kater aus seiner Kiste. Steffen hatte ihn bei Hermann abgeholt, nachdem ich ihn angerufen und ihm erzählt hatte, was passiert war. Ich hatte ihn gebeten, Hermann zu informieren und ihm zu sagen, dass ich mich später bei ihm melden würde. Ich legte den Kater wie ein Baby in meinen Arm und kraulte ihn. Er schnurrte leise und schloss die Augen. »Sie hat Regina das Beruhigungsmittel eingeflößt und sie ans Wasser geschleppt und ins Wehr gestoßen. Regina hat sich nicht gewehrt. Sie konnte es nicht. Selbst wenn sie es gewollt hätte. Laut Labor hatte sie eine hohe Konzentration eines Benzodiazepins im Blut. Das hat ihr die Angst genommen und sie gelähmt. Zusammen mit dem Alkohol eine sehr wirksame Kombination für das, was Birgit mit ihr vorhatte. Sie brauchte sie nur zum Wasser zu bringen und hineinzustoßen. Birgit hat gesagt, sie sei einfach weggegangen, als Regina im Wasser lag. Ich weiß nicht, ob ich das glauben soll. An Reginas Köper fanden sich Blutergüsse, die darauf hinweisen, dass sie möglicherweise unter Wasser gedrückt wurde.«

»Macht das einen Unterschied?«

»Ich weiß es nicht. Vielleicht vor Gericht. Aber Birgits Absicht war ja klar. Sie wollte sie umbringen. Wenn sie sagt, sie sei weggegangen, heißt das doch nur, dass sie auf die Wirkung der Medikamente vertraute.«

»Aber warum?« Steffen lehnte sich zurück. »Und warum Andrea?«

»Hansen sagt, sie sind gerade erst dabei, alles zu entwirren. Birgit hat gestanden, dass sie die Unterlagen des Nationalparks gefälscht und, nachdem sie Regina umgebracht hatte, das Geld in deren Wohnung deponiert hat, um es nach Bestechung aussehen zu lassen. Sie wollte, dass es einen Grund gab, weswegen Regina sich hätte umbringen wollen. Und Andrea? Die ist ihr wohl einfach in die Quere gekommen.«

»So schrecklich wie das alles ist – über eines bin ich doch erleichtert.« Steffen sah für einen Moment aus dem Fenster, bevor er sich wieder mir zuwandte. »Es sind keine krummen Dinger bei der Nationalparkverwaltung gelaufen.«

»Nein. Nicht bei der Nationalparkverwaltung und nicht bei der Stadt.« Ich betrachtete meine Finger, die durch das Fell des Katers wanderten, als ob sie den Weg zu den Antworten auf die offenen Fragen finden würden. Ich hatte Hansens Worte zwar gehört, aber ich wusste, dass ich noch lange Zeit brauchen würde, um sie zu verstehen. Um zu begreifen, was da geschehen war. »Andrea ist ihr auf die Schliche gekommen. In dem Streit, vom dem Henrike erzählt hat, ging es nicht nur um das Hotel. Andrea ist nach dem Gespräch mit mir zu ihrer Schwester gefahren und hat ihr auf den Kopf zu gesagt, dass sie sie für Reginas Tod verantwortlich hält. Deswegen hat Birgit sie gefangen genommen, ihre eigene Entführung vorgetäuscht und sich als Andrea ausgegeben. Sie wollte den Verdacht auf ihre Schwester lenken. Ob sie von vorneherein geplant hat, sie auch umzubringen, ist noch nicht klar.« Ich sah Steffen an, ohne ihn wirklich wahrzunehmen, redete und hörte meine eigenen Worte an mir vorbeifließen. »Auf jeden Fall hat alles damit angefangen, dass Frank und Regina ein Paar wurden und Frank sich von ihr trennen wollte.«

»Sie hätte alles verloren.«

»Sie hat, Steffen. Jetzt hat sie alles verloren.«

Wir schwiegen. Ich kraulte Hermanns Ohren und spürte die Wärme seines Körpers unter meinen Fingerspitzen. Er atmete ruhig und gleichmäßig. Vielleicht ging es ihm ja doch langsam besser.

»Aber warum das alles?« Steffen schüttelte den Kopf.

»Ich weiß es nicht. Vielleicht ist es wirklich nur die Angst vor dem Verlust, die sie getrieben hat.«

»Reicht das? Wird man zum Mörder, wenn einem die Dinge und Menschen genommen werden, die man liebt?«

»Manchmal reicht es.« Ich veränderte vorsichtig meine Position, um den Kater nicht zu stören. »Aber oft liegen die Ursachen auch ganz woanders. Regina, Andrea und Birgit gehörten immer schon zusammen. Auch als Kinder. Sie schotteten sich nach außen hin ab und stritten sich trotzdem wie die Kesselflicker. Birgit und Andrea waren wie alle Schwestern. Sie mussten ihre eigenen Rollen finden, sich abgrenzen gegen die andere. Dass sie außerdem noch Zwillinge waren, hat nur dazu beigetragen. Andrea hat den Kampf aufgenommen. Birgit …« Ich verstummte und seufzte. »Ich glaube, der wahre Grund liegt irgendwo da verborgen.«

»Nicht miteinander und nicht ohne einander«, warf Steffen ein, und ich nickte.

»Ja. Das trifft es. Seit dem Sommer, als wir auf die Schule nach Schleiden gewechselt sind, gab es ständig Streit zwischen Birgit und Andrea, daran erinnere ich mich. Das war ja auch der Grund, warum Andrea und ich uns fester anfreundeten. Sie wollte einfach mit ihrer Schwester nichts mehr zu tun haben.«

»Und Regina?«

»Ich weiß es nicht mehr. Nach den Ferien war sie irgendwie anders.«

»Hast du eine Ahnung warum?«

Ich zuckte mit den Schultern. »Das ist so lange her. Als Kind nimmt man mehr hin und hinterfragt es nicht, wenn sich ein Freund abwendet. Wenn Birgit es nicht von sich aus sagt, werden wir es wohl nie erfahren. Als Polizist muss man auch damit leben können. Selbst wenn es mich nicht glücklich macht.«

Steffen hob eine Augenbraue. »Hat Hansen noch mehr gesagt?«

»Ich soll es mir überlegen.«

»Was?«

»Das mit meiner Kündigung.«

»Und. Was machst du?«

»Es mir überlegen.«

Er sah mich an. »Und das andere? Überlegst du dir das auch?«

Ich wusste, was er meinte, und ich wusste, dass ich ihm eine ehrliche Antwort schuldig war.

»Nein, Steffen.« Ich schaffte es nicht, ihn anzusehen, und hörte, wie er scharf die Luft einzog und aufstand. »Ich muss es mir nicht überlegen. Ich weiß jetzt, dass ich nicht mit dir in das Haus einziehen möchte.« Ich schwieg einen Moment. »Wie es aussieht, habe ich mit einem Schlag ein Kind bekommen. Henrike wird bei mir bleiben. Andrea hatte das schon kurz nach Henrikes Geburt in ihrem Testament verfügt, als klar war, dass ich ihre Patentante sein würde. Sie wollte sichergehen, dass sie versorgt ist, auch wenn niemand damit gerechnet hat, dass das jemals nötig sein würde. Falls sie …« Ich verstummte wieder und versuchte, die Erinnerung an das vor Glück leuchtende Gesicht meiner Freundin mit Henrike im Arm für immer in mir festzuhalten. »Falls sie sterben würde. Damit müssen wir erst einmal klarkommen, Henrike und ich.«

Steffen ging zur Tür, legte seine Hand auf die Klinke und drehte sich zu mir um. »In diesem ›wir‹ komme ich nicht vor, richtig?« Er sagte es ganz ruhig, aber ich hörte seine Wut und den Vorwurf, den er mir machte. »Du hast dich in der letzten Zeit verändert, Ina. Weg von mir.« Er schlug mit der flachen Hand gegen die Wand neben der Tür. »Verdammt, Ina. Findest du das fair?«

Ich schüttelte den Kopf. Es war nicht fair, und ich wusste es.

»Und jetzt?« Er sah mich an. »Was willst du? Zeit? Abstand?« Er lachte bitter. »Ich glaube, ich habe dir eine Menge Zeit gelassen und dich nicht bedrängt.«

»Das Haus«, murmelte ich, »du hast einfach Tatsachen geschaffen, ohne mich zu fragen, ob ich das überhaupt will.«

»Ich hab das Haus von meinem Geld gekauft. Nicht von deinem. Damit das mal klar ist. Ich hätte mir gewünscht, du würdest mit einziehen, mir gewünscht, wir hätten eine Familie, vielleicht sogar Kinder.«

»Kinder?«

Er nickte.

»Steffen, ich bin achtundvierzig Jahre alt. Dieser Zug ist definitiv abgefahren. Wenn du darüber nachgedacht hast, dann hast du dir etwas vorgemacht. Vielleicht hast du dir überhaupt etwas vorgemacht. Oder ich. Was uns betrifft.«

Er lehnte sich an den Türrahmen. Eine Haarsträhne fiel in sein Gesicht. In diesem Moment sah er wieder aus wie der Teenager von früher, und mir schnürte es den Hals zu.

»Ich hab gemerkt, was da passiert ist. Aber ich wollte es nicht wahrhaben. Nicht sehen. Vielleicht bin ich derjenige, der erwachsen werden muss.« Steffen lächelte bitter. »Auf Wiedersehen, Ina.« Er öffnete die Tür, ging hinaus und ließ die Haustür leise ins Schloss fallen. Ich blieb sitzen. Reglos. Starrte ihm nach. Es war so viel. Die Trauer fraß sich in mir fest und fand keinen Weg. Regina. Andrea. Steffen. Versteinert. Leer. Meine Hände suchten Halt im weichen Fell des Katers. Ich betrachtete ihn. Seine Lider waren halb geschlossen, das Köpfchen zur Seite gelehnt. Das Schnurren war verstummt. Er lag ganz still. Mein Blick verschwamm, Tränen rannen über meine Wangen, übers Kinn und den Hals hinunter.

Hermann war tot. Ich weinte.

***

»In zwei Monaten ist meine praktische Ausbildung hier beendet.« Judith stand neben Kai Rokke. Sie lehnten an seinem Wohnmobil und schauten über den Parkplatz zur Polizeistation. Alles war geklärt. Alles was ihn, Kai Rokke, und die tote Frau anging. Man hatte die Mörderin gestellt. Er konnte gehen.

»Hast du Pläne?« Er kramte den Tabaksbeutel aus der Tasche, nahm eine fertig gedrehte Zigarette daraus und zündete sie an. Mit zurückgelegtem Kopf blies er kleine Rauchwolken in den Eifelhimmel.

»Brauche ich die?«

Kai Rokke lachte. »Wäre das nicht mein Text?«

Judith ließ ihren Kopf gegen seine Schulter sinken, griff nach der Zigarette in seiner Hand und zog daran. Sie hustete.

»Neben dem Haus, in dem ich wohne, ist ein größeres Stück Wiese. Platz genug für ein Wohnmobil.«

»Und dann?«

»Ich weiß nicht.« Judith lächelte und griff nach seiner Hand.

***

Der vertraute Weg durch Gemünd gab mir Halt. Die Häuser entlang der Urftseestraße, das Kurhaus, die Kreuzung mit den beiden Supermärkten, die Kirche. Vor der Abbiegespur zur Dürener Straße, die mich zum Altenheim bringen würde, hielt ich an und ließ die Gruppe Motorradfahrer, die mir entgegenkam, passieren. Henrike schlief immer noch und würde das vermutlich, wie mir der Arzt versichert hatte, bis morgen früh tun. Dann würden wir uns ihren Dämonen stellen müssen. Jetzt kämpfte ich gegen meine. Die letzten Tage hatten alles in meinem Leben verändert, hatten genommen und geschenkt, Wege verschlossen und neue eröffnet.

Der Käfer kämpfte sich die letzten Kurven zum neuen Zuhause meines Vaters hoch und rollte dann mit einem fast dankbaren Seufzen auf den tiefer gelegenen Parkplatz. Ich stieg aus und ging das letzte Stück bis zum Eingang zu Fuß. Mit einem leisen Surren glitten die Türen auf. Die Empfangsdame blickte auf, erkannte mich und lächelte freundlich.

»Ihr Vater ist mit seinen Freunden im Garten«, begrüßte sie mich und wies in Richtung Park. Ich nickte, bedankte mich und machte mich auf die Suche. Ich fand die drei schließlich auf der Bank vor dem Teich. Sie saßen dicht nebeneinander, Hermann, Alfons und Amalie, mit dem Rücken zu mir. Sie bemerkten mich erst, als ich sie beinahe erreicht hatte. Hermann blickte über seine Schulter, stand auf und kam auf mich zu. Er streckte die Hände aus, zog mich in eine stumme Umarmung und drückte mich an sich.

»Ach, Kind«, murmelte er, strich über meinen Rücken und löste sich von mir. Dann nickte er. Er musste nicht mehr sagen. In seinem Blick las ich Mitleid, Sorge und die Bereitschaft, für mich da zu sein, wann immer ich ihn brauchen würde. »Komm zu uns«, lud er mich mit einer knappen Geste ein und nahm wieder seinen alten Platz neben Alfons ein. Ich setzte mich neben ihn. Amalie beugte sich vor und lächelte mich an. Alfons hielt seine Flöte in den Händen und spielte unhörbare Lieder.

»Der Kater ist tot«, murmelte ich leise und Hermann nickte.

»Es war seine Zeit.« Er legte seine Hand auf meine. Wir schwiegen und sahen über das Tal. Gemünd breitete sich unter uns aus, die Häuser flossen wie ein breiter Strom durch das Tal und fingen die letzten Strahlen der Abendsonne auf. Einige Vögel zwitscherten noch gegen ihre Müdigkeit an und suchten Schutz für die Nacht unter dem dichten Blätterdach des Waldes.

»Weißt du schon mehr?«

»Hansen hat mich angerufen.«

»Er rechnet noch mit dir.«

»Ja. Das tut er.« Ich grinste müde. »Obwohl es mich wundert.«

»Wie nimmt Henrike es auf?« Hermann seufzte und wischte sich mit dem Handrücken über den Augenwinkel.

»Sie hat Beruhigungsmittel bekommen und schläft jetzt bei mir zu Hause. Wenn sie wach wird, will ich da sein.«

»Das musst du, Kind. Das musst du. Sie braucht dich jetzt.« Hermann schüttelte den Kopf. »Ich kriege es nicht in meinen alten Schädel. Wie konnte Birgit nur. Ihre eigene Schwester. Und Regina.«

»Regina?« Alfons Brinke ließ seine Flöte sinken. »Regina kommt nicht mehr.« Seine Stimme klang traurig.

»Alfons«, sagte Amalie leise und rückte näher zu ihm, aber er sprach weiter.

»Sie ist zu dem Jungen gegangen.« Er sah mich an. Sein Blick wurde wacher hinter dem Vorhang, der uns trennte. »Ins Wasser am Wehr. Sie ist ertrunken, wie er vor vielen Jahren. Jetzt hat sie ihre Schuld bezahlt. Ich habe ihr geholfen. Jetzt hat alles wieder seine Ordnung.« Er lächelte.

»Alfons, was sagst du da?« Hermann stand auf und beugte sich zu ihm hinunter. »Was meinst du mit, ›ich habe ihr geholfen‹?«

Alfons Brinke hob seine Flöte an die Lippen, blies drei Töne und ließ das Instrument wieder sinken.

»Ich habe ihr geholfen. Sie war doch meine Tochter. Da musste ich ihr doch helfen gegen die Schande.«

Mir fielen die dreckigen Schuhe in Reginas Hausflur ein. Der Dreck war Schlamm gewesen. Schlamm von der Erde des Wehrs. War Alfons Brinke dort gewesen? Hatte er zugesehen, wie seine eigene Tochter ertrank? Die andere DNA-Spur an dem Ast, mit dem Regina unter Wasser gedrückt worden war,

war die eines Mannes. Hatte ihr eigener Vater sie mit dem Ast unter Wasser gedrückt, nachdem Birgit gegangen war?

Alfons Brinke begann, leise auf der Flöte zu spielen. Die Töne erhoben sich und schwebten über das Tal. Selbstvergessen wiegte er sich mit geschlossenen Augen im Rhythmus der Melodie. Hermann richtete sich auf, fasste ihn am Arm und nickte Amalie zu.

»Komm, Alfons, wir bringen dich nach oben. Wir müssen uns um dich kümmern.« Die Töne verstummten, und willig kam Alfons Brinke Hermanns Aufforderung nach. Drei Rücken, dicht an dicht. Hermann, Alfons, Amalie. Drei Spatzen.

Ich stand auf und folgte ihnen in einigem Abstand den Hügel hinauf. Ich würde Hansen über Alfons Brinke informieren müssen. Was mit ihm zu geschehen hatte, darüber würden andere entscheiden.

An einem der Fenster oben im Gebäude bewegte sich etwas. Ich sah hinauf. Thomas. Er lächelte mir zu und legte die Hand an die Fensterscheibe. Ich nickte. Er hätte sicher noch einen Kaffee für mich übrig.

Nachwort und Dank

Auf die Idee zu Ina Weinz' neuem Fall brachte mich eine alte Postkarte mit einer Ansicht des Hotels Lorbachtal. Bis zum Zweiten Weltkrieg war es ein beliebtes Ausflugsziel an der Urfttalsperre. Nach dem Krieg wurde der Standort des Hotels Teil des zur Burg Vogelsang gehörigen Truppenübungsplatzes, der erst nach der Einrichtung des Nationalparks Eifel der Öffentlichkeit wieder zugänglich gemacht wurde.

Die Ruinen des Hotels wurden 2009 im Zuge des Baus der Urfttal-Brücke eingeebnet, und die Natur eroberte sich das Gelände zurück. Aber auch wenn dieser »Schauplatz« nicht mehr existiert – eine Wanderung oder eine Radtour entlang des Stausees ist ein in jeglicher Hinsicht lohnender Ausflug.

Auch bei diesem Band durfte ich wieder auf Unterstützung und fachkundige Beratung zurückgreifen, für die ich herzlich danken möchte!

Dem Emons Verlag für das Vertrauen in mich und meine Kommissarin Ina Weinz.

Meiner Lektorin Marit Obsen für den Überblick, den sie bewahrt, den Scharfblick und die inspirierenden Fragestellungen.

Momo Edel für ihre ganz eigene, wunderbare Sicht auf die Geschichte, die Figuren und die Zusammenhänge.

Barbara und Frank Hentschel für die motivierende inhaltliche und technische Unterstützung. Ja, ich räume meine Festplatte auf. Nach dem Skript! Ganz bestimmt!

Meinen Testleserinnen Barbara Neuhaus und Suse Lepczynski für die Zeit, die sie sich genommen, und das Feedback, das sie mir gegeben haben.

Meinen Lieblingsdoktoren Anne Kuhlmeyer, Jens Neuhaus und Volker Brenn für die psychotherapeutische, psychiatrische und medizinische »Betreuung« meiner Protagonisten.

Katja Pillberg für ihre fachkundige Kontrolle von Inas Polizeiarbeit.

Michael Lammertz von der Nationalparkverwaltung Eifel für die Führungen, die Unterstützung und die geduldige Beantwortung aller meiner Fragen zum Nationalpark und zu Steffens Arbeitsbereich. Niemand sonst kennt so schöne mögliche Leichenfundorte!

Ralf Hergarten für seine Unterstützung bei der Zusammenarbeit mit der Stadt Schleiden, den Hinweis auf die Modellbootregatta und die »Sache mit der geheimen Schatzkammer«. Ich hätte es ja fast geglaubt. Aber nur fast.

Den Mitarbeitern der Stadt Schleiden für ihre Hinweise zum Baurecht im Nationalpark Eifel.

Den Polizisten der Dienststelle Schleiden für die Einblicke in ihre Arbeit und Inas »Karriereplanung«.

Meinen Eltern Fred und Hannelore Fischer, die ich zu jeder Tages- und Nachtzeit mit Fragen zu Gemünd löchern konnte und die in mehr als einem Fall als meine Rechercheassistenten vor Ort eingesprungen sind.

Und natürlich meinem Mann Fredrik und meinen beiden Töchtern, die mich auch in den schlimmsten Phasen ertragen, unterstützt und motiviert haben. Ach ja. Ihr habt recht. Regelmäßige Mahlzeiten werden sowieso total überbewertet.

Elke Pistor
GEMÜNDER BLUT
Broschur, 208 Seiten
ISBN 978-3-89705-739-5

»*Elke Pistor hat mit der Kommisarin eine Hauptfigur geschaffen, die zur Identifikation einlädt. Gemünd ist eine wunderbare Kulisse. Man merkt, dass Elke Pistor sich hier auskennt.*«   Top Magazin Köln

»*Landschaft und Leute werden liebevoll gezeichnet und der Leser ist gefesselt von der Handlung.*«
www.krimi-kiosk.de

www.emons-verlag.de

Elke Pistor
DAS PORTAL
Broschur, 240 Seiten
ISBN 978-3-89705-834-7

»Hervorragend recherchierter Mystery-Krimi auf zwei
Zeitebenen.«   www.krimi-kiosk.de

»Packende Story.«   Bild Köln

www.emons-verlag.de

Elke Pistor
EIFLER ZORN
Broschur, 224 Seiten
ISBN 978-3-95451-013-9

Niemand kennt den zu Tode geprügelten Jungen, dessen
Leiche unter Abrisstrümmern gefunden wird, niemand
vermisst ihn. Hat die okkulte Sekte, die im Nationalpark
Eifel angeblich ihr Unwesen treibt, etwas mit der schreck-
lichen Tat zu tun? Der Fund einer weiteren Leiche lässt
die Gerüchteküche brodeln. Verleumdung, Schikanen
und Missgunst greifen um sich und machen auch vor
Kommissarin Ina Weinz nicht Halt. Als ihre Stieftochter
verschwindet, erkennt Ina die große Gefahr: Wird Henrike
das nächste Opfer sein?

www.emons-verlag.de